自然　自觉　自由

梁淳威　著

内蒙古出版集团

内蒙古科学技术出版社

图书在版编目（CIP）数据

自然 自觉 自由 / 梁淳威著. —赤峰：内蒙古
科学技术出版社，2015. 12（2021.1重印）
ISBN 978-7-5380-2647-4

Ⅰ.①自… Ⅱ.①梁… Ⅲ.①散文集—中国—当代
Ⅳ.①I267

中国版本图书馆CIP数据核字（2016）第013957号

自然 自觉 自由

作　　者：	梁淳威
责任编辑：	那　明　张继武
封面设计：	李树奎
出版发行：	内蒙古出版集团　内蒙古科学技术出版社
地　　址：	赤峰市红山区哈达街南一段4号
网　　址：	www.nm-kj.cn
邮购电话：	（0476）5888903
排版制作：	赤峰市阿金奈图文制作有限责任公司
印　　刷：	三河市华东印刷有限公司
字　　数：	200千
开　　本：	880mm×1230mm　1/32
印　　张：	9.125
版　　次：	2015年12月第1版
印　　次：	2021年1月第3次印刷
书　　号：	ISBN 978-7-5380-2647-4
定　　价：	58.00元

自白

岁月如流，人生如流，弹指间已近花甲之年。

一个自由散漫的人，至今童心未泯淘气十足，不经意中，风雕满脸年轮，霜打稀疏鬓发，心里隐约感到人生之秋已经悄悄来临。

秋是成熟的季节，是"禾"与"火"的热烈拥吻，蕴藏着天地间最深刻、最美好的情感，五谷飘香、人间烟火尽在其中。秋是多姿多彩的季节，整合着不同季节的风采，没有春的妩媚却有春的清爽，没有夏的茁壮却有夏的热烈，没有冬的冰清却有冬的含蓄，更有秋独特的五彩斑斓的风姿、丰满迷人的风韵、厚重成熟的味道。秋阳高悬，天高云淡，风清气爽，心胸顿觉豁然开朗。

秋上心头也有淡淡的"愁"绪。上世纪50年代末，当全国人民被调动得极度昂扬亢奋，胸怀崇高理想"跑步进入共产主义"，实行"大跃进"运动时，我就像"弄潮儿"一般，刚好来到这个世界。如果能够像理想的那样，我就赶上了"幸福"时代。可事实并非理想一样丰满，由于自然灾害或人为原因，其结果干瘪得可怜。"弄潮儿"弄得有一点儿面黄肌瘦。

该到上学的时候了，一个更大的浪头铺天盖地涌来。这回不是创造物质财富的运动，而是破坏传统文化独树一帜的"文化大革命"。学校本来是教书育人的文化阵地，可是反而成为"革命"的主战场，传道授业解惑之教师被扭到批判会上低头认罪，一低就是十多年。

人之初，物质和精神有一些匮乏，我瘦弱而愚笨。好在是生于农村，接近自然更容易融入自然，从中感受生命的意义。阳光雨露，温暖和滋润了我的身心；争奇斗艳的花鸟鱼虫，激发我无限的遐思。我热爱自然，热爱生命的本真，热爱生命在四季交替中的蜕变与升华，感受到了生命的顽强品质。

自然界的四季融洽而分明，春生、夏长、秋收、冬藏，多姿多彩的生命踏着日月节拍吟唱着欢乐的旋律。

人的一生也该有"四季"之别，同样有自己的生命节律和快乐。每个人都从青少年、而立之年、知天命之年、古稀之年缓缓经过。有春的生发与生趣盎然，有夏的茁壮与拼搏，有秋的丰满与收获，也有冬的颐养与沉着。再伟大的人都遵循自然规律的选择。

我走过了人生之春，尽管初春有一点儿风沙迷漫的感觉，但整个春天还是风和日丽、生机盎然的，让我感受了春的温暖。我走过了汗水沉重的人生之夏，大学毕业正是风华

正茂的年龄，为了理想事业而奋斗拼搏，献身祖国建设而忘我工作几十年，让我感受了夏的热情。现在，我已步入五彩缤纷的人生之秋。秋色最美，赤橙黄绿青蓝紫，人生的色彩也在这个美好的季节沉淀。仰望苍穹飞雁南归，静观足旁山菊沉醉，城里人忙出游盼望好风景，村里人忙收获盼望好收成。可我像一个没有行囊的浪子，羞涩的几粒微果和叶片早已经让我抖落，融入泥土，没有负担也许更有利于生命生存。所以，我的心更愿意从繁华走向安稳幽静，从浮躁走向睿智深沉，我想思索自己更想思索生命。回望自己的生命历程，我心存感激；展望未来，我更愿意探寻一点儿生命的真谛，探寻生命更广阔的生存和快乐的意义。

对于生命这个古老而鲜活的话题，并不是生命科学家和哲学家的专利。现实生活中每一个有头脑的人，不管你是否意识到，你生命的过程其实就是逐渐解读生命的过程。地球上一切生命都是自然的，人的生命不仅是自然的，也是自觉的。每一个自觉的生命都是富有创造性的，创造是自觉生命的本质特征。自觉生命的最大快乐就是创造和自由，而创造是实现自由的根本动力。不管你的地位多么卑微，如果你努力去创造，你一定会得到自由与快乐。自由与快乐就是最大的幸福，创造就是幸福的源泉。我是一个普通农民的孩子，从农村贸然来到城市，没有过多的奢求，于清淡的生活中品味着幸福，虽然普通、微不足道，但也品味了创造的快乐。

我也是一个崇尚自然的人，总是希望拥有一片蔚蓝的天

空，白云飘逸，和风悠然。然而，展望未来，即将进入人生的冬季——花甲之年、古稀之年、耄耋之年，不知道自己还能够走多远，也不知道自己将枯于何处朽于何方。我想放慢一些脚步，于平平淡淡之中细细体会一下人生，也为没有刻画过的未来做一些准备，享受一下我内心仍然具有的青春梦想。人的一生只要有梦想，就可以激活自己的灵魂，使自己的生活不麻木索然，不了无生趣。我不渴望自己的世界永远一片光明，纯粹的光明犹如纯粹的黑暗，只渴望未来有一缕霞光能够照亮前行的路，能够使自己有信心和力量一直笑着走下去。

依然瘦弱，形同饿鬼；依然才疏学浅，没有高雅的艺术，没有高深的思想；依然踏踏实实，没有飞黄腾达也没有大起大落，只是为了生活而忙忙碌碌的小蚂蚁。其实，不管是什么，只要真正做自己就足以。"一花一世界，一叶一菩提"，人的生命体验也许就是这么一个过程，从无到有，从偶然到必然，而后归于静寂和本原，乐在其中，无怨无悔。

秋，枫有一片红叶，于凄婉中点燃一片生命的火焰。

秋，杨有一片黄叶，于萧瑟中奉献一丝生命的温暖。

"啊，我的朋友，我拿什么奉献给你，我不停地问，我不停地找，不停地想噢……"在夕阳西下里，夜不能寐时，惶惶然。

人生之秋，花好月圆之时，虽没有太多甜蜜的奉献，但也得说几句感谢话：对亲人对朋友我都心存感激，感激自然的情、感叹自觉的行、感悟自由的梦。写下这些文字，就算是一点儿体验生命意义的感想，或者就算一点儿享受生活的感受。

序一

崇尚自然 感悟生命

我在捧读淳威这部书稿的时候，正值甲午中秋。眺望楼外，长空秋阳绚烂，景物流光溢彩；埋头书中，浮现青山碧水，犹闻鸟语花香。书稿中的文字与时令气候同显秋韵，大自然与作品里的情景如此合拍，不禁给人以神清气爽的感觉。

热爱自然，珍惜自然，热爱生活，珍惜生命，人类与大自然必须和谐相处。淳威这部书所要表达、所要追寻、所要创造的意境，正是天人合一。

我与淳威相识已20多年，平时见面不多，但是性情、志趣比较相投，感情还是深厚的。记得上世纪80年代末，淳威正在赤峰卫生学校担任团委书记，他们举办通讯员培训班，邀我去讲课。他那热情、真挚、朴实的言谈举止，给我留下了最初的印象。不久他调往市委宣传部工作，接触相对多了一些，于是相互了解也就深入了一些。淳威毕业于包头医学院，本来是学医的，但博学多才，思想活跃，肯动脑筋，时庄时谐，严谨认真，做起机关工作来也是得心应手。2006年的一天，淳威送我一本书《葵儿》，是一部他以母亲为原型创作的电视剧文学剧本，博大的母爱、动人的故事、炽烈的爱心、醇厚的感情、悲喜交加的生活经历、生动形象的艺术表现，令我沉醉不已。在繁忙的工作之余他还能潜心于写作，这是我没有想到的，而且由衷地佩服。

这次，淳威将他的新著《自然 自觉 自由》书稿给我，嘱为作序。固然朋友信任，作序却勉为其难，先睹为快可是真的。于是我不揣浅薄，谈一下粗浅的读后感想罢了。

这部书稿的内容，主体是作者对自然界、对社会、对生命的体验和感悟。洋洋洒洒40余篇作品，分为3个部分，题之为"自然、自觉、自由"，我觉得这种主体命名、归类划分和结构安排，既贴切妥当，又匠心独运，为作品整体提升了境界。《文心雕龙》里说"思无定契，理有恒存"，这总结的是作文的道理，揭示的是作文的规律。作者淳威所描述的人物景物以及社会现象，所认识所阐发的观点和道理，或彰或隐，或深刻或浅显，或明晰或懵懂，他总是在自觉地思考和表达着。正如作者在开头《自白》中所言："对亲人对朋友都心存感激，感激自然的情，感叹自觉的行，感悟自由的梦，就算是一点体验生命意义的感想，或者就算是一点生活的感受"，这正是这部书稿的主旨。文章合为时而著，作者的感受具有时代性、普遍性，因而发人深省、令人警醒。

书稿"自然篇"里，收纳了作者的十几篇纪实散文，表达和抒发了"热爱自然，热爱生命，热爱人类的家园就是热爱

人类自己"的胸臆。《小河淌水》中，回忆少年时代家乡草木葳蕤、流水潺潺的景象，感伤眼下河水干涸了、树木减少了、鸟儿鱼儿不见了；《山药花开》中描写父亲为儿子烤土豆的情景，感伤眼下化学产品的滥用，对生态环境和人体健康的危害；《被糟蹋的生命》则历数封建社会摧残生命的种种现象，是悲愤的控诉、痛心的呼号、深刻的警示。人类的命运与大自然密切相关，因而要崇尚自然，尊重自然规律，避免自然环境污染，这是当今世界关注的热点问题，也是这部书稿的主题思想，可见作者胸怀沉甸甸的社会责任感。

在"自觉篇"里，作者旁征博引、苦口婆心，所阐释的道理是：与其他生命相比，人是自觉的生命，自觉地思考自然、自觉地思考社会、自觉地思考人生，人类社会才能逐渐走向繁荣富强。

是啊，人类由于具有思想觉悟、具有精神世界，所以区别于其他动物。然而，人类在茫茫宇宙间、在浩瀚自然界又是十分渺小的，来不得骄傲自大，更不可为所欲为。淳威在他的文章《各有所长》中，就述说了许多动物的技能，诸如蚊子的飞行技巧、猎豹的奔跑速度、蓝鲸的劈波斩浪、大象的巨大力量、豺狼的灵敏嗅觉，等等，都是人类不可相比的。人类值得自豪的，只有自觉和创造。文章《大脑与客观规律》中，从生物科学的角度述说了人脑的发达以及具有感觉、记忆、思维、想象等功能，最终落到了人类能够创造和使用工具这个方面，这才是人类的本质特征。淳威是唯物主义者，在他的《神话》、《神化》等文章里，表达了这样的观

点：依靠幻想、寄托、寄生，恐怕终究仍将被淘汰乃至毁灭，只有创造才是无穷的。无疑，这种观点毫无疑问是正确的。

自由，多么崇高神圣的字眼，多么令人向往的境界！为了自由，人类百般追寻、百般奋斗、百般思索了几千年。可是，只要生为社会的人，自由永远是相对的。淳威的书稿"自由篇"里对此多有议论。他激情澎湃地讴歌音乐，说音乐是人类创造的天使，可以让情爱自由飞翔，可以穿越历史从古传唱到今，可以穿越地域传唱东西南北；他从牢笼里的动物谈到高墙之内的人，以此说明任何生命都渴望自由；他列举三纲五常、三从四德的封建伦理，斥责封建统治者对人性、自由的摧残、蹂躏，读来令人扼腕叹息。我不禁痴想：无论如何，时代在发展，社会在进步，人类从必然王国向自由王国迈进，这是不可阻挡的发展规律，尽管这个过程是阻碍重重、漫漫无期的。因为人是有觉悟的，只要人人都能自觉地改造主观世界与客观世界，那终究会进入崇高的自由世界。

举头望明月，云生结海楼，又是一轮秋。想来淳威作品的立意是高洁的，如同那颗皎洁温柔的中秋月。而他的写作功力，也很值得称道。所谓"清风明月本无价，远山近水皆有情"，古来今往的文字，总是以情感人，淳威的作品也是如此。只有胸怀大情大爱，才有资格去畅谈自然、自觉和自由。特别是他写亲情的作品更为感人，写父亲母亲，写哥哥姐姐，写妻子，写山妞，无不情动于衷，甚至令人牵肠挂肚。世上写母亲的作品恐怕难以计数，无不是歌颂伟大的母爱，但具体表现总会有所不同。淳威的《母亲的坚守》，从坚守家

园的角度展现母亲形象，对母亲双手的叙述格外精彩。母亲的事迹当然感人，淳威的写作情真意切，可以说是全书最美的一篇。

淳威的写作手法多为记述。他的叙述往往围绕主干从容不迫、娓娓道来，一旦遇有枝蔓，也能伸得出、拉得回，这便是散文创作的要领，放得开、收得拢，也就是人们熟知的"形散神不散"。淳威是内蒙古西部地区人，家乡遥远，难忘乡情，他写乡情的作品分外鲜活，内容和语言时常透露出几丝西部风情和风格，这也有意无意地为作品增添了个性化的魅力。在城市化、工业化进程加快的今天，无论实际生活中，还是文学作品中，浓浓的或淡淡的乡愁，显得格外珍贵、格外诱人。再说文如其人，淳威的性格有时庄重，有时诙谐，他的作品中的语言也是如此，常常一语双关，带着智慧的幽默。自然，还常常涌现出闪烁思想火花的语言，给人以回味和启迪，作品中不胜枚举。

深邃而壮阔的大自然，无须也无法去美化，人类只要去珍惜、善待它，不要给它添丑，合理开发、合理利用自然资源，保护我们的蓝天和绿地，那就足够了。与大自然和谐相处，需要人类高度的自觉，自觉性能够决定自由度，这就是我读了淳威书稿后的一点感悟。忝为书序。

2014年秋月夜
（刘军凤 原赤峰日报总编室主任）

序二

自然自觉自由的发小

几天前，我的发小梁淳威先生来电话，说他要出一本散文随笔集，并把《自然 自觉 自由》书稿寄来，邀请我随便写一点儿文字放在集子前面。本人才疏学浅，一个畜牧兽医专业毕业的人，本就没写过多少文字，上学念书的时候最愁的也就是作文课，此时被邀写序，在为他高兴之余感觉有一些惶恐。可他说：就要逼你这只"公鸡"下蛋。所以，硬着头皮写下只言片语，也算是对他有个交代，否则，那个"愣子"不会轻饶我。

我和淳威同一年出生在同一个村同一个生产队，"大跃进"期间住进了生产队的同一个集体托儿所。我俩是实实在在"光屁眼儿"就摸爬滚打在一起的伙伴。由于小时候营养不良，我俩从小就有同一个特点：肚大、头大、个子低。据说，那时我的体质要强他一些，他家人留给他的窝头常常一不小心就让我抢去。他从小就瘦弱，也不聪明，常常不知道自己几岁，有人说他是个"愣子"。大约从记事起，我们就一

块儿下河摸鱼、捉泥鳅、上树掏鸟蛋。不管干什么，他常常是我们的"司令"，或者更准确地说，他是"阎王"，我们是小鬼，一帮小伙伴都归他指挥，一些恶作剧也常是他一手导演的。他比我胆子大，记得上跟读小学（像现在的学前班）时，我们几个都不敢去，是家长让他领着我们去读书。为了保护我们，他敢向比我们年龄大的孩子发起挑战。所以他看瓜田时一人手持镰刀，敢向两三个偷瓜人发起进攻，直到偷瓜人认输、付钱为止也就不足为奇了。

上小学时，他不是很勤奋，可以说比较懒散，但智商的"闸门"好像打开了，而且智力过人，学习成绩突出。从上小学他就是班里的尖子生、班长。尽管当时只学习一些语录、"老三篇"之类，但常常是我们还没能读下来他就有可能会背诵了。一些算术题老师讲一遍他就能融会贯通，在自习课或课间，他"肆无忌惮"地站在讲台上给我们讲解。因此，他常常受到老师们的表扬，自己虽然心里"不服气"，但也假装"佩服"，防止那"愣子"对我下"毒手"。

从小到初中我们一直是要好的伙伴，我俩演过许多文艺节目：说相声，唱二人台，演三句半，也表演样板戏。可不管表演什么节目，我一直是主角，他只能是配角，捧我那"臭脚"，心里感到特别惬意。如"批林批孔"时期，我一般扮演杨子荣、李玉和等光荣伟大人物，他最光彩照人的形象也就是个"孔老二"，谁让咱声音条件和形象比他好呢。

再后来我俩又一同上了高中。可不到一年他却"抱病"休学了，我知道他是一个感情丰富的人，究竟为什么退学，云

里雾里我也搞不清楚，那"愣子"心里肯定有不可告人的秘密。两年后国家恢复了高考制度，他通过自学，在我们应届毕业时竟然考上了大学，那"愣子"又神气了一回。我们村同龄或上下差一两岁的伙伴考上大学的只有他一人。我认为，他的父母很勤劳，也有智慧，教育子女过程中从不溺爱。他们兄弟姐妹五个，有三个考上了大学，其余两个没考上大学也是因"文革"停课闹革命给耽误了。所以，村里的人教育子女也常常将他们家当作榜样。

说一句掏心掏肺的话，淳威是一个朴实的人，重感情讲义气，也很孝顺父母。他的父亲去世早一些，这也是留给他的一块儿心病，他常常讲述老父亲不让他吃烤土豆的故事，让我听得潸然泪下。2006年，他创作电视剧文学剧本《葵儿》，讴歌了他母亲平凡而伟大的一生，赤诚的孝子之心，展现了他高尚的人生境界。每年春节，他们兄弟姐妹轮流回家跟老人过年，也经常带老人到他们所在的城市旅游。2013年他带老母亲从赤峰返回乌兰察布路过白音察干，可巧我出门不在，他与老母亲在我们小区楼下转了一圈走了，这也给我留下了遗憾。

毕业后参加工作，我们各奔东西。他在赤峰，我在察右后旗。早些年我们只能书信来往，见面很少。记得1999年夏天，我出差去了克什克腾旗，为了见他一面，绕道去赤峰。见面后我们都很激动，把酒对明月，彻夜长谈，谈我们的父母，谈儿时的顽皮，谈男女同学的事业家庭，谈人生的艰辛与坎坷，谈生活中的喜悦与悲伤，更谈我们对故乡热土的眷

恋。随他在赤峰转了一大圈，看了周围的山水风景。临走时，他送我到火车站，目送火车离开。在火车开动的一刹那，我看到他眼里闪着泪光，我的眼睛也湿润了。他有时回老家路过我这里，常常喝得烂醉如泥，他就是一个性情中人。

光阴似箭，日月如梭，我俩在不知不觉中已临近花甲之年。人生短暂，回过头来看，这几十年忙忙碌碌，成就平平，好像啥都没干，我就到了爷爷辈儿上。倒是淳威能以感恩的心、平常的心，记录了我们难忘的童年、少年时光，也记录了改革开放后他对大好河山的情，对人间沧桑中的义，作为一个普通人，实在难能可贵。

啰啰嗦嗦说了一些不重要的话，关于他的集子没有几句，好在"文章千古事，得失寸心知"。淳威的心得，我也得慢慢品味。

　　　　甲午深秋　于乌兰察布市
　　　　（郭永贞 察右后旗畜牧局调研员）

目录

自然篇

目录

自然篇

太阳如父亲，大地如母亲，能量与物质相结合而进化了生命。一株小小草，一片大森林；一窝小蚂蚁，一群智慧人；一切生命都在太阳的照耀下，都在大地的滋哺中，如花一样绽放……

自然的世界，自然的生命，人类从自然中自然地进化而来，每一个生命最终也都将自然地回归自然中去。

神奇的自然，神奇的生命，有人类永远探知不尽的奥秘。而人类无知的急功近利行为正在破坏和糟蹋着自然，破坏和糟蹋着生命……

热爱自然，享受自然，无论身处山花烂漫的山野，或是精彩纷呈的时尚之都，只要有一颗崇尚自然的心，保持生命的本真，就能创造轻盈和谐的生命时光。

热爱自然，热爱人类的家园，就是热爱人类自己。

日出日落

　　"雨露滋润禾苗壮，万物生长靠太阳。"当一轮红日蓬勃而出，生命万物便精神抖擞蒸蒸日上。

　　太阳给生命以生存的灵光，太阳给生命以生存的力量，太阳谱写了生命之歌的韵律，太阳激发了生命的智慧光芒。

　　父亲爱种向日葵，每当夏日，懵懂的我来到父亲营造的这一片生命中，感悟阳光温暖生命、融入生命之醇美意境。当太阳渐渐升高，向日葵便舒展筋骨昂首挺胸，生命的精气神陡然活灵活现，金色的花瓣、金色的花蕊，偶有蜜蜂落在上面，那便是一幅美轮美奂金灿灿的生命图画。太阳在欢笑，向日葵也在欢笑，好像太阳摇落了一地金黄财富。顿时，太阳与生命的互动，让我陶醉，醉人的眩晕中，蒸发着醉人的遐想：为什么一切植物都扎根土地而趋光生长？为什么一切动物或畅游海洋，或自由飞翔，或驰骋大地，都趋光而明确方向？为什么虎啸山林、鹰击长空、百花齐放、百鸟争鸣都把太阳歌唱？为什么迎着朝阳浑身上下就充满无穷无尽的

力量, 阳光融入心海就会有美丽的梦想?

啊! 太阳, 无数个古代人类的神话或现代人类的科学都把你敬为生命之神圣父亲, 生命之"上帝", 生命生生不息表达着对你的永恒敬意。

你是浩瀚宇宙中一颗璀璨明星, 携着你的儿女子孙飞翔在无边无际的苍穹, 进行着亘古永恒的壮烈远航。在你温暖的怀抱里, 大地依赖你的神奇而五谷丰登, 大山依靠你的光辉而雄伟绚丽, 风霜雪雨渗透着你对生命的柔情, 江河湖海倾注着你对生命的渴望。

你掀起春风吹开生命的花蕊, 你舞起秋风收获生命的精髓; 你让大海蒸腾云卷云舒的及时雨, 你让洁白的雪花清清爽爽净化阴霾与忧郁。你让风动, 你让水移, 你把生命洒向每一方土地, 你给生命带来一片纯洁的蔚蓝天空和清新气息, 生命万物才能熠熠生辉。你的光和热, 让小苗挺直了迎接风雨的腰杆, 让小鸟展开了搏击长空的翅膀, 你让世界多姿多彩, 你让生命把春夏秋冬品尝。你在高山大海, 你在家乡边陲, 拨响大自然的琴弦, 敲开家家户户的门窗, 你像音乐一样流入每一个生命的心里。

在你的光辉照耀下, 人类从生命世界中自然进化孕育。人类的幼年, 茹毛饮血, 懵懂无知。一个个深寒凝夜, 生命蜷缩在黑暗中祈盼, 孤独的灵魂受尽魑魅魍魉的摧残。当你的光辉穿云破雾而出, 妖魔鬼怪魂飞魄散迅疾逃离, 一切黑暗、悲凉、恐惧都荡然无存, 你博大的胸怀一次次拥抱羸弱的人类, 一股股暖流融入血脉, 温暖着人类顽强地高扬起头

颀，去自由地追求搏击。

阳光属于每一个生命，属于每一个人，无论你富贵或贫贱，阳光都会把自己的温暖和光明送给你。沐浴在阳光中，你心中的黑暗和烦躁会冲洗得一干二净；沐浴在阳光中，你的精神会奋发向上，前进的步伐更加坚强有力。

晨光里，父亲瘦弱的背影，滚烫的热血，去播种生命的脊梁；夕阳下，母亲步履蹒跚采回明日生活的五彩衣裳。

春光里冰消雪融，破土而出的弱苗迎着你生发；夏日里荷花映日，破茧而出的彩蝶迎着你起飞；秋日里硕果累累，挥汗如雨的农民望着你欢语；冬日里瑞雪飘洒，一切生命在你的赐福中沉醉。

百花争艳、五谷飘香是你的味道，莺歌燕舞、六畜兴旺更离不开你的孕育。太阳，世界因你而美丽，生命因你而精彩和飘逸。

太阳，你创造了一个神奇的生命载体，叶绿体的光合作用把无机的世界变为"有机"，"有机"的世界才有生机，才有生生不息，才有多姿瑰丽。

太阳，你创造了一个神奇的生命节律，春兰秋菊，夏荷冬梅；花开花落，草青草黄；春生夏长，秋收冬藏；准确地描绘出你对生命的完美设计。

太阳，你不仅让绿色生命吟唱甜蜜与富裕，更让灵动的生命创造奇迹。蚂蚁、蜜蜂依你而明确前进的方向；变色龙依你而色彩斑斓以避天敌；骄傲的候鸟自由地飞翔，因你而南北迁徙；凶猛的豺狼虎豹也因你而变化色泽，自由地追寻

出击;田野的昆虫因你在卵蛹虫之间蜕变,牧人的牛马驼羊也因你而春情萌动繁殖哺育;昼伏夜动者因你而探头探脑,夜伏昼动者也因你而啼鸣欢语;一切生命都由你缔造,一切生灵都按你的指挥激荡生命旋律。

人类是你的"向阳花",日出而作日落而息,春天去播种生命的精髓,秋天去收获生命的希冀。

太阳,你给了一切生命以能量和动力,你将人类摆在生命的最高地位。你孕育了人类大脑的崇高智慧,让人类自觉地创造、自觉地追寻、自觉地迈开探求宇宙奥秘的坚强步履。

啊,太阳,你炽热腾升,流光耀眼,印证了沧海桑田变迁的遥远时空,释放着无限的光辉。

啊,太阳,你亘古恒永,气势壮美,印证了人类艰难跋涉的漫漫征程,承载着万物的轮回。

太阳,你是一切生命的神灵,你给人类永存的智慧和无限的启迪。

日出日落,春华秋实,诠释着生命与太阳一起脉动这个永恒的真理。

小河淌水

一条小河，弯弯曲曲，波光粼粼，从我家乡的小村旁缓缓流过。

小河流水滋润了土地，也滋润着乡亲们的心田。村庄的河边、地头、房前屋后绿树成荫，郁郁葱葱；村边上百亩果园，年年硕果累累，浓郁的花香果香从春天一直飘到深秋。远远望去，炊烟袅袅，云蒸霞蔚，农家的屋脊或青或红，若隐若现，就像鱼儿在碧波中荡漾。

喜鹊、乌鸦在高高的枝头筑巢，燕子、画眉鸟、河鸡子、麻雀等小鸟常在屋檐下、墙缝里、草丛中絮窝。光着小屁股的孩童下到河里捕捉泥鳅一类的小鱼儿，奶奶想要从河水中抱我回家，浑身上下如泥鳅一般溜滑，害得老人家常常在嬉笑中衣衫尽湿满身泥巴。

临近河边有几棵大榆树，树冠遮天蔽日，大约有四五百年的历史，最粗的那一棵五六个成人伸展双臂才能共同拥抱得住。据说，康熙皇帝曾经到树下歇息，也称赞其雄壮。

这几棵老树是村里一道独特的风景，茶余饭后，村里的人都得意到树下聊天乘凉，老人和妇女便是那里的常客。有的妇女怀抱大花被包裹着的婴儿，半遮半掩或敞胸露怀地哺乳；有的妇女一边做一些针线活儿，一边唠一些邻里家常；不管长相如何，大多是一些半茬子媳妇，东拉西扯，挤眉弄眼，荤素搭配，欢声笑语。村里的老人们，点燃艾蒿拧成的棒，清烟缭绕，艾香浓郁，举起长长的烟袋锅，就着火星香滋滋地吧嗒几口旱烟，给那些大田里干活劳累的青壮年汉子们讲一些盘古开天辟地以来的故事。伴着潺潺流水，老人们的故事在蛙儿的"鼓噪"和狗儿的"欢呼"声中一直要讲到鸟儿归巢，月上枝头。

春天里，一两场飘飘洒洒、朦朦胧胧的春雨过后，空气湿润而透亮。清早起来，暖丝丝的春风里传出清脆的鸟鸣，灵动布满整个村庄。果园里的李花梨花洁白如玉，漫山的杏花如烟如霞；伴着一缕缕清香，春的一笑一颦，在人们的鼻翼间、眼眸里轻轻飘荡。河边的小草，丰润健壮，像舒展的地毯，铺满河岸、林间、地头。金黄的、淡紫的、艳红的花儿，在草丛中、在地头边、在田埂上亭亭玉立、芬芳吐蕊，蝴蝶、蜜蜂便翩翩起舞。

当河两岸的白杨树刚刚吐芽时，男孩子们会爬到树顶，掰一些稚嫩的枝条，完整地拧下树皮，细端削成哨状，制作成小咪咪（方言，小喇叭之意），靠着河边树干，在调或不在调地吹一些山曲儿，抒发春意，感悟春天。我在放学后经过小河，常常和伙伴们一起爬树，一起制作"小喇叭"，长的短

的粗的细的，各种小喇叭合奏起来时，有高音有低音浑然天成，让人陶醉。可劲地吹一阵子儿小喇叭，浑身上下感觉轻松自在。再掬一捧飘花的河水洗洗脸，顿觉清爽舒坦。

村里的那些女孩子，就像岸边刚刚冒出淡黄嫩芽的柳枝，一个个婀娜多姿，在小河边飘来飘去，洗她们的秀发，也洗她们那好似"红萝卜"的胳膊和"白萝卜"般的腿儿。

那些儿时的小伙伴，至今都真真切切记得他们的姓名和笑貌。以花取名的女孩子有桂花儿、香花儿、梅梅、菊菊、牡丹；以叶取名的有红叶儿、粉叶儿、玉叶儿、叶青、莲莲、萍萍；以枝取名的有鲜枝儿、美枝儿、金枝儿、樱枝儿；还有翠香、葡萄、果果、桃桃等。农村人没什么文化，女孩子多以花枝叶果取名。取名最生动有趣的，还数姓牛的"大板儿"和姓白的"粉团儿"，"牛大板儿"身材魁伟，"白粉团儿"矮胖粗短，人如其名。男孩子取名没有女孩子那么好听，什么春和、月全、满仓、满贵、锁住，什么福云、福旺、福全、宝威、永珍、全占等，家长都是希望自己的儿子长命百岁，并且富贵吉祥。最有特点的是一位姓史的小朋友，由于方言中"史"与"死"不分，为图吉利长命，便取名"史还在"，意思是虽姓"史(死)"但还在活着，还不如直接叫"史(死)不了"呢；同样的原因，"段"与"断"也分不清，一位伙伴取名"段根焕"。特别让我难忘的是"毛圪缠"，毛姓，"圪缠"方言之意是撒娇、调情或无赖。"毛圪缠"，不管你怎么理解都有一些纠缠不清的感觉。山里的人就是这么朴实，取一个名儿都土得掉渣儿。但不管名字多么俗气，女孩子们多数长得水

灵，最漂亮的女孩子还数那个叫"牡丹"的姑娘。男孩子们多数也长得结实，像我这等瘦小的不多。这些小伙伴在一起上学，在一起玩耍，在一起"过家家"，"牡丹"还常常扮演我的媳妇，童言无忌，童趣多多。

顺着小河往上游去，有一座山，当地人称作猴山。山上虽然没有猴，但植被茂盛山花烂漫，清凉惬意。我常常和小伙伴一起到山里玩耍，男男女女三十几个同学，说说笑笑不一会儿就进到山里。山上可吃的野果野菜多种多样，我最爱吃山葱。山葱吃起来非常香，但闻着特别臭，就像吃臭豆腐一样，吃过山葱的人再和别人说话，其他人会受不了那个臭味儿。男同学大多数爱吃，女同学则显得特别矫情，尤其是"白粉团儿"，说话尖酸刻薄，惹得"毛圪缠"吃了山葱故意追着她说话，吓得她那身肉团儿上下颤抖，东躲西藏不敢靠近。男同学爱山，吃了山葱虽然口臭，但劲头十足，一口气冲到山顶，一览众山小的感觉很神奇，仿佛自己就是征服世界的英雄豪杰。立于山巅远眺田野，云蒸霞蔚，有一些蒸蒸日上的感觉；春天的田野如一块块碧玉镶嵌在山水之间；秋天的田野如五彩衣裳，衬托着大地迷人的丰满。山顶上还能够看到一个奇特的景观，对面山坡上用石头垒砌出四个大字："人定胜天"。那好像是"农业学大寨"的产物，大队干部带领村民砍伐植被后，表达一下决心，在那里显摆。山上有许多泉水，从石头缝隙慢慢儿渗出，一些裸露的山岩长了苔藓变得黑黝黝的，遍体生津。泉水汇成涓涓细流，在山崖下集水成潭，清澈见底。女孩子爱水，见着水，她们也好像多了几分柔情，采一些山花戴于发间，蹲在水潭边撩拨水花。大伙都知道，她们最爱到水潭里洗澡。每当这个时候，她们就装出一副严肃的样子，把男同学呵斥开，撵得远远的，外围设好"岗哨"后，就敢赤裸裸下水。大多数男孩子那会儿假装正人君子，躲到其他山凹。个别胆大不害羞臊的，像"毛圪缠"之流，也会爬到树上或躲在灌木丛中偷窥。更恬不知耻的是，他们偷窥后自得其乐也就罢了，竟然厚颜无耻地和其他伙伴悄悄分享观后感：某某屁股大，某某大腿白，某某没有胸，某某干瘪瘦。嬉皮笑脸说得津津有味，特别"下流"。我当然也有好奇心，确实分享过这些"桃色"新闻。有时候，伙伴们一旦说漏了，那下场可就惨透了。那些"母老虎"要是发了威，会群起而攻之，特别是那个"牛大板儿"，敢把男孩子扔到水里暴打一顿。被打的男孩子也自知理亏，谁让自己干那"缺德"事情呢，任打任骂从来不敢还口，更不敢还手。周围的男孩子没有人敢上去阻拦，要是打那个"毛圪缠"，大家甚至会煞有介事地鼓掌调笑。实际上他心里也明白，女孩子那几下打，与其说打还不如说挠痒痒呢，无所谓。

　　距猴山主峰不远的那条沟叫作老虎沟，几棵白桦树在小溪边高高挺立，就像几个不背行囊的浪子，浸在流动的清风里，枝杈上吐出整片整片的绿叶或黄叶，炽热地燃烧在枝干上，燃烧在阳光中。白桦树一旁是林场工人的休息场所。我有一个远房亲戚在林场工作，到中午，同学们可以在那里歇息一会儿。那些看山护林的师傅很热情，能够提供开水，那水都是山里的泉水，据说能够延年益寿，大家就着山野菜

吃一点儿干粮，就是吃窝窝头也觉得比平日香。

夕阳西下的时候，余晖撒在河面上，就像万点碎金，闪闪发亮。河里有美丽的鹅卵石，河水涌起朵朵小浪花，哼唱着欢歌，快乐地流淌。大家顺着小河往家走，跑了一天，跑够了，玩累了，实在走不动了，河水里洗一下脚，疲乏就消除了大半。往往在这个时候，那个"白粉团儿"是最麻烦的一个，总是赖着不走。这时，大家就撺掇那个"毛圪缠"去背她，她那一身肥膘，压得"毛圪缠"气喘吁吁。走不了多远，他俩就得一同倒在地上，伙伴们乘机起哄，说一些不雅不俗的笑话。弄得"白粉团儿"脸红一阵儿白一阵儿的，气急了还会掐几把"毛圪缠"，大家便幸灾乐祸地开怀大笑。可怜那"毛圪缠"，助人为乐也不讨好。

夏天，大人们会引河水浇灌庄稼，往往要在渠道里筑起高高的大坝，聚大量的水，就像一个小水库。同时，这里也就成了孩子们耍水水（方言：戏水）的乐园。

那时候，农村孩子根本没见过游泳衣，男孩子们赤身裸体在水里游泳嬉戏。勇敢的男孩子，站在坝顶一跃而起，一头扎入水中，然后再浮到水面，或仰泳或蛙泳或狗刨，各显其能。女孩子们不敢靠近，总是站在老远的地方有意无意地观望。个别调皮的男孩子，故意冲着女孩子"群魔乱舞"显示自己。要是看到"牛大板儿"和"白粉团儿"，那"毛圪缠"会第一个跳上坝顶显摆，张牙舞爪丑态百出，大家伙看不惯他们的恶劣表现，用泥巴朝他们一阵猛烈攻击，吓得他们赶紧潜入水中。这些小小儿戏，往小了说就是儿戏，往大了说

的的确确有"不正经"的嫌疑，不管是什么，没有人会嘲笑他们。可是，回到教室里，她俩绝对不会轻饶那小子。

骂归骂，打归打，谁心里也没有记恨谁。后来听说，长大后"白粉团儿"确曾芳心暗许"毛圪缠"，要不是家长反对，差一点儿就成亲。"毛圪缠"没把"白粉团儿"弄到手，一气之下参军去了。农村的女孩子虽然没有游泳的机会，但总愿打听一些男孩子们耍水水的奇闻异趣。她们觉得能够漂浮在水面游泳是一件很神奇的事情，对于男孩子耍水水她们是非常羡慕的。"毛圪缠"水性好，据说在部队为了抢救落水儿童还立过功受过奖，他娶的媳妇也是部队附近的一位农村好姑娘。

由于长年有河水浇灌，平川里庄稼长势特别好。墨绿墨绿的青纱帐，也是孩子们玩"游击战"极好的地方，神出鬼没易躲易藏，一直玩到庄稼收割为止。那时，村里的人们种植一种玉米叫作"长八行"，穗长行少粒黄，吃着比其他品种香得多。夏末秋初，家家户户都焖"长八行"，坐在大榆树下，捧着黄玉米，离大老远就能够闻到那清新的香馥馥气息。

一到秋天，大人们特别繁忙。中午或夜晚都得加班加点收割打场。牛羊都在收割后的田地里散养，也到漂着五彩落叶的河边饮水。生产队长"赵铁小"平时很会过日子，秋忙时节他准到河边眯着眼瞄扫（方言:观察）羊群，选择体弱不易过冬的宰杀，做大锅饭给社员们改善生活，大家在一起乐乐和和吃两顿有油有肉大餐。每当吃大餐，我们这些小孩子也不示弱，积极参加劳动也好混口肉吃。因为粮食

产量特别大，我们村是远近闻名的富裕村。一辆辆装满粮食的马车，不停地往公社运送公粮，那真是长鞭一甩，车轮滚滚马蹄儿忙。

冬天，河里结冰，而且上游的水不断流下，冰也会越积越厚，溢出河岸，甚至树林里果园里到处都是冰。孩子们不论男女都会滑冰，农村孩子滑冰没有冰鞋，只有自己制作的一些滑冰工具，最多的是冰车子和冰锥。我的冰车制作水平比其他小伙伴高，在冰上滑起来很快，大伙很羡慕我，往往求我为他们制作。我当时很牛，一般男孩子不愿意给他制作，防止他们抢我的"风头"。女孩子如果有要求，我还是愿意为她们服务，长得稍微好看一些的女孩子那就更不用说了。那个叫"牡丹"的女孩子特别愿意和我一起滑冰，我也愿意给她制作工具。滑冰时，我偶尔会弄破手指，"牡丹"用冰敷在我的伤口上，心里暖暖的。

每年的腊月初八，家家户户都要从河里刨大块儿冰，用冰车运回去，立在门前。有的人家还要在冰上雕刻一些造型，再浇上红红儿的腊八粥，冰清玉洁，披红挂彩，一种喜庆的气氛就从腊八开始了，过年的序幕也从此慢慢拉开。过大年，对于农村的孩子来说，真是其乐无穷。穿着新衣服，提着红灯笼，在树林里、小河边追逐嬉笑。其中，刨冰雕刻也是孩子们的一大乐趣，手巧的姑娘能够雕刻出许多花样。我属于"笨猪"那一伙的，只会雕刻猪头。"牡丹"娇嗔地说："你真是个属猪的。"

几十年在城市工作，常常在夜里梦见我逃离城市的钢筋混凝土丛林，梦见我抚摸白云亲吻蓝天，梦见家乡的山，梦见家乡流淌的小河。家乡的山赋予我坚硬的骨骼，家乡的小河给予我奔涌的热血。无论我在哪里，家乡的小河就是我人生的源头；无论我现在活得如何，家乡的土地永远是我生命的根基。我无限眷恋的家乡啊，我把深深的情融入梦萦魂牵的小河。

母亲仍然住在农村，想念她老人家，也想念那条小河，想念是我回家的巨大力量。但现在回到家乡，白发苍苍的母亲，面目全非的村落，感觉十分悲伤。不知道从什么时候发生了变化，河里的水断流了，干枯的河槽只见到鹅卵石和生活垃圾，再不见潺潺流水。河两岸的树林和果园早已经被砍伐，都变成了住宅大院。风雨中挺拔了几百年的大榆树不见了，鸟儿不见了，鱼儿不见了。

情绪低落的我顺着干河槽走进猴山，想去寻找儿时的记忆。可是，山里的树木稀稀落落，地表植被贫瘠，山石干裸，没有涓涓细流，没有清澈见底的水潭。唯有"人定胜天"四个大字还在山坡残存，一道道水土流失的痕迹挂在大字的下面，仿佛是大山哭泣的泪痕，我好失落。

故里重回，旧友流散；村里左邻右舍的房屋残破不堪，甚至房倒屋塌断壁残垣。"牛大板儿"、"白粉团儿"、"牡丹"等美女都远嫁他乡，"毛圪缠"也不知道"缠"哪里去了。村里只见孤寡老人，不见青壮年和儿童。青壮年都进城打工去了，儿童也随父母一起进城，大片土地荒芜了。

啊，家乡的小河，永远在我梦里和心里流淌……

山药花开

在我国的北方，浑厚而广袤无垠的黄土高原，向北延续连接着"天苍苍、野茫茫"的土默川（古称敕勒川），著名的长城雄关"杀虎口"守望在两地之间，走西口人出了"杀虎口"便到了我的家乡。家乡出产三件宝：山药、莜面、大皮袄。第一宝便是山药。

山药是家乡人对于山药蛋的简称，学名马铃薯，又名土豆、地蛋、洋芋等。山药茄科茄属，一年生草本植物。人工种植山药最早可追溯到公元前大约8000年到公元前5000年。我的家乡盛产山药蛋，品质好，产量高，在国内是小有名气的。

家乡人爱吃山药蛋，一日三餐大多有山药相伴。农村妇女早晨起来，往锅里添几瓢水，撒几把小米，切几个山药蛋，等开锅后，估摸着山药熟了，再撒几把莜面，放少许盐就可以食用。这种小米莜面山药搅和在一起的早餐俗称和子饭（也叫糊糊）。山药在小米莜面糊糊里煮开了花儿，集莜面

小米的清香于一体,吃起来格外香。

山药的吃法很多,最常见的还是山药和莜面搭配在一起制作的食物,巧妇能够做出几十种花样,这也是家乡人衡量媳妇好赖的主要标准之一。

午饭是大田里劳作的农民兄弟一日三餐中最重要的,为一家人准备午饭是家乡妇女一天中最忙碌的时候,同时也可展示她们制作山药莜面食物的手艺。山药既可以当作蔬菜,炒山药丝、拌山药泥,做大烩菜,做包子馅儿、饺子馅儿等;也可以和莜面搭配制作囤囤、含财、丸丸、山药鱼鱼、苦力等主食;或者蒸、煮、煎烤后直接食用,也主也副。

农民的晚饭比较简单,一般是粥或面条,不管吃什么肯定有山药相佐,就连面条的卤子也有山药条或山药丁。到了秋季农忙时节,新山药可以采挖,为了简便省事,也可直接焖一锅山药蛋当作晚餐。卸去一天的劳累,全家围在一起,就一碟咸菜,开花、起沙、口感好的人吃,剩余的喂给家畜,好端端的东西一丁点儿也不浪费。

寒冷的冬天,昼短夜长,农活儿少,一般人家都是一日两餐。晚上,家家户户都生火炉取暖,炉上烧开了水,沏一壶砖茶,左邻右舍聚在一起,谈天说地,品茶消食,暖胃活血。要是孩子饿了,自己在炉下烤几个山药蛋,既简单也方便。烤山药(俗称烧山药)是我最爱吃的食物,把握好火候,既要烤透又不能烤煳,把山药蛋烤得外面焦煳、里面干沙就恰到好处。父亲经常帮助我烤山药,看着我满手满脸的灰土和炭黑,他好像有一点儿自责,时不时还感叹一半句:"穷命的

娃，谁让你出生在这穷人家呢，没办法，只好吃这不值钱的玩意儿。"实际上，烤山药蛋时，满屋飘着煳煳的香味儿，孩子们高兴，暖意融融的，驱散了寒气。

一方水土养育一方人，家乡的自然条件适应山药蛋生长，农民的生活也离不开它。没有山药，就像巧妇难为无米之炊一样，当地手艺再精的媳妇好像也制作不出其他美食。没有山药，老百姓好像没有了食欲，也缺少了生活的品味。山药蛋，这个其貌不扬的土玩意儿，对于家乡人民来说是那么亲切，那么可爱，也是那么重要。它伴随着黄土地上的儿女一起成长，养育了一代又一代淳朴的农民子弟。

山药的种植比较简单。春天里，母亲挑选好一点儿的山药蛋，切成种子块儿，一个山药蛋根据芽眼的分布能够切四五个种子块儿。母亲把种子包装好，父亲扛起来，我扛上铁锹跟着父亲到山坡地里去种山药。家乡的平川土地都是水浇地，多数种植比较精细的农作物，而且铺撒大量肥料。山坡地种山药一般不用施肥，勤快的人有时施一点儿农家肥也就可以了。种山药时，种子包挎在肩上，铁锹插入土地，轻轻向前推动铁锹把，在铁锹和土地的缝隙里丢入一颗种子块儿，拔出铁锹，拍实土地就算种好一棵。母亲种地比较规范，棵与棵、行与行之间距离相等。父亲干活儿就没有那么认真，很随意。父亲长年给生产队喂牛，饲养牛很内行，和牛也有感情，他从来不看杀牛，也不爱吃牛肉。他瞧不起种山药这一类营生，觉得没有多少技术含量，按他的话说"种山药那营生太简单，随便在哪个坑里埋一颗种子就能

生长"。所以，他从来不把种山药当回事儿。但不管你重视不重视，山药蛋好像并不在意这些尊贵荣辱，依然忠诚地生根发芽。

待山药苗慢慢长高，会开出白色或粉白色的花。坡坡上、沟沟里，一片片、一洼洼，到处都能看到山药花朴实的素颜。山药花比起牡丹花、君子兰等名贵花卉，没有人家那么富贵，更没有接受过文人墨客诗情画意般的宠爱和吹捧。她从来没有登过大雅之堂，与达官贵人也不沾边，只在黄土高坡的贫瘠土壤上绽放，娱乐平民百姓。山药花虽然不富贵，但她没有那么娇气，也没有那么大的脾气，从来不要"大腕儿"，低调做花，极有自知之明。没有接受过赞美也好，没有享受过爱戴也罢，根植贫瘠的黄土高坡上，沐浴自然阳光，享受风雨洗礼，从不寂寞也无烦恼，她有独特的豪气。蝴蝶翩翩起舞，不嫌弃山药花的朴素；蜜蜂繁忙穿梭，不在意山药花微薄的甜蜜。层层叠叠的山药花，素雅而不失风韵，淡定而不失新意，在黄土高坡上呈现出一道非常别致亮丽的风景。

深秋时节，山药秧已经枯黄，山药花早已完成了她的自然使命，没有抱怨，没有遗憾，悄然消逝，可这并不意味生命的结束。乡亲们怀着感恩的心，携儿带女，扛着铁锹，挎着箩筐，提着各种麻袋口袋，小心谨慎地翻开山药秧的根茎，三个一群，五个一伙，一个个或金黄或紫红的山药蛋蛋，带着泥土的芬芳，鲜活地呈现在妇孺和青壮年汉子的眼前。这一刻，也许是山药花最愿意看到、最感到欣慰的时刻，她无

愧于头顶的阳光，对得起养育的土地，这是她生命的全部意义。奶奶在这个时候也最激动，她九十多岁了，满嘴没有一颗牙，山药蛋就是她最好的食物。能够吃上新鲜的山药蛋，好像奶奶的生命就有了新的希望。

山药花虽然早早离我们而去，但她把实实在在的果实留给了热爱她的人们。小小的山药花，竟然带给我们那么多的收获，难道她不比那些雍容华贵的花儿更为神奇？

山药比其他农作物产量大，秋收后家家户户都能够存储好几千斤，一家老小的生活就有了保障。

少小离家，几十年在城市里生活，很少能够吃到家乡的山药蛋。逢年过节回老家探望父母，母亲总是把她认为最稀缺的食物拿来给子女吃，包饺子也要包纯肉馅的。父母常常念叨："娃打小时候就净吃山药蛋，现在条件好多了，咱可不能再给娃吃那些不值钱的东西。"父母怎么说，我们只能顺从，哄父母高兴也不失为孝顺。其实，自己心里总是觉得山药馅饺子比纯肉馅饺子更有食欲。

有一年，春节前回家探望父母，母亲到县城的姐姐家帮助准备年货，只有父亲自己在家。他美滋滋地告诉我，凉房里有一只宰后存放的羊。我知道，父亲从来就没有杀过一只鸡，他更不敢在羊身上动刀子，也不怎么会做饭，他是想让我剔羊肉做一顿可口饭菜。父亲的一片心意，不可违背。正要动手，恰巧一位儿时的伙伴请我到他家喝酒，盛情难却，我只能放弃剔羊肉应邀参加。小时候的伙伴聚在一起，无拘无束，一折腾就没完没了，酒一直喝到夜晚十点多才结束。

当我醉醺醺回到家，发现父亲不知哪来的勇气，居然剔好了羊肉，而且肉骨头也早已煮得烂熟。父亲说："你尝尝，可能煮大劲儿了。"可我已经没有胃口，摸一摸父亲已经铺好的热乎乎的被褥，躺下就睡着了。第二天一早起来，我急着要赶路，看到炉下有几个父亲昨晚吃剩的烤山药蛋，当时就来了食欲，吃得好香。父亲抱柴进屋发现我吃烤山药蛋，便沉下了脸，喘气也粗了，踢踏着我丢在地上的烤山药蛋残渣，急三火四地给我热肉骨头，那双划火柴的手微微颤抖着。他可能以为，烤山药蛋那东西他自己吃还可以，给远方回家探望他的儿子吃那不值钱的烤山药蛋，好像亏待了他"尊贵"的儿子。也许他心里很不舒服，可汽车已经到了门口，我来不及再吃，便匆匆忙忙上了车。上车后回望父亲，他满脸愧疚地望着我，默默无语，那双粗糙笨拙微颤的手不停地抓挠着花白的头发。那一刻，我心里特别酸楚，觉得父亲是那么苍老可怜。后来听母亲说，父亲因为这事儿总是念叨："娃儿大老远回来一趟，啥好的也没吃上，光吃了几个烤山药蛋就匆忙走了。"

父亲老年，因某些东西过敏导致脑和多个器官出血，最后得了脑萎缩病，表现为老年痴呆症。父亲时而清醒时而糊涂，糊涂的时候更多一些，母亲稍微不注意，他就尿裤子拉被褥。父亲痴痴呆呆，五个子女他也常常不认得。父亲走得太突然，临终前子女们都没有在他老人家跟前儿。他孤独地离开时，迷迷糊糊和母亲说的最后一句话竟然是："娃回家千万不要再吃那烤山药蛋。"

　　父亲带着对我们的深深挂念走了，他许许多多事情虽然都忘却了，但内心深处始终保留着对子女的疼爱。当我赶回家，望着棺木里那熟悉而慈祥的面容，我连一声"爹"都没叫出来便泣不成声、泪如雨下……

　　父亲走了，遗留给我们永无偿还的心情。父亲的爱，没有那么多语言，总是那么深沉。我也常常后悔，自己是多么愚蠢，怎么能在父亲面前吃那"不值钱"的山药蛋呢? 自己已为人父，要知道天下的父母永远都要把自己最美好的东西留给子女。他从来就盼望孩子们能够吃上比山药蛋更好的东西，可我还偏偏吃那山药蛋，嘴咋就那么欠呢! 吃几个烤山药蛋是如此让父亲感到内疚，这件事情让我永生难忘。

　　其实，山药蛋的营养价值非常高，营养成分结构合理，好多粮食、蔬菜或水果都不如山药蛋营养素全面，目前已经成为中国的主粮之一。山药蛋"药"性十足，有预防多种疾病的作用。其性平味甘、健脾和胃、益气调中、缓急止痛，对于脾胃虚弱、消化不良、肠胃不和者也有显著疗效。这个山药蛋只是因为"相貌平平"，产量又特别大而不名贵。就像我们日常能够呼吸新鲜空气，能够喝纯洁的天然水、深井水一样，这些生命必需的物质往往容易被我们轻视，甚至被我们污染。其实这些最普通的东西才是生命存在的最基本条件。当我们认识到这些物质的重要性的时候，可能已经造成不可估量的损失。

　　实行市场经济以后，山药蛋这个最普通最不值钱的食物，越来越被人们重视，成为受人"尊敬"的绿色产品，价格

也一路走高。近几年，我发现山药蛋的品质越来越差，没法和过去的相比。大量化肥、农药在农业生产中无节制滥施，增加了产量，追求了经济效益，却改变了农作物的本来品质。市场上买几个山药蛋，无论你怎么烤都是水了吧唧的。现在，我常常对市场上那些光鲜亮丽的蔬菜产生怀疑，它们究竟是在怎么样的人工环境里培育的？会不会掺假蒙蔽我们的感官？人类从清清净净的大自然中进化而来，为什么现在的生活却变得如此混浊？那些肮脏的东西会不会改变我们人体内的生物化学反应，进而影响生理结构和身体健康呢？

记忆中那烤得外焦里沙的山药蛋，一旦失去才知道它是那么弥足珍贵。它朴实无华的外表、干沙甜面的口感，永远留在我最深深的记忆里。

噢，山药花开，蛋蛋留香。

蚂蚁精神

　　父母亲共生育了五个孩子，我上有两个姐姐一个哥哥，还有个妹妹。我是最调皮捣蛋的。

　　我出生在上世纪50年代末。那时，国家实行人民公社大食堂制度，粮食蔬菜集体所有，自己家里不允许生火做饭，男女老少都得到生产队大食堂就餐。据说，当时提倡崇高理想，实行"大跃进"，人民生活水平三五年就能赶上甚至超过英美，跑步进入共产主义。可事实证明，那是个愿望美好的"幻想"。家乡的老百姓那时吃不饱，更没有多少油水，经常上山薅一些山韭菜、山葱填饱肚子，那些玩意儿吃多了屁多而无臭味儿。所以，家乡人把不切实际的事情，讲空话的事情，也叫作"放虚屁"。

　　由于营养不良，从小体质虚弱，骨瘦如柴、头发稀疏，而且口齿不清。都长到六七岁了，我还总是记不得自己几岁，智商特别低下。村里人说，这娃娃或许是个愣子（傻子）。一传十，十传百，大多数人都知道了这事儿，有些好事的人总是在众人面前故意考我："愣子，几岁了？"我答不来，只能羞答答灰溜溜地躲开，远远听着别人嘻嘻哈哈地嘲笑，心里特别不舒服。就是回到家里，偶尔来了亲戚朋友，也会问同样的问题。特别是有一个嫂子，越是人多，她越咧着那张大嘴故意考我，让我下不了台。我越脸红她乐得越开心，我心里有一点儿厌恶她，可也没办法，谁让她是我嫂子呢。她有权利开我的玩笑，我只能尴尬地躲开。

刚刚上学那阵子，凡是考试，总是不及格，甚至考零分。老师不喜欢，同学瞧不起。为了这事儿父母没少操心费事，他们想不通，哥哥姐姐学习成绩怎么就都那么优秀呢？他们不甘心，用心颇为良苦，常常用哥哥姐姐获得的各种奖状奖品开导鼓励我，但我依然"呆头呆脑"，没有一丝一毫成效。母亲很着急，有时发现我把书本偷偷扔在院里某个角落逃学，气得她咬牙切齿的，巴掌打我也觉得不够解气，笤帚疙瘩便成了母亲常用的"刑具"。有时打得我屁股蛋儿都不敢着地，可不管怎么打，我好像没有泪腺，就是不哭，咬紧牙关硬挺，母亲一把推开我，自己抹眼泪。现在想起这些事情，我觉得自己一定不会做"叛徒"。可任凭父母软硬兼施，我就是毫无起色，仍然榆木疙瘩一块儿。母亲很无奈，她甚至也怀疑：龙生九子也有高低不齐，这娃娃顽固不化或许真是个愣子？

我虽然学习不好，可也多少有一点儿自尊心，人多的地方我就回避，特别不愿意去，常常一个人到野外玩耍。蝴蝶、蜻蜓、屎壳郎、蝼蛄、蚯蚓、小泥鳅、小蚂蚁、蛇狮

子（四脚蛇）、麻雀、画眉子、河鸡子等小动物就成为我的"好朋友"。它们从来不会问我几岁，只有我考问它们的权利。我"逮捕"它们后，首先就问："你几岁了？"不管它们回答与否，我从来不嘲笑，也从来不祸害它们。我时常客客气气请它们"吃饭"，欣赏它们的精彩"表演"，抚摸它们美丽的羽毛，关注它们战斗的"武器"。屎壳郎头顶那犄角，蝼蛄那舞动的"钢锯"，蝴蝶那棒槌触角和五彩斑斓的羽翼，蚂蚁那细腰瘦腿，蜻蜓那大而长的翅膀和突出的眼睛，四脚蛇那长而易断的尾巴，画眉鸟那京剧脸谱一般的眉纹，都启发我无限的遐思。我爱那些"朋友们"，就连偷吃粮食的麻雀，玩一会儿也会"无罪释放"，从来不给它们脸色看。因为爱那些"朋友们"，我常常觉得自己的心地是那么善良，那么富有同情心和爱心。因此我也时常产生一些抱怨，虽然自己学习差一些，那些没有爱心的人们至于那么嘲笑挖苦我吗？至于说我"愣"吗？我常常和我的那些"好朋友"交流感情，增进友谊，希望它们向我善良的一面学习。

　　我从来不把鸟儿和蚂蚁、蚯蚓关押在一起，害怕它们之间产生不团结现象。但红蚂蚁和黑蚂蚁关押在一起是常有的事儿。"红军"和"黑军"的争斗有时很激烈，难分难解不分胜负。蚂蚁这个小东西可不能小看，它们分工明确，勤奋工作，团结一致，有很强烈的"民族"自尊心。它们常在蚁穴口建筑"壁垒"，随时迎战来犯之敌。它们身体虽然瘦小，但力量巨大，几个小蚂蚁就能拖拉蚯蚓、蝗虫等"庞然大物"。蚂

蚁蛋也特别大，一个小蚂蚁就能够扛得动，甚至小小蚂蚁能够举得动重量超过它体重十几倍的东西。或许是勤劳勇敢的精神赋予娇小的身体以惊人的力量，蚂蚁的勤劳勇敢精神让我很佩服。

其实，野外也有一些讨厌鬼，我最不愿意看到癞蛤蟆，其丑陋常让我感到厌恶。有时不注意，它会突然从脚下蹦跳起来，看到它就像看到故意考我几岁的那些人一样，一股恶心劲儿直顶嗓子眼儿。

一个人在野外和那些"朋友"玩耍，没有寂寞，没有烦恼，其乐无穷，乐不思家。当远远看到有人过来，我就东躲西藏，不愿意和他们打招呼。在野外是欢乐的，一回村里我立刻变得沉默无语，低着头赶紧回家。

那一年放暑假，大姐从大城市上学回来了。每次见到她，就像见到了大救星一样，心里特别激动。大姐从来不说我是愣子，更不允许别人说我愣，谁敢说我愣她就红脸，惹急了她，甚至敢斥责他们一顿。只要大姐回来，我就寸步不离地跟着她，心里特别踏实，人多的地方也敢去，因为谁也不敢再考我，觉得很有面子。这一暑假大姐用她节约的零用钱给我买了那么多好吃的，而且买了铅笔、方格本、橡皮等学习用品。大姐一有空闲就教我读拼音，教我认字，教我算术，凡大姐教我，我就很用心，学得也很快，大姐认为我很聪明，父母亲也觉得很奇怪。

又该开学了，大姐走了，我心里又空落落的。母亲拿出大姐给我买的学习用品，动情地说："这可是你大姐饿着肚子

节约的一点儿钱买的，你再不好好学习，可对不起你大姐。"接过那些东西，当时我心里确实沉甸甸的。

开学第一课，我特别用心听老师讲课，课堂上老师再提问我，忐忐忑忑的我竟然答对了。老师感到很惊奇，高兴地表扬了我，他那异样的表情至今深深印在我的记忆里。当时，我的心情不知道有多么激动，眼泪差一点儿掉下来。老师布置作业后，我攥着新铅笔，盯着崭新的方格本，耳边好像总是萦绕着母亲的话："这可是你大姐饿着肚子节约的一点儿钱买的。"我小心谨慎地完成作业，郑重其事地呈给老师，坐回座位，忐忑不安地等待老师"判决"。那一会儿，时间好像过得太慢，可又害怕"判决"来得太快，我的心里七上八下的。下课前，老师严肃地向同学们说："大家猜一猜，谁是今天完成作业最好的同学？"我不敢抬头，就觉得自己的心快要从嗓子眼儿跳出来了。老师接着说："他就是大家平时叫'愣子'的同学。"我的脸腾地一下红了起来，感觉同学们的目光像火一样烧烤着我，全身上下也好像膨胀起来，忽忽悠悠不知身在何处。老师接着宣布："以后谁都不允许再叫他'愣子'，他其实很聪明。"

打那以后，我好像茅塞顿开，不仅一般的学习问题很容易解决，疑难问题也往往第一个寻得答案，老师和家长不断地鼓励我，增强了自信心，学习成绩扶摇直上，并且一马当先。到期末考试，我的成绩已遥遥领先，老师表扬了我，而且颁发了奖状。村里的人听说我学习成绩一下子变得特别好，议论纷纷。有人给我平反"冤假错案"说："那娃娃本来就不是个愣子，他就是贪玩儿。"那些过去见面就考我的人，好像也多了几分和气，再也没有人叫我愣子了。

大姐回来了，当母亲喜滋滋地把我的奖状递给她时，她激动地拥抱着我流下了眼泪。

学习成绩优秀了，自然当了大班长，可我仍然是个不听话的孩子。有了学习上的自信心，打架斗殴就像家常便饭，随时发生。虽然身体看起来又小又瘦，但敢打敢拼，和其他班同学打架曾经以一战二，打得对方落花流水。同学们佩服我，我当时和同学们吹嘘说："我向蚂蚁学习了勤劳勇敢精神。"大家对我刮目相看，给我起了一个"硬刺儿头"的新绰号。在我的影响下，我们班的男同学个个"英勇善战"，我常常带领同学们掏鸟窝、捅马蜂窝、堵别人家的烟囱、偷生产队的西瓜、挖地道、打坷垃仗、光腚耍水水（方言：戏水）、骑着驴偷摘果、下河捉泥鳅、上山逮野鸡、学乞丐讨饭、模仿瞎子吹喇叭，往女同学的桌洞放过癞蛤蟆，往老师的粉笔盒里放过屎壳郎，真是"无恶不作"。

有一次耍水水，到了一个不熟悉的水坝下，不知深浅便一头扎入水中。刚刚下过雨发了山洪，水太凉而且太深，在距离对岸大概四五米处，我毫无半点儿力气，垂死挣扎，胡乱扑腾，生命危在旦夕。一位哥们儿急中生智，急忙掰断一根树杈，抓着岸边的柳条，向我抛来救命的那根树杈，从死亡线上拉了兄弟一把。哥们儿讲义气，从此我的作业本随便那哥们儿抄。班主任老师对我是又爱又恨，爱的是我学习成

绩一直领先偶尔给他增光添彩，恨的是校长批评我们班是最能捣乱的班级。班主任心里明白，一切"恶作剧"都是我导演的。

我和伙伴们最快乐的事情是野炊。春天里能够掏到各种鸟蛋，随便挖一个土灶，用小铁盆舀一点河水，捡一些庄稼茬生火煮熟，大伙儿一起分享。夏天里，生产队种植各种蔬菜，有白菜、水萝卜、胡萝卜、韭菜、小葱等，这些蔬菜田就是我们经常"偷袭"的目标。我们常常潜伏在高粱、玉米地里，等待出现"战机"。有时也派出"小股部队"大摇大摆地出现在田埂上，吸引大人们的注意，"主力团"则从另一侧进入"战斗"，然后迅速消失在青纱帐里。这种声东击西的"战术"往往让大人们防不胜防，我的"游击队"，那真正是青纱帐里逞"英豪"。秋天，田地里随处堆放着玉米、毛豆等农作物，我们的"袭击"手段主要是用"火攻"。把毛豆或玉米搬到一个隐蔽的地方，直接用火点着，噼噼啪啪不一会儿，就能够享用美食。冬天比较辛苦，主要是"狩猎"鸟儿、山鸡、野兔，猎物多数是鸟儿。套鸟比较简单，偷偷拽一些马尾，捻成套，扫开一片雪下套，再扬撒一些秕谷杂草把套伪装起来，鸟很快就上当被套。用这些猎物制作美食的过程比较残忍，一般是把鸟捆绑好，外面糊泥，然后直接投入火中烧烤，看着特别不忍心。这些事情我不愿意参加，更不愿意享用，心里觉得不得劲儿。

回想自己小的时候，没有那么复杂，就像一只快乐的小蚂蚁。虽然没有琴棋书画陶冶情操，没有刀枪剑戟锤炼意志，但大自然的山水天地花鸟鱼虫赋予我生命纯真善良的秉性，宽厚包容的胸怀，随遇而安的自然乐观精神。所以，儿时的记忆更多的是快乐和幸福。

小小蚂蚁精神，鼓舞我走向人生之路。

苦菜情缘

　　每到春季，家乡的田野地头随处可见新鲜稚嫩的苦菜。顿时，一种温馨的暖流就会涌上心头，觉得全身上下特别滋润。

　　苦菜，学名苣荬菜，又名苦苣菜、败酱草、取麻菜、曲曲芽等，为桔梗目菊科植物，多年生草本，全株有乳汁。苦菜味苦性寒，开花前连根拔起，洗净晾干可入药，能够预防和治疗多种疾病。苦菜具有清热解毒、凉血利湿、消肿排脓、祛瘀止痛、补虚止咳的功效。富含多种必需氨基酸、维生素、微量元素，对于维持人体正常生理活动、促进儿童生长发育具有重要作用。苦菜味道独特，苦中有甜、甜中有香，民间食用已有2000多年的历史，《诗经》中曾经有过记载。

　　苦菜是家乡老百姓最喜欢食用的野菜。苦菜不会挑剔土地，土地也不会挑剔苦菜，只要稍微给一点儿阳光和温暖，苦菜就会淋漓尽致地展示生命的奇迹。一到春季，村里的妇女儿童都要出去采挖那些还没有长茎开花的嫩芽鲜

菜,用手轻轻掐一下苦菜那嫩芽,就会涌出洁白的乳汁。那是一颗纯洁的心灵,那是流动的生命,那里充满生命的寄托和希望。

把苦菜拿回家,洗净,焯一下,切碎,和土豆丝拌在一起,清香、鲜嫩、可口,吃一碗想下一碗,真正有肚饱眼馋的感觉。苦菜不仅口感特殊,滋养作用也非常了得,农民兄弟在"赤日炎炎似火烧"中辛勤劳作,很少有中暑或热伤风发生。

奶奶最爱吃苦菜,一辈子都有吃苦菜的嗜好,她和苦菜的"情缘"那真是"情到深处情未了"。奶奶身体很硬朗,每到春天,她总是带着我出去采挖苦菜,小脚老太太走起路来硬骨铮铮的,一点儿不比年轻人差。奶奶太熟悉村前屋后的山水田地了,哪里的苦菜多,哪里的苦菜早出芽,她了如指掌。听奶奶说,爷爷是从外地移居到我们那个村的,他在村里房无一间地无一垄,做一点儿小买卖接济生活。爷爷常常徒步百十里进城进货,针头线脑的小商品,走村串户叫卖,城里一头村里一头来回跑也挣不了多少钱,家里的生活主要由奶奶支撑。奶奶领着四五个孩子东家暂住几日,西家暂住几月,她常给富裕人家打短工,日子过得很紧巴。一到春夏之交,青黄不接,奶奶就带着大爷、父亲和姑姑们漫山遍野采挖苦菜,维持生活。奶奶说:"苦菜那乳汁可是好东西,最养人。"

我现在将近六十岁,再回想她老人家的这句话,感觉确实有一定道理。大爷和父亲活了八十多岁,俩姑姑都活到将

近九十岁，难道与苦菜那乳汁没有一点儿关系？我想，苦菜的乳汁一定比现在的保健品功能更强。

奶奶采挖苦菜后，最常见的做法除了和土豆丝拌在一起外，还可以和莜面掺一起，再加一些葱花，攥成团，蒸熟后那个味道是山珍海味不可比拟的。苦菜可以直接拌凉菜，也可以做成饺子馅、包子馅，只要是奶奶用苦菜制作的美食，我都特别爱吃。

苦菜长大后，会长出一根茎，茎上开出黄色的花。这时的苦菜，人一般不吃了，主要用来喂猪。小时候，我一放学就去拔猪菜，每天都得拔满满一箩筐，拎到小河边洗净。我家的猪每每看到我挎着菜筐回来，一准窜到我跟前和我亲近，看那迫不及待的眼神儿，让我感到拔苦菜的辛苦劳动很有"价值"。苦菜的乳汁沾满双手不容易洗掉，我那双"劳动人民"的手，河水里很难一次洗干净，总得回家用肥皂洗。洗手后把水泼在猪身上，给它也冲一个凉水澡，它一边吃苦菜一边还舒服得直哼哼，好像在说：咳咳，谢谢，谢谢啦。整个夏天秋天，猪的主食就是苦菜，那真可谓绿色食品。

农村养猪，为的是临近春节宰杀后卖一些猪肉增加一点儿经济收入，也好改善全家人的生活。苦菜喂大的猪，个个膘肥体壮，肉味儿实在太香了。在那个物质匮乏的年代，让我最难忘的就是吃杀猪菜。农村的学校在冬季上课实行一次性放学，中午只休息一会儿，接着还上课。每到放学时刻，孩子们早已经饥肠辘辘，争先恐后地往家里跑。杀猪那天，我就盼啊盼，唯恐老师拖堂不下课，恨不得立即放学，好

回家吃杀猪菜。平日里奶奶和家里人一起吃饭，凡是改善伙食，她就不和他们一起吃，偏偏得等着我。这对我有两个好处，一是有人陪伴吃得香，更重要的是只要奶奶还没有吃到嘴里，留下的好吃的就比较多。杀猪菜里的肉片那么多，奶奶总是往我碗里夹，她吃几片就再不动筷子了，一边端详我吃一边还夸奖："这猪全是靠我小孙子拔苦菜喂大的。"奶奶这么说，我吃得也好像更理直气壮一些。

不过，杀猪菜虽然吃得香，但也难消化。奶奶看我吃得多，当我晚上躺下后，就会给我揉肚子，一边揉一边还念念有词："鸡不叫，狗不咬，揉揉肚肚往下跑。"

1969年，已进入腊月，雪下得特别大，寒风呼啸气温骤降。九十岁的奶奶病了，我也病了。我那场病是记忆中最凶险的一次，头痛欲裂，高烧不退，呕吐不止。现在看来那是严重的脑膜炎，十分危险。大姑姑来探望奶奶，买来一些当时最昂贵的水果罐头等食品，奶奶几乎没有吃，多数成了我的美食。奶奶虽然病得痛苦不堪，口中仍然念念有词："天灵灵地灵灵，阎王小鬼要听清，你想牵魂儿就牵我吧，千万让我孙娃娃好了呀。"奶奶念叨得认真，大姑姑和母亲听着非常感动。母亲问奶奶："您想吃点儿啥？"她说，其他的都不想吃，就想吃一点拌苦菜。可寒冬腊月去哪里找苦菜呢？之所以说奶奶和苦菜"情到深处情未了"，就是因为这个原因。当我清醒的时候，奶奶断断续续地要求我一定要坚强。奶奶没有再吃上她喜爱的苦菜就离开了我们，临终前奶奶仍然要求父母亲照顾好我，不要为她伤心，她眼巴巴地望着

我，慢慢停止了呼吸……

　　我在别人的搀扶下勉强下地给奶奶跪灵，心里想：一定是奶奶挡住了死神，用她的生命为我争取了生存的希望。在她老人家离开的四五十年里，每当吃到苦菜，我就想起我亲爱的奶奶。苦菜那洁白的乳汁，就好像奶奶那颗清苦善良的心，她饱含着奶奶的祈盼。

　　现在人们的生活富裕了，苦菜不再是穷人解决粮食蔬菜短缺的替代品，反而正儿八经摆上了豪华酒店的餐桌，成为名菜佳肴。倒是现在的猪也不知道喂些什么东西，猪肉水了吧唧，没有猪肉本来的味儿，吃着也没有食欲。

　　我常常怀念挖苦菜的岁月，怀念奶奶，羡慕和敬仰她老人家硬骨铮铮的身板儿。我和奶奶一样，生命里永远流淌着苦菜的乳汁。

山妞

　　距离我家二十多里有一座山，叫作蛮汉山。远远望去，大山雄伟挺拔，高入云端。

　　走进山里，原始森林绵延几十里，遮天蔽日。凉风啸啸，流水潺潺，鸟语花香，如诗，如画，如歌；奇峰突兀，怪石嶙峋，云雾飘飘，如梦，如幻，如仙。

　　山里有一洞，称作"佛爷洞"，总是流淌出冰冷的水。听老人们说，洞里有长生不老的仙。进去过山洞的人说，那洞里的冰柱和冰挂，大夏天也挺挺拔拔奇奇怪怪，十分神秘；进过洞的人都没敢深入到洞的尽头，大多数人只在洞口取一些水用来饮用或洗漱。据说，那洞里的水能够祛病健身，延年益寿；男人喝了，雄壮有力，意志刚强；女人喝了，嫩肤美容，多子多福。

　　山下有一条小河，河水清澈见底，河岸边长满了奇花异草。山洞里的水都流入了河中，炎炎夏日那河水都有一些冰冷拔凉的感觉。河边有一小村庄，只有十几户人家几十口人，

他们常年食用山上的野果野菜，喝那神秘山洞的冰水，静静地享受大自然的恩赐，自得其乐，安然自在。外地进山的人常常在这个村里歇脚，听村里人讲述山里的奇闻逸事。最有趣的一个故事说的是：村里一位姓郭的小伙子，父母亲患病多年，家贫如洗，他靠放羊为生，照顾他贫病交加的父母。有一天他在山上放羊，遇到一只受了伤的小狐狸，小伙子看它可怜，便挤一点羊奶喂它。一连好多天，这只小狐狸总是出现在小伙子跟前儿，小伙子也总是心怀仁慈地喂它，甚至把家里孝敬父母的炖鸡块给小狐狸吃。有一天，小狐狸叼着一棵奇怪的草来到小伙子面前，向小伙子拜了几拜，丢下怪草便消失在丛林中。小伙子非常纳闷儿，这棵草长得奇特，究竟是一棵什么草呢？他回到家里，试着用这棵草熬了一碗汤给父母亲喝下，不出几日，父母亲容光焕发病除体健。这只祥瑞的小狐狸，救了小伙子全家。小伙子从此上山寻找仙草，为老百姓治病，屡试屡效而声名远扬。同时，小狐狸的美丽善良也渐渐深入人心。

这个山里的小村庄其实并不起眼，可流传的故事却相当久远。村里一位号称"郭先生"的老中医也相当出名，他就是那位治病救人的小伙子的后代。人们都说，"郭先生"的中药十分神奇；方圆几十里，凡是得了疑难杂症的人，都驴驮马拉地到老先生这儿求医问药。

那年夏天，我十五六岁，怀着一颗强烈的好奇心，跟随一位哥们儿来到这个小山村给他母亲看病。他们去"朝拜"那位郭先生，我便在村外转来转去，好奇地观山看景，感受

那山那水的风韵，沉静在一种神秘的氛围之中。挺拔的山峰下，清澈的小河边，每一棵树、每一株草、每一个飞过的小鸟都带着神秘的光环。心里想：如果能够巧遇一只祥瑞的小狐狸那该是多么美好的事情啊……

当我顺着河边朝着几棵怪柳走去，发现有一位女娃儿，甩着两条大大的辫子，洗一些花花绿绿的衣服。我圪蹴到她的上游不远处，喝了几口清水，那水确实清澈甘甜、清心润脾，有一种陶醉的感觉。我掬一捧水洗洗脸，抬起头美滋滋地向她望去，她也愣怔怔地瞅着我，四目相对的一刹那，把我惊呆了：粉嫩的脸蛋，水汪汪的大眼睛，长长的睫毛，迷人的容貌，那真正是粉妆玉琢。也许她发现我目瞪口呆的样子很好笑，就冲我丢了一个不好意思的眼神儿，羞涩一笑，笑得那么甜那么美。然后，她慌慌张张洗她的衣服。她不再瞅我，我突然觉得自己脸红了，站起来匆匆离开。走到路边，忍不住又回头望了她一眼。打那以后，她的笑容时常浮现在我眼前。有时候我心里想：这个女孩子为什么长得那么漂亮，是不是小狐狸变的呢？如果她是小狐狸，说明小狐狸成精了，说不定自己也能够得到仙草一类的神药，或者比仙草更加神奇的宝贝儿。

我在村里的小学、中学已经上了七八年，而高中课程要到镇里（当时叫作公社）去上。刚刚开学，班主任老师指定我当班长。同学们来自蛮汉山地区的三个公社（同属于一个学区），应该说都是比较优秀的学生。但那个时候搞"反潮流"运动，到镇里上学不是考试录取，不重视学习成绩，更

重要的是看在学校的表现，有一些体育或文艺特长的更受青睐，也要看家庭成分，贫下中农的孩子容易被录取，"地富反坏右"的孩子就困难一些。同学们刚刚到学校，彼此都陌生，也有一些新鲜感和好奇。有一天路过学校老师的办公区域，听到了女生的歌声，那歌声清纯、甜润、嘹亮，记得那是一首当时非常流行的歌曲，歌名是《牧民歌唱共产党》，心里想：这是谁呢，咋唱得这么动听呢？

学校最前面是两片果园，紧邻着一条公路，学校的大门在果园之间，进了大门浓郁的花香果香迎面扑来，让人神清气爽。紧邻果园的一栋房是老师的办公区域，既有学区领导也有学校领导和课任老师在里面办公，同学们经过那里一般都表现得规规矩矩一些。自打听到那个女生的歌声后，不由自主地总是爱从那里经过，心里总是盼望还能听到那迷人的歌声。功夫不负有心人，当再一次听到她的歌声从那里飘出来，我毫不犹豫几步跨到窗户下，双手托着窗台跳起来，想看明白究竟是哪一位"仙女"在唱歌。又把我惊呆了：原来是她，笑容时常浮现在我眼前的姑娘，亭亭玉立，灿烂的笑容是那么熟悉。

里面还有几位领导模样的老师，看我呆呆的样子，一位胖老师便问："你认识她？"我的脸又红了，急忙摇摇头。老师沉下脸："我们正在选拔宣传队新队员，你痴呆呆地趴在窗口，是想进来唱两句呢还是相中这个女同学了？"我赶紧跳下来，羞答答匆匆离开。原来，她和我是同一届同学，她来自另一个公社，一届有两个班，同一个公社的同学分在不同

的班里，遗憾的是我们不在同班。

一天早晨，在学校门口恰好遇到她和我们班的两位女同学，同学求我帮忙往宿舍送一下行李，这个事情是我求之不得的。去往女生宿舍的路段大约几百米，不知道怎么回事儿，我走得飞快。一位女同学跑过来打开门，我把行李放下，赶紧离开宿舍。她和另一位女同学在大老远处急急忙忙正朝我走来，我不敢迎面而去，绕道向班里走去。

我班那位女同学指着我，和她嘀嘀咕咕不知道说些什么。我想：她们一定是在表扬班长呢，第一时间给她留一点儿好印象，也许是个好事情。

她俩可能感觉我有一点异样，便喊我："班长，你怎么了？"

我没敢吭声，急急来到一棵大树下，背靠着树干，长长舒了一口气，感觉自己的心脏跳得十分厉害。心里仍然想着小狐狸的故事，缓了好一会儿，我问自己：这是怎么了？谁能够想到，偶然相遇的"小狐狸精"竟然成了同学。

她会唱歌，她会跳舞，她表演得也不错。长得漂亮又有文艺天赋，很容易引起大家的注意。因为不在同一个班，很长一段时间里，我几乎没有和她说过一句话，只要见到她我就脸红。有时候，她和女同学从我身边经过，看我痴呆呆的样子，她会意地微笑时也会脸红。我俩的这种不自然现象很快就被女同学们发现了，她们在背后窃窃私语，开始悄悄议论。

每逢周六下午和周日放假，同学们都要回家。我们一个

村的同学往往结伴而行，有说有笑热热闹闹。不知道从什么时候开始，我不愿意和大家一起走了，愿意单独行动。我常常在她回家的路上溜达，很想观察到她一些"异常"的蛛丝马迹，可又怕看到她，心里总是忐忑不安。有几次老远看她过来，我立即躲到青纱帐或树林里，望着她从那里经过。这样做，其实也没有什么目的，鬼使神差似的，就是有一点儿好奇。她在我心里总是有一些神神秘秘的色彩，总是有一些小狐狸的情景故事纠缠其中，有时我甚至怀疑，她或许就是"狐狸精"？我总是想探个究竟。

同村的那些伙伴埋怨我："你这个家伙儿怎么了，难道不愿意和我们在一起了？"

我也不知道怎么了，只能哈哈一笑。

女同学如果在场，就会略微添油加醋地说："他早已经丢魂儿了，让狐狸精勾魂儿了。"

那些傻了吧唧的男同学还会反问女同学："丢什么魂儿？哪里的狐狸精？"

女同学一般不好意思明着说，含沙射影地："他比你们这些愣货都精，丢没丢魂儿他自己最清楚。"

我确实有一点魂不守舍，回家也不愿意做营生，母亲怀疑我是不是病了，问我哪里不舒服，问得越多我越不耐烦。

放寒假的时间特别长，寂寥时望着那座山，皑皑白雪反射光芒万丈，总是幻觉祥瑞的小狐狸从那山里叼着神秘的仙草向我飞来。有时我想，那山实在太神奇了，那么神奇的"佛爷洞"，那么神奇的水，那么神奇的小狐狸，那么神奇的

"郭先生"，大自然真正是鬼斧神工，创造了美丽的山，创造了美丽的水，创造了美丽的小狐狸，也流传了美丽的故事。

好不容易等到开学，我兴冲冲地来到学校，可是好几天都没有见到她，心里便有一些疑惑。后来听说，学校成立的文艺宣传队经常走出去演出，心里还有一点儿失落感。

学校当时的文艺体育工作抓得非常好，体育项目以乒乓球最强，被内蒙古体委命名为"乒乓球之乡"，承办过全自治区的少年乒乓球比赛。文艺宣传队也非常出色，为各级文化艺术团体输送了不少人才，颇有一些名气。别看都是出生在山区农村的青少年，吹拉弹唱的人才很多。学校的文艺宣传队历来集中美女，我们那一届的女同学参加到宣传队的很多，个个如花似玉，而且是宣传队的主力队员。春暖花开的那段时间里，宣传队经常到附近的部队、农村演出文艺节目，她们的表演深受欢迎。

一个阴沉沉的晚上，春风少了一些往日的和煦多了一些彪悍，更觉得天昏地暗。在这样一个不和谐的日子里，驻地部队与学校却搞联谊活动。当宣传队的几位美女往舞台上一站，凛凛冽冽的风中，更显得她们身段优美妩媚动人，战士们热情高涨欢呼雀跃，异常兴奋。特别是她的一曲《牧民歌唱共产党》结束后，掌声雷鸣一般响起来，战士们的热情让肆虐的风突然悄无声息，她的惊艳让战士们大吃一惊，更是赞不绝口。纯朴可爱的战士们面红耳热地窃窃私语："这山沟沟怎么会出现了这样的美人儿？"他们觉得很神奇。

初夏一个月朗的夜晚，宣传队到附近农村演出节目，学

生干部和部分同学们也到现场搞一些"政治"宣传。宣传队的几名"当家花旦"表演了一出二人台小戏《老姐妹上夜校》，第一个忸怩出场的就是她，虽然扮演的都是农村老太太，可仍然妩媚多情。记得几句唱词："明月挂树梢，山村好热闹，老姐妹几个上夜校呀，上夜校。"鼓乐声中她们惟妙惟肖地表演老太太走路、小跑，看那意思好像急急忙忙要去夜校。接着唱："学政治噢，学文化呀，越学心里越开窍噢，越开窍呀……"

她们风趣精彩的表演让那些农村真正的老太太们喜欢得不得了。

"呀！这是谁家的女娃娃，咋长得这么水灵！"

"长得喜人，唱得好听，演得活脱脱的，真是稀罕死人啦。"

宣传队的美女们一时间成为当地部队战士和老百姓议论的焦点人物。在同学们心目中她们也高高在上，让人十分羡慕，自然也对她们品头论足，说长道短便越来越多起来。不知道什么时候听到过这样一句话，"当你红得让人流口水时，关于你的'口水'就会多起来。"在对宣传队美女的议论中，虽然更多的是赞美之词，可也夹带着一些低级趣味的话语，个别可恶的同学甚至把祥瑞的小狐狸也说成了"风骚的狐狸精"。

从那些日子开始，我们几乎没有见面说话的机会，可关于美女们的趣闻轶事却逐渐多了。她们漂亮的脸蛋，优美的身段，迷人的演唱，打动了许多少年的心，她们的一举一动

都会受到"粉丝"的关注。据说她们为此感动过，也为一些闲言碎语伤心落泪过。不知道什么原因，过了一段时间后，宣传队上下几届同学中的个别美女退学了。去了哪里，干什么去了，我不清楚。有的说参加生产劳动去了，有的说到某小学校当老师了，有的说在县医院学习当大夫，有的说和退伍军人去了异地他乡，有的说去了艺术学校，云里雾里不知道哪个是真的。那个阶段，政治气候不太好，闹腾"反击右倾翻案风"，学校不正经讲课，开设与农机、兽医、栽培等农牧业生产有关的课程。学校管理出现了不正常现象，学生思想混乱，许多同学对所学内容不感兴趣，逃学现象严重。那时候，未来在我心里完全是一个未知数，整个国家的命运同样如此。大多数同学都是在迷惘中到学校，迷惘中学习，也在迷惘中探求人生的意义和国家的前途。经常会有空虚感和底气不足的怅惘袭上我的心头，让我在朦朦胧胧中战栗，在莫名其妙中恐慌。家里有一点儿门路关系的同学，不愿意在渺茫中等待，干脆参加了工作。其实，我也没有兴趣在学校待下去，苦于没有什么门路，只好硬撑着。就像她们中的个别美女离开学校找到工作的，大家多少还有一点儿羡慕。

不管那些美女去了哪里，好像一团水蒸气消失在空气里，无影无踪。她们离开学校，大多数同学都有一些同情，也有一些伤感。但仍然有个别人在背后说人家一些"小话话"，其龌龊的心里常常让我有一些恶心的感觉。常言说得好："百年修得同船渡，千年修得共枕眠，五世修得同窗

读。"同学是茫茫人海中，在人生的青春岁月这个黄金季节，有缘分相遇的最纯真的人。没有利益的杂质，没有情感的浊流，同学情是永生难忘的，更不应该说长道短指桑骂槐。再说，她们的漂亮不是偷来的抢来的，是大自然的造化，有什么可嫉妒的呢？就算她或她们都是"狐狸精"，可也没有去迷惑"纣王"，说那些毫无意义的东西有用吗？不管别人说什么，我相信她眼神里的天真纯洁，相信所有美女们的人格都是高尚的。闲言碎语听多了，我非常郁闷也很气愤。就像当时一部电影《决裂》里的台词一样，我本来也不愿意在校学习那些"马尾巴的功能"，一气之下，我离开了学校。

回到家，我常常在太阳出山时站在山巅，或在月光里站在小河边，呆呆地望着那座大山，想象着小狐狸和仙草的神奇……

我想：小狐狸和仙草都是大自然的神奇创造，她们都是圣洁的神灵。

我也疑惑：是不是一切纯洁注定要走向混浊？是不是一切美好注定要走向俗气？大自然能够创造美丽，难道学校就容不得美丽吗？大自然永远比学校圣洁。

山妞，珍惜自己，珍惜大自然的美丽吧。

　　雄伟的蛮汉山，美丽的岱海滩，家乡的山凝聚了几十万凉城儿女拼搏向上的精神，家乡的水融入了我亘古不变的深深眷恋。相对于岱海，我更喜欢蛮汉山。海似乎爱张扬，总是将心情写于浪头；而山更沉稳，更威严含蓄，严肃的目光高瞻远瞩审视世间万物。站在蛮汉山上，向西眺望是"天苍苍，野茫茫，风吹草低见牛羊"的土默川，向东眺望是碧波荡漾水美鱼肥的岱海滩，蛮汉山地区便是当年背井离乡的"走西口"人追寻的"天堂"。

　　逃避了学校生活，望着雄伟的大山，常常感叹祖辈们追寻生存希望的艰辛。祖辈们"走西口"，来到这寒冷的塞北高原，创业立家奋斗拼搏，"留住所爱，留住所想，留住一梦相伴日月长……"祖辈把希望寄托在这里，他们的喜怒哀乐、颦蹙舒展，都包含了大山的无尽韵味；他们艰苦奋斗都张扬着大山彪悍的性格。而我立在这先辈开发的"天堂"之地，心里却迷迷茫茫。

小小年纪离开学校,干什么去呢?

无所事事,徘徊在山上、河边、田埂、林间,再没有学校的喧闹,再也听不到那些闲言碎语,可心里仍然不能平静。有一天,电闪雷鸣,急风暴雨。我伫立在田埂上,任凭风吹雨打,我自"岿然不动",我想接近大山的灵魂,我想触摸自然的脉搏,我想让风吹散胸中的郁闷,我想让雨浇灭心头的怒火。

风停了,雨歇了,山那边出现了彩虹。我呆呆地遥问山边的彩虹:你可是牛郎织女的鹊桥?山里真有狐狸精吗?山里真有治病救人的神奇仙草吗?我该怎么追寻理想,又该去往何处呢?

雨后的山是那么清晰,我目不转睛地望着那里,在那彩虹下,山的另一边还有我日思夜想的哥哥。他二十出头,就担任某公社的党委书记,是当时全县最年轻的干部。哥哥自幼勤奋好学,吃苦耐劳,一直是我学习的榜样。此时此刻,他还在带领公社社员"改天换地"努力奋斗吗?他是不是也在瞭望着瘦弱而无助的小弟弟呢?

我又走上那座雄伟的高山,苍松翠柏经过风雨洗礼,更显得郁郁葱葱。林中的花儿,在雨后流光溢彩地绽放,倾吐着沁人肺腑的芬芳。枝头的鸟儿,叽叽喳喳诉说着她们动听的故事,歌唱着她们富足而自由的生活。潺潺流水,携着花儿的一丝丝体温,含着花儿的一片片芬芳,带着花儿的一缕缕绚丽光彩,流下高山,注入山下的小河。蔚蓝的天空下,高高的山岗上,我望着哥哥工作的那个公社小院,我真的想立刻跑下去。可转念一想，他刚刚提拔为干部，我要下去，就可能给他添麻烦，我犹豫了。不如在山里转一转，也许能够遇到祥瑞的小狐狸，也许能够给我带来惊喜……

没有追寻到小狐狸的踪迹，没有惊喜，垂头丧气走在回家的小路上，远远望着镇上的学校，望着部队的营地，万般滋味在心头缠绕……

学校我是不回去了，也不能给哥哥找麻烦，倔强的我决意走自己的路，不管前面有多么艰辛。

母亲三番五次劝我回学校，我坚决不肯，看我已经死心塌地了，母亲给我暂时安排了一个看瓜田的营生。母亲那些年给生产队种植西瓜，瓜田距离村庄很远，到了夏秋季节就得看着，防止有人偷窃或其他动物破坏，以免影响产量，因为生产队是根据产量核算工分的。

种西瓜很辛苦，母亲都得跪在地里一棵一棵精心地侍弄，地里有多少颗西瓜，都长得多大，母亲一清二楚。母亲种的西瓜又大又甜又起沙，生产队不外卖，都要分配给各家各户，大家都称赞母亲是"瓜精"。我虽然看瓜田，但想吃西瓜也得"瓜精"同意才行。看瓜田虽然轻松，但我觉得，我看的不仅仅是西瓜，更重要的是母亲的辛苦和希望。

有一天，我躺在树下乘凉，三个外地的年轻人经过瓜地时，竟然偷摘了一颗西瓜。我很生气，冲过去和他们理论起来。那些人看我瘦弱，不但不承认错误，反而嬉皮笑脸蛮横无理推推搡搡。我从小就是个"硬刺儿头"，根本不惧怕他们这些窃贼。再说，他们做贼心虚也不敢把我怎么样，我理

直气壮地和他们动起了手。这回我可没有占到便宜，三下两下就让他们打翻在地，西瓜打碎了，鼻子也打出了血。那些人得意洋洋想要离开，我瞧着这满身的瓜瓢，满手的鲜血，那真是怒从心头起，恶从胆边生，母亲的辛苦不能就这么被糟蹋，豁出去了。人要是敢把生死置之度外就会产生无穷力量。我一跃而起，攥紧拳头冲一人迎面打去，同时飞起一脚狠狠踢在他的裆部，他只顾忌上面的拳头，没有注意下面这一脚，踢得太狠了，他捂着下身在地上滚来滚去，疼得哭天喊地的。另外俩人也被我的愤怒惊呆了，我乘机冲进瓜棚，握起镰刀：老子和你们拼了！我呐喊着朝他们冲了过去，那俩人一看我这要拼命的架势，吓得撒腿就跑。我把镰刀抵在地上躺着的那人胸前："你奶奶的灰个泡（方言：野种），是条汉子起来打啊！"

他苦苦求饶："别，别，小祖宗，我们赔你。"

那俩吓跑的，躲在老远乞讨："哎，别砍他，我们赔你两块钱行不行？"

这时，村里的一个社员过来了，看到我满脸飞溅的鼻血，问明白情况后，狠狠把他们训斥了一顿。他们点头哈腰地给了那社员两块钱，然后在我的恼怒斥责中灰溜溜地走了。

这一架虽然付出了鲜血，打得有一点儿胆战心惊，可也把我心头的怒火打出去了。虽然这是为了维护公共利益，是正义之战，但让我感到心里舒坦一些的真正原因，还是因为离开学校憋了那一肚子无名之火释放了许多。打那以后，我

再没有和人打过架，那一架也是我完美的收官之战。要说那时候真傻，一点儿目的也没有就退学，为了一个西瓜就敢拼命，年轻气盛实在太不珍惜生命了。可村里人听说我打败了三个年轻人，觉得不能小视我，再没人叫我娃娃了，改称后生。

经过父母亲的努力，大队决定让我担任某个小村里的小学教师。我很满意这个工作，不仅解决了眼前的生活问题，也让我看到了未来的光明，更重要的是，终于给自己莫名其妙的退学找到了一个体面的借口。学校距离我们村七八里地，走着去也就是半个小时，骑自行车能够更快一些。班里的孩子们都十来岁，我这个大娃娃和那些小娃娃能够玩耍在一起，我把他们当作自己的兄弟和妹妹看待，课余时间我会给他们讲故事，和他们做游戏。我没有那么严肃，他们非常喜欢我。那几年的小学教师生涯，是十分愉快的。

转眼之间，到了1977年冬天，国家恢复了高考制度。年轻人都积极准备参加高考，我的那些中学同学正在读高三，好像恢复高考制度就是为他们准备的，一个个摩拳擦掌兴高采烈。

老师们、同学们、亲戚们、朋友们都觉得我当年退学是一件极其愚蠢的事情，耽误了大事，都为我惋惜，我自己也非常懊悔。怎么办呢？我和同学们已经有了差距，凭我那一点儿知识储备去考大学，那就是自不量力，甚至也可以叫作自取其辱、自取灭亡。

我徘徊在树林里、小河边，真有一点儿惶惶不可终日的

感觉。我再一次遥望那座雄伟的大山，它巍然屹立，好像有盖世的英雄豪气。多少次看太阳从山里升起，流光溢彩，蔚为壮观，我觉得山是那么胸怀博大。多少次看月亮从山里升起，山影婆娑，如梦如幻，我觉得山是那么风采飞扬。这一次望着它，觉得它是那么雄壮，充满了力量，它鼓舞我不要退缩，要勇往直前。

我决定辞职、复习、高考。

当我把自己的决定告诉父母亲后，他们怒不可遏。父亲恶狠狠地说："你撒泡尿自己照照。"这是他一辈子对我说过的最恶毒的一句话。母亲愁眉苦脸地说："考学倒是好事情，可你……你能够当这个小学老师就已经很不错了，万一考不上，什么都没有了。"

我彻夜未眠，翻来翻去，不断掂量。目标虽然美好，可我实在底气不足。冒把险吧，我想：人的一生见困难就退缩，不会有美丽的精彩，只能平平庸庸。挑战一回自己，也许就会有奇迹。最后我用当时最流行的一句话确定了决心：人有多大胆，地有多大产。

父母亲看我决心已下，只能长吁短叹，儿大不由娘，由他去吧。

辞职后，跟班学习显然不赶趟，我选择了艰苦的自学。用"头悬梁锥刺股"来形容自己的学习过程，可能没有那么真实，吃了不少苦那是肯定的。父亲有时望着我，想和我说点什么，但总是欲言又止，长吁一口气转身默默走了。我心里明白，父亲那是恨铁不成钢。

半年后，和我的同学们一起进入考场参加高考，有的同学向我投来疑惑的目光，那意思好像在说：你不是已经逃学了吗？你怎么也敢来"掺和"？难道不知道自己有几两重吗？不管同学们怎样瞧不起我，我还是硬着头皮坐下来，一定不能临阵脱逃。我们那一届近两百名同学，当年只有四五位考取了大学，我是其中一位。父亲听到这一消息后，简直不敢相信，他盯着我打量了好半天。

我对父亲说："这是真的，我撒尿照过自己了。"

父亲激动地说："照得好，照得好！"

当我怀揣医学院的录取通知书，踏上离开家乡的汽车时，禁不住回头遥望那座雄伟的大山，心潮澎湃，依依不舍。那里浸润着我童年的无瑕和少年的美丽记忆。那里飘荡着青年的梦想，男人的英气。

别了，大山，我的骨骼里永远有你赋予的坚强。

美丽的妻子

妻子是美丽的，自然的美，美得自然，美在我眼里，更美在我心里。

我们小的时候，她是拥有城市户口的"贵族"，打小就长得漂亮，穿着打扮也洋气，人见人夸。按现在时髦的说法，那就是一"女神"。而我却是一个靠土豆充饥的"土鳖"，瘦小而丑陋。

她的父母亲都是国家干部，是县里的官。我的父母亲都是那小山村里的普通农民，门户之间的差距，在那个年代看来是相当大的。

就家庭条件和社会地位，明显是一高一低、一贵一贱，我很羡慕人家，心里常常对她持仰视的态度，那真正有高不可及的感觉。平时说话的机会也没有，更不敢有娶她为妻的丝毫念头。

她的爷爷家与我们家距离不算远，虽然不是一个村，但背靠同一座山，面临同一条河，相距四五里地。她打小在爷爷家长大，那里的山水，那里的乡亲，那里的风俗她都比较了解。就这一点，我和她有相同之处，都是当乡人，能够稍微拉近一些距离，或许还能平等一些。

那时，她奶奶有病，父母亲长年在外工作，陪伴和照顾奶奶就主要靠她自己。山前山后的人都知道，奶奶是个漂亮精干的老太太，也是一个特别爱干净的讲究人，家里的器物永远都是一尘不染，在农村能够像奶奶那样的不多见。她帮助奶奶洗衣做饭都得按奶奶的严格要求进行，耳濡目染之下，她养成勤谨认真的性格。打六七岁起她就会做饭，奶奶想吃什么，她那小手就能够做出什么花样。她心灵手巧，不管干什么活儿从来不敷衍了事，奶奶的言传身教对她的影响很深。爷爷是个朴实厚道的农民，个头高高的，不管什么时候见着他，紫红色的脸膛总是挂着憨憨的微笑。爷爷在村里人缘极好，他既没有脾气，干活儿又细腻，少言寡语，不计较个人得失，左邻右舍谁家有个大事小情的，总愿意找爷爷帮忙，爷爷因此也是一个大忙人。她打小和爷爷奶奶结下了深厚的感情，后来因为上学离开了爷爷奶奶，但一有工夫就往老家跑，常常从我们村路过，我和她偶尔也能见面。见或不见，对于我来说都不重要，她当时那么高贵，我那么卑贱，她一定不会正眼瞧我，我甚至看都不敢看人家一眼。

那个年代，县里的干部经常到我们村蹲点儿，也不知道人家搞什么革命工作。但干部下来，总是由生产队安排吃派饭。所谓派饭，就是生产队长选择那些比较干净的人家给干部做饭吃，我们家经常有干部来吃饭。

有一天，我在野外玩了一上午"屎壳郎"，灰眉土脸地回到家，见一位干部坐在炕上，父亲和那干部亲切地唠家常。

父亲向那干部介绍说："这是我那二小子，是个愣货，到现在也不清楚自己几岁，学习更不能提。"

这就是我留给人家的第一印象，我那时已经习惯了别人的讽刺挖苦，尽管父亲那样介绍我，我还是不会生气。

那干部呵呵一笑说："娃还小呢，慢慢儿就会好的。"

父亲向我说："这是你陈叔叔。"

因为干部们常到我家，我也多少懂得一些礼貌，赶紧点点头，向叔叔问好。其实，这个叔叔我早已经见过，他也经常路过我们村，他就是她的父亲，后来我的岳父。岳父和父亲个人关系很好，有一段时间，经常在我们村蹲点，吃饭或开会也自然在我们家。有时，他还给我带一些杏儿、葡萄、苹果之类的东西，时间长了，我还真有点喜欢上他了。岳父大人，真可谓一表人才，高高的个头，如奶奶一样的五官，高鼻梁，大眼睛，双眼皮，一口洁白的牙齿笑起来非常漂亮。他性格随和，从来没有"官架子"，更没有其他干部那么严肃。因为是邻村，我们村的人他几乎都认识，办事说话都比较近便亲切，也没少给村里的人办了好事。

长大后，我俩在不同的城市上学，和她没有见面的机会，相互之间还是儿时的那点儿印象，或者说，她对我根本就没什么印象。大学期间，我的同班同学年龄都偏大，有的还属于"老三届"，入学不久，有的同学就有对象或老婆来探望。我们这些年龄稍微小一点儿的同学，很羡慕人家。有事没事的,也爱议论和设想未来女朋友的模样。自己虽然是"土豆"出生,但性格和审美观特别,学校那些穿着打扮时髦的女同学,并不是我的理想选择。我常常在梦里遇到一位貌似天仙的美人儿,那好像就是我未来妻子的理想模样。小时候,看过一部反映抗美援朝故事的电影,名叫《打击侵略者》,故事里有一位打入敌人内部的女特工,名叫金玉善。自打看过那部电影,那演员的音容笑貌便深深印在我的脑海里。我认为"金玉善"是世界上最漂亮的女人,我梦里的那个美女也就是"金玉善"的那个形象。

　　五年的大学将近毕业时,村里人给我介绍对象,我一听说是她,脑袋嗡得一下就变大了,可能吗?不知道因为什么,听到这一消息,我几乎在第一时间就确信,如果她真的愿意,我这辈子的老婆肯定就是她了。

　　多少年没有见面,当我应约来到她家,再见到她时,让我非常吃惊,她长得太像我梦里常常见到的那个"金玉善"了。为什么做梦会常常梦到一个人呢?而站在我面前的她,活脱脱就是我脑海里那个最漂亮的美人儿,我从来没有像那一刻那么激动过。我相信,这世界真有"缘分"这么一说,当你遇到那个有"缘分"的人,你不用再想什么,一切都跟着感觉走,那就是唯一正确的选择。岳父岳母当时都在家,他们都认识我,自己几斤几两重,人家心知肚明,我也没有什么好装的。普普通通一身学生服装,剃了光头后头发还没长出多少,这和当时的大学生时髦穿喇叭裤留长发有很大差别。虽然上了几年大学,仍然没有改变土里土气的风格,一个

"土混混"，也不知道人家能否看得上。她亲自给我们炒了许多菜，我也不用客气，实实在在地吃，实事求是地回答岳父岳母的问话。

饭后，大家都躲到别的房间了，她进屋和我说话。我根本不敢看她，她倒显得比较大方，现在也记不得她当时问了些什么，只记得她穿一件浅黄色上衣，就是那么一个漂亮的黄花闺女。后来我知道，我走后，她有一点嫌弃我个头小，可岳父岳母肯定被我的朴实打动了，劝她说："他还小呢，以后还长呢。"她就这样，稀里糊涂相信我还能够长高，冒冒失失嫁给我已经三十多年，我仍然那样，并没有按她希望的高度发展，反而越来越"袖珍"。

妻子与我结婚后，起初的日子十分艰苦。我们工作所在的城市距离老家上千公里，没有亲戚和朋友，无依无靠，工资又低，我没有给她买过一件像样的衣服，也没有买过一件像样的首饰，更没有像样的住房和家饰。刚刚结婚，所在单位给了一间平房，实际是两间大的房间隔出两个单间和一个走廊，另一间给了单位的同事。那房屋是多年的旧房，屋外地面比屋内高很多，前面紧贴着一座楼房，屋里长年见不到一点儿阳光，就像地窖一样阴暗潮湿。特别是秋冬季，屋里又冷又潮。有谁体会过高湿度条件下的寒冷呢？那是一种透骨入髓的冰冷。妻子那时贫血，特别怕冷，总是怕回到那屋里。每到中午，我在实验室摆几把板凳，让她躺在那里晒晒太阳，她觉得晒太阳那一会儿是最幸福的。

妻子和我相濡以沫三十多年，她没有什么高级化妆品，

从来不用浓妆艳抹，自自然然就显得非常漂亮。现在已经五十多岁的她，看似三十多岁，好像比我年轻许多。她的衣着总是那么简单，没有名贵品牌，多少年前的衣服穿她身上，别人都以为是新款服装。她的饮食也很简单，爱喝小米粥，爱吃玉米，也爱吃土豆丝，不喜欢油水大的东西，喜欢粗粮素食。所以，我们家大鱼大肉的时候很少见，多数比较清淡。也许是因为我们家比较穷，她从来都不羡慕多么富裕的生活，也从来不随便丢弃一件不起眼的东西，哪怕是一个包装袋、包装盒也能够找到新的用途。她珍爱家里的每一件物品，有时因为我不在意损坏一件半件，她会非常生气。她从来不会羡慕贪婪别人的富贵，自己有的就珍惜，自己没有的也不强求，她就是一个愿意和我过穷日子的人。

我的妻子，骨骼虽然纤细，但丰满而不臃肿，好像年画上那招财进宝的胖娃娃一样可爱。生活中，她精打细算，勤俭节约，从来不铺张浪费。妻子在我心里，真正就是那招财进宝的"福娃"，家里的经济建设我从来不用过问。我"赐封"她为家里的"总理大臣"兼"内政部长"和"财政部长"，有时候她也自封"纪检委书记"，她想要什么权力就会拥有什么权力。"检察院"和"法院"都在她的一元化领导之下，我稍有不轨行为随时就可以"开庭"；虽然"冤假错案"在所难免，但人家的"宗旨"始终坚持为"民"服务。妻子颇讲究领导艺术，家里如果有一些重大事情或在朋友面前，她都会以商量的口气与我交流，以体现我户口本上是"户主"的"当家做主"地位，我一般都以举手同意或拍手赞誉拥护她的

决定。我觉得，在自己家里把她抬举一些，既显得咱们爷们儿宽容大度、"简政放权"，也显得咱们"开明清廉"，不失为一代"明君"。其实，我心里明白，自己在家里从来也没有"君临天下"一回，都是人家"一句能顶一万句"。不过，我心里更明白，家里都是一些操心受累的事情，不如咱们在家当一个"普通老百姓"，还能落一个"无官一身轻"，那多么舒服。

我们家那"福娃"，自认为很有福气。她不仅让我们的小日子有滋有味地一天天走向富裕，她也是我逢凶化吉的"护身符"。别人的护身符常常挂在胸前，我的护身符直接装进心里。

一次出差，乘坐的飞机出了问题，在万米高空突然下落高度，又猛地升高，飞机忽降忽起大幅度颠簸，机身也开始剧烈颤抖，机舱里的气氛顿时紧张起来。那一会儿，我真正体会到了"提心吊胆"的感觉，其他乘客的紧张情绪也是不言而喻的。飞机里不断广播：请大家系好安全带。

当大家惊魂未定之时，飞机在颤抖中跌入雷雨区，电闪雷鸣，黑云翻腾，惊心动魄，仿佛飞机在顷刻之间就要碎裂。有的乘客已经双手抱在脑后，做最后的准备。我好害怕，难道生命就此完结了吗？难道就这样告别我亲爱的"福娃"了吗？

我闭上眼睛，抱着一丝希望，默默祈祷心中的"护身符"。那一刻，"福娃"的笑容是那么亲切地浮现在我眼前，放射着"菩萨"般的光芒，安慰我那颗将要崩溃的心脏。顿

时，我坚信："福娃"在保佑我的平安，我一定能够安全回家。

机舱外依然雷鸣惯耳，飞机仍然颤抖，下降，下降，腾一下又上升。再下降，再下降，颤抖，剧烈颤抖。砰的一下，感觉飞机着陆了。我睁开眼睛向外一望，确信是着陆了，我庆幸，我激动，眼泪差一点儿涌出来，我心里暗暗说："福娃"，我爱你。

曾经多少次体会爱，不记得。用眼睛发现过，用耳朵倾听过，可真正的爱必须用生命和心灵体悟。当生命遇到险境，我那么不舍得离开她，难道不能说我的生命与她息息相关吗？

那飞机确实出故障了，临时降落在某机场，航空公司安排乘客到宾馆休息。那一夜，我几乎没有睡觉，也没敢把这事情告诉妻子，着实感到后怕。第二天才换机飞往目的地。打那以后，我很少再坐飞机，有"福娃"同行才敢坐。

妻子无党无派，没有任何宗教信仰，就是一普通群众。她是高级知识分子，一些民主党派也曾经邀请她加入组织，她觉得自己能力有限，担当不起那些"政治任务"，只能安心本职工作。虽然没有"政治热情"，但对待工作中的每一件事却非常认真，单位的工作从来都是兢兢业业。她不懂投机钻营，总是勤勤恳恳做事，简简单单做人，平平常常生活。她喜欢大自然，喜欢那些花花草草，喜欢那些小鸟小狗。她最感兴趣的食物是水果，最感兴趣的运动是打乒乓球，最爱洗澡，最爱洗衣服。她最不愿意参加酒桌上的聚会，宁愿在

家清清淡淡吃一口。她最讨厌坐汽车，平时外出办事，近则步行，远则骑自行车，这一点最像爷爷。爷爷一辈子在那山前河边劳作，见不得那些烧油冒烟的车，闻不得汽车尾气那味儿，八十五六岁的时候，仍然能够从县城徒步百十华里走回老家。

几十年的夫妻，我越来越喜欢她自然的生活态度，喜欢她简简单单、清清静静没有太多欲求的天真眼神儿，喜欢她安安稳稳、不追名逐利、"小苹果"一般羞涩甜蜜的笑脸，也越来越觉得她是那么晶莹剔透，那么光辉灿烂。拥有了她，我就拥有了幸福；拥有了她，我就拥有了整个世界。

　　大学毕业后，我像一株小草，被无奈的人生之风吹落在远离家乡的红山脚下。可小草没有枯死，而且深深扎根在红山脚下的英金河畔。既然活就得像个样子，就应该欣赏扎根的这块土地，有欣赏就有温暖，就有生机。之所以有这样的情愿，是因为有山的情缘。

　　赤峰市的北部和西北部，有著名的绿色屏障大兴安岭横亘；西部和西南部，有与燕山山脉相接的七老图山和大光顶子山坐落；东南有努鲁尔虎山侧卧。境内还有黄岗梁、阿斯哈图、大青山、罕山、天山、平顶山、茅荆坝、大黑山、马鞍山、明鞍山、鸡冠山、红山等大大小小几百座山。这些山，大多数至今仍然能够见到原始森林，有的山高林密，松柏常青；有的沟谷幽深，溪水长流；有的鸟兽繁多，气势磅礴。赤峰市，以市区东北方向有一座红山而得名，也因远古的红山文化而闻名于世。

　　这里是著名的红山文化、夏家店文化的发祥地，中华第

一龙——"玉龙"，就是从这里"腾飞"而震撼世界，红山是人类文明银河中一颗璀璨的明星。

工作之余，我没有太多爱好，琴棋书画、吹拉弹唱等高雅艺术，我一窍不通。对于我这样一个懒懒散散、上不了大雅之堂的人来说，也根本没有资格去触碰那些精细的玩意儿。打球下棋一类的活动，既没有那些技术，也没有那个耐心，兴趣也不高。偶尔打两把麻将，手气又太臭，更不会察言观色，简直就是一个"炮手"。再说，老婆管得严，囊中羞涩，只能"望麻将兴叹"。打小养成的习惯，无所事事的时候总是愿意到山坡上、树林里溜达。当孩子小的时候，星期六日带上他，到市区周围的田野、湖畔、山林，看山看水看风景，捎带拔一点野菜，觉得非常惬意。

我和儿子经常去的地方是红山。红山丹峰突兀，赤壁奇崛，绿影点缀衬托，每当朝霞夕晖映照，愈发巍巍壮观。登红山极巅，风萧萧中似乎带着远古的呼唤；俯瞰赤峰城区欣欣向荣的风姿，感慨日新月异的变化；欣赏英金河碧波和两岸如画的风光，可放歌心中的喜悦；也可眺望平顶山燕长城那浑厚雄姿，追忆刀光剑影的历史。有时迎着朝阳去踏着晚霞归，一去就是一整天，给孩子准备一些吃食，他玩得高兴，我也不觉得累。山前与山后，历史与现实，尽情领略大自然的神奇，尽情穿越辽金元明清的辉煌和悲壮。孩子逐渐长大了，学习任务又重，不愿意再牵着他爹的手上山了，自己只好孤独地前往。

现在上了年岁，山路比较陡峭的红山，自己已经不适宜

再去，所以选择了去往南山。南山在赤峰中心城区南侧，故名南山，那基本是一座土山，植被茂密，道路平缓，与市区的相对高度相差不足三百米。进山后，有多条路可通达顶峰。从山门上到山顶最远的路程仅仅四公里多一些。随着城区从她两侧向外扩展，南山几乎成了城中公园，现在叫作南山生态园。

春天，南山山门里外的碧桃花首先盛开。在清爽的春风里，碧桃挺拔的树干，白净的花瓣，像女兵仪仗队，英姿飒爽中也透着妩媚多情，春意盎然地夹道欢迎四方宾朋的到来。

进入山门往上去，山路的两边，一丛丛迎春花、一蓬蓬连翘花，不惧寒威，不择风土，也不愿意和碧桃花雷同，未等绿叶陪衬，没有前思后想，金黄的花朵便蓬蓬勃勃，前呼后唤，芳菲一片。不管你高兴不高兴，愣是把"满城尽带黄金甲"的气势，硬生生砸在人们的眼前。

再往上去，山杏花漫山遍野向阳开放，远远望去，如烟如霞，恰似娇媚嫦娥翩翩起舞舒广袖，如梦如幻。杏花，洁白如玉，粉红如胭，一树树浪漫，一树树柔情，把整个南山打扮得如青春欲嫁的美女，含情脉脉，目送秋波，让人迷醉。如果你是一条真正的汉子，不相信你不为此心动，不相信你还能够"好色而不乱"。近观杏花，有的含苞，娇羞带涩如少女；有的已放，雍容大方如贵妇。她们奇姿异态，怀春欲语，不忍心一下子全部开放，也不忍心一下子全部凋谢，次第中撩动人们的垂爱。绕人情思的杏花，在苍松翠柏的护

卫下，热烈拥吻亲近大自然的贵宾们。你不用考虑自己的身份地位，不用脸红，不用害羞，大大方方一些，就像外国"总统"刚刚走下飞机受到夹道欢迎一般，享受"贵宾"的待遇。

在大自然自发而隆重的"欢迎仪式"上，红的榆叶梅，大大方方，熙熙攘攘，红红火火，像一群群风华正茂的玉女，捧出春的爱意；紫的丁香花呢，更像情窦初开的少女，抿着小嘴遮遮掩掩地嘘气，那纯真的香馥气息让林木羡慕，让天地陶醉，让向往山的一切生命激情澎湃在大自然的春天里。（注意：经过这些花丛时，你一定要挺起胸膛，就当她们是你的"粉丝"，和她们招手致意就可以了，万万不可生出"淫念"，"采花"是有失"贵宾"形象的）

当南山山腰间密密麻麻的枫树、桃树、李树、梨树、苹果树的花儿你追我赶争香斗艳时，许许多多不知"芳名"的花中"闺秀"，便争先恐后"赤裸裸"地悄然开放，整个南山五彩缤纷、轰轰烈烈，变成了鲜花的海洋，也把"欢迎仪式"推向了高潮。进山的"贵宾"，被花的热情所感动，沉浸之间，杂念摒除，烦恼顿消，灵魂净化，激情奔放，流连忘返。亲吻的，拍照的，欢呼呐喊的，放声歌唱的，以各式各样的方式表达他们的喜悦心情。带着情侣的，会躲进花丛，甜蜜地窃窃私语，畅想他们的理想、事业、家庭和未来。带着孩子的，望着他们的爱情果实在花丛中欢笑雀跃，眼神里充满了希望，脸上挂满了幸福。带着老伴的，不管满头白发或满脸皱褶，顿时会容光焕发，精力充沛，充满了青春的气息。带着

宠物的，去掉各种羁绊，任凭宠物在大自然中自由地、尽情地撒欢儿。此刻的南山，人和自然是那么融洽和谐，人对于自然充满了爱意也充满了敬畏。大自然敞开母亲一般博大的胸怀，热情拥抱热爱自然的儿女们，天地谱写乐章，母子同台欢歌，一曲自然的、充满生命青春活力的大合唱在南山激荡。

夏天和秋天，涌入南山的"贵宾"越来越多。从早晨三四点到晚上八九点，上山下山的人络绎不绝。南山的"土地爷"忙忙碌碌，应接不暇。更有一些不客气的青春少年，支起帐篷，干脆夜宿南山，天当被地当床，野果野菜当干粮，享受大自然赐予的"幸福"。南山因为植被茂密成了人们消暑乘凉的极佳之地，也因为植被茂密成了人们的天然氧吧。夏天，立于山巅放眼南山，满目皆绿，让人心里敞亮。秋天，天高云淡，五彩缤纷，更觉心旷神怡。墨绿的、金黄的、赤红的、淡紫的，各种色彩尽情地在南山飞舞涂抹。画家、摄影家你来我往，穿梭其间，追寻和凝固生命的美丽瞬间，拍不够南山的风采，画不尽南山的妩媚。欢愉的人们，采山杏，采沙枣，细细品尝纯天然美味佳肴。也可以走进"亲手采摘园"，嫩黄的大个白杏，紫红的甜李、葡萄，翠绿的梨，艳红的苹果，尝不尽南山的美味，品不完南山的富足。

南山的冬天，庄严肃穆。可是，当洁白的雪花像浪子一样从天空摇落，踏着萨克斯《回家》的韵律纷纷扬扬撒满枝头，撒满幽静的小径，皑皑白雪包裹起南山优美的身段时，南山便多了几分柔情。须晴日，蔚蓝的天空下看南山银装素

裹，更衬托高贵典雅，分外妩媚，格外妖娆。虽然天寒地冻，上山的人会少一些，但那些铁杆山友依然勇敢前行。风雪天上山最考验人的意志，在那溯风吹、林涛吼、峡谷震荡的时刻，山友们穿林海、踏冰雪、气冲霄汉，也彰显了英雄气概。而每当这个时候我是必须上山的，因为山上还有一些我特别牵挂的鸟儿。山上有多种鸟，有大山雀、喜鹊、金翅雀、燕雀、百灵鸟、麻雀、啄木鸟等。其中，公山鸡个头最大，羽色华丽，阳光下三三两两悠闲散步，气度着实雍容不凡。细细观察，公山鸡头顶黄铜冠，眉纹微白，鲜艳的紫绿色披肩，白围脖，身披金黄、栗红、紫铜各色相间的斗篷，尾羽似七彩长剑，雄姿英发，威武不屈，就像"保家卫国"的将领，忠心耿耿地履行卫戍自然的"职责"。其他看山护林的大大小小鸟儿，各色羽毛异常美丽，或飞翔或跳跃或歌唱，或在浓密的树枝里钻来钻去，各有特技绝活儿。她们追逐着，歌唱着，顶风冒雪，顽强坚守各自的"工作岗位"，着实让人喜爱和敬佩。暴雪过后，"千树万树梨花开"，给人以无限的遐想。当人们从"污染物抛给蓝天大地而热能留给自己"的暖气屋出来欣赏自然奇观时，我却顾不上胡思乱想，匆匆准备一些小米、玉米糁、大米等粮食，再准备铲雪工具，赶紧上山，好给鸟儿提供就餐的地方。把这些粮食撒在向阳山坡或路边，"慰问"那些守卫自然的"最可爱的鸟儿"。我知道，凭小鸟的"智慧"，她们一准儿会得到那些"战略物资"，温暖她们的身体，也温暖我的内心。

让我最敬佩的，是一位80多岁的老人。每当雪后，都能

够看到他铲除山路积雪的身影。过去，他骑一辆人力三轮车，车厢里准备有铁锹、扫帚、水桶等各种工具。现在他年纪更大一些，换了一辆电动三轮车，不管冬夏，天天上山种树或者铲雪扫路，他是一位真正有爱心的人。他说："自己特别爱南山，爱山上的树木花鸟，也爱上山的人们。"冬天里虽然天寒地冻，只要有爱的暖意在，鸟儿的生命依然旺盛，鸟儿的歌唱依然动听，南山依然充满生命活力。

红山、南山遥相呼应，两山之间美丽的英金河碧波荡漾，山有浓厚的情，水有甜蜜的意，八千多年前这里就有人类繁衍生息，勤劳的赤峰人创造了远古文明，也创造着今天的辉煌。

"氟斑牙"的姑娘

大学毕业后，我当过几年专业学校的教师。

学生从四面八方来，着装五花八门，说话南腔北调，有明显差别。但给我留下深刻印象的，不是这些花花绿绿的外部衣着和东西南北的杂烩语言，而是一位女学生的牙齿。

刚刚任课的那个班，班上三四十名学生，最端庄最漂亮的那位女学生却最不爱笑。实在要笑，也得把嘴捂起来，遮遮掩掩地笑。这是为什么呢？

一次实验课上，同学们手持各种器材，聚精会神地准备实验，我和大家开了个玩笑，她也笑了，从那时起才暴露了她不愿意笑的秘密。原来，她有一口"氟斑牙"。

氟斑牙是地方性氟病的一种表现。

所谓地方性氟病，是因为在我们生活的某些地区，土壤、天然水源及农作物中氟含量丰富，人们长期摄入过量的氟而引起的一种慢性中毒性疾病。病变以主要侵犯骨骼和牙齿为特征，也可同时累及中枢神经、心血管、胃肠道、肌肉

等多个系统。氟斑牙是地方性氟中毒最早出现的体征，表现为牙釉失去光泽，粗糙缺损，有黄色或黄褐色斑纹。

一位漂亮的姑娘，如此不幸，长了一口氟斑牙，让她的美丽打了折扣，那是一件让她非常尴尬的事情。

地方性氟病的另一种病症称为氟骨症，表现为腰背四肢疼痛，关节活动受限，甚至肢体变形、弯腰驼背、肌肉萎缩，最悲惨者可全身瘫痪。当然，大家都希望生活更加美好，不希望病情进一步发展。

长有氟斑牙的她，是一个积极向上的学生。同学们选举她当了班长，班里的大事小情她都能够处理得妥妥当当。特别是同学们遇到了困难，她都积极帮助解决。尽管她年龄不大，却像大姐姐一样关心照顾班里的每一位同学。

一次，有一位男同学得了急性阑尾炎，半夜三更疼痛难忍。同学向她报告后，她立即组织大家送他到医院进行手术。她向同学们筹集了医疗费用，代表家长办理手术手续，并且签了字。手术结束后，她一直守护在病床前，到天亮，待病情稳定后她才离开。她自己的生活十分节俭，身为一个女孩子，很少买新衣服穿，一直都是那一身"学生蓝"。然而，她给这位做阑尾手术的同学买去了水果和各种营养品，安慰他安心养病。要知道，那可能要花费她好几个月的生活费。当患病同学的家长到来后，发现自己的孩子已经安然无恙，十分感动，向她表示谢意时，她微微一笑说："这是我应该做的。"

在学校的几年时间里，像这样助人为乐的事情，她做了

许许多多，同学、老师都称赞她是"活雷锋"。班里的同学对她十分敬佩。

她不仅是一位好班长，而且学习也勤奋认真。每天晚自习最后一个离开教室的一准儿是她，她的成绩一直也是班里的佼佼者。我教的课程比较深奥难懂，她的"问题"也最多，有时我已经"厌烦"她再向我提出问题，可她仍然要问，直到学懂弄通。她这种孜孜不倦的求学精神也让我这个当老师的很感动。

毕业后她回到自己的家乡工作，时常向我汇报她的工作情况，过年过节也不忘打电话问候我一下。可是，不知道从什么时候起，她的信息越来越少了，甚至好多年没有了联系，我感到有些纳闷儿。有一次出差，路过她所在的地区，我决定留下来，了解一下她的情况。好不容易才联系上她，电话里她显得特别激动，声音有一些颤抖，也有一些哽咽。她邀请我吃饭，我也没客气，如约而至。

站在我眼前的真的是她吗？过去那个容光焕发充满青春活力的好姑娘，怎么变得骨瘦如柴，面容憔悴，手里还拄着拐杖？好像没有那根拐杖，风轻轻一吹她就会倒下。我愣神儿的那一刻，她笑了，那一口氟斑牙让我确信就是她。我赶紧来到她身边，想要和她握手，她丢掉拐杖扑在我怀里，就像受了委屈的孩子见到了母亲一般，放声大哭。站在一旁的那个男人，猜想是她的丈夫，也伤心地哭了，我明白了她的不幸，也哭了。

原来，她因为治疗氟骨症用了激素，导致了股骨头坏

死，成了今天这样。一个充满青春活力和爱心的好姑娘，让这个地方性疾病折磨得如此难堪。对于她的疾病，她说真正有生不如死的感觉。她和丈夫给我准备了那么丰盛的饭菜，我实在难以下咽。除了鼓励她鼓起生活的勇气外，一个穷酸教师，我还能做些什么呢？

虽然对"氟斑牙"的学生没有多少帮助，可是也让我明白了一些道理。自然环境条件往往决定生命的生存状态，人是自然的产物，也必然受到自然条件的影响。像氟、铁、钙、碘等化学元素，在自然界的分布是不均匀的，它们在自然界的分布与人体内的分布是正相关的，在一定程度上影响人类的生存和发育，导致人类某些疾病的发生和发展。因为某些化学元素摄入过多或过少而引起的人类地方性化学性疾病有很多，如地方性甲状腺肿、地方性克山病等都属于这一类疾病，地方性氟中毒只是其中的一种。所以，人类只能在认识自然的过程中，不断地认识自己，在顺应自然的过程中不断地改造自然，这才是生存之道。

盼望"氟斑牙"姑娘能够战胜疾病，给我传来好消息。

环境污染

外国友人到中国来，最恶劣的印象是对中国的一些公共厕所卫生状况的胆战心惊，最良好的印象恐怕便是中国的美食。殊不知，在中国的部分食品加工场所或饭店的厨房，其卫生状况更是触目惊心，观之绝对不会大快朵颐、无所顾忌。中国人有一句古话，叫作"民以食为天"，"食"是老百姓安居乐业的最根本问题，食品安全是一个特别重要的事情。可现实生活中许许多多骇人听闻的"吃祸"，却是那些丧尽天良的食品加工者为了个人的私利刻意炮制的食品污染。

前一段时间，中央电视台《焦点访谈》栏目报道了山东省的毒生姜事件。在山东省，一些种植生姜的农民，为了提高生姜产量，在生姜种植过程中大量使用了农药，导致在国内上市的生姜含农药量严重超标。这件事情存在另一个让人不能容忍的事实，就是种植生姜的农民明明白白知道大量使用农药对人体健康有害，他们自己食用的生姜在种植过

程中从来不使用农药。他们出口到国外的生姜在种植过程中也不敢使用农药，因为国外的检验很严格，生姜的农药如果超标，国外是不允许进口的。唯有在国内上市的生姜种植过程中才敢使用农药，究其原因是国内的检验环节容易通过。其实，国内也有严格的检验程序，只是人为的原因让检验程序形同虚设。这是赤裸裸的图财害命行为，这不单纯是生姜的农药污染问题，更是一些不法分子的心灵污染。

人类生活在蔚蓝色的地球上，每天都得呼吸空气，都得喝水，都得吃饭。通过新陈代谢，人与环境时刻保持密切联系，空气、饮水、食物等环境因素的质量与我们的生命生死攸关。然而，在我们人类的生活中，类似生姜农药污染事件的空气、饮水、食品污染等环境污染事件屡屡发生，越来越多地刺激我们的感官和大脑，搅扰我们的健康生活，不得不让人提心吊胆。

所谓环境污染，其实就是由于人类活动使有害的物质或因素进入环境，造成环境因素（空气、饮水、食物等）的结构与功能发生变化，使环境因素质量下降，影响人类及其他生物生存发展的现象。可见，环境污染主要是人祸而不是天灾。

环境污染是一个世界性问题，它究竟对我们的健康有多么大影响，日常生活中有一些人很少认真考虑，从媒介里一听一看就过去了，甚至盲目地认为眼不见为净，水中没有异物，空气中没有异味，食物形态正常就无所谓。本人不揣浅薄地要说一说环境污染，希望能够和普通人共同提高环

境保护意识。

雾霾

"人活一口气"，这里的"气"既指自然之气，也指人的精神，气节、气魄之气。不管是指什么，人的生命首先需要有自然、清新、纯洁之气，我们每一天与环境进行物质交换最多的就是气体，因为我们每时每刻都需要呼吸。所以空气污染对人的自然生命和精神都是十分有害的。

最近几年，"雾霾"成为我国的关键词。北京及其周边地区驱之不散的雾霾，造成严重的空气污染。2013年1月，4次雾霾过程笼罩了中国30个省市区。在北京，仅有5天不是雾霾天。有报告显示，中国最大的500个城市中只有不到1%的城市达到世界卫生组织推荐的空气质量标准。与此同时，世界上空气污染最严重的10个城市有7个在中国。

空气污染的危害非常大，它不仅影响交通运输和工农业生产，造成交通安全问题、施工安全问题、农牧业安全以及减产问题，也可引起人类呼吸系统、心血管系统、血液系统、生殖系统、中枢神经系统等多种疾病。据英国《自然》杂志报告，全世界每年大约有300多万人死于空气污染引起的相关疾病。目前全世界的空气污染事件频繁发生，对人类健康所造成的危害日益严重。

2014年初，国家主席习近平在北京考察时指出：应对雾霾污染，要从压减燃煤、严格控车、调整产业、强化管理、联防联控、依法治理等方面采取重大措施，认真进行责任追

究。环境污染引起了国家领导人的高度重视，国家采取的一系列措施，体现了党和国家对老百姓生活的高度负责。给那些造成环境污染的"人祸"们敲响了警钟。

毒水

山清水秀、人杰地灵，人们常常这样歌颂我们幸福生活的家园。草木葳蕤则山清水秀，荒山秃岭则水土流失，水是生命的源泉，秀美的自然环境需要水的滋润。水更是构成生命组织的重要组成成分，如水在人体内含量高达70%，一切生命体内的化学反应多是在水中进行。没有了水，就没有生命；水的质量决定生命的健康。明代医药学家李时珍指出：药补不如食补，食补不如水补，水是百药之王。山清与水秀相辅相成，或许才有人杰地灵，才有人类良好生活的环境，否则，我们的生活就不可能健康美好。

水对人类生存和人体健康如此重要，那么我们的水环境又存在哪些问题呢？

答案是：一是缺水，二是严重的水污染。

世界上，水资源97.3%是海水，人类可利用的淡水只有2.7%，而且淡水的77.2%在雪山冰川中，其余的一小部分才是江、湖或者地下水。中国是一个淡水资源贫乏的国家，人均拥有量只是世界人均拥有量的1/4，是世界13个最缺水的国家之一。按照国际标准，中国有60个省区市为重度缺水地区，6个省区市为极度缺水地区，中国660多个城市中，有一大半是缺水城市，其中100多个城市属于严重缺水城市。特

别是西部部分地区和城市缺水十分严重。

中国不仅仅淡水资源缺乏，而且水资源受到严重污染。据官方统计，中国每年至少发生1000多起水污染事件。仅2005年，吉林市一家石化公司发生的爆炸一次就流入松花江苯类物质100多吨，造成严重污染。在中国的7大水系中，长江、黄河、珠江、辽河、海河、淮河、松花江流域，由于工业生产没有严格的净化污水标准和设施，大量工业废水直接排入江河湖泊或地下，造成严重的工业性污染。特别是工业企业相对集中的辽河、海河、淮河流域，污染更为严重。城市的生活污水、洗涤剂和农业生产中的农药、化肥，也是造成污染的重要原因。在我国的农村和小城镇，70%多的饮用水不够合格。城市的自来水，大多数是江河水，采用沉淀、过滤、加氯消毒，简单加工处理后提供使用，其中的化学性有害物质根本无法清除干净。全世界已经在自来水中检测出化学污染物2000多种，我国的个别大城市自来水也不一定完全符合饮用水标准。在中国，因为水资源污染造成生物死亡和人类疾病的事件频频发生，特别是淮河流域和海河流域的一些地方，胃癌、肺癌明显高发，老百姓谈水色变。

食品不安全

食品污染是指人们食用的各种食品在生产、运输、存储、包装、销售、烹调过程中，混入有毒有害物质或病菌，改变了食品本来的营养价值和卫生质量，影响了人类的健康。

食品污染主要包括三类：

一是生物性污染，是指病源性病毒、细菌、真菌、寄生虫、昆虫对食品的污染。上世纪80年代上海因为生吃毛蚶致30万人甲肝流行就是典型的食品生物污染事件。

二是化学性污染，这是最主要最常见的食品污染。首先是农产品生产过程中的污染，其污染物包括农药、化肥、重金属以及土壤空气水源污染后转移过来的种类繁杂的有害物质。仅农药就包括各种杀虫剂、除草剂、生长调节剂、熏蒸剂等1400多种。其二是食物在运输、存储过程中的污染，其污染物包括防腐剂、保鲜剂、催熟剂、洗涤剂、消毒剂、抗氧化剂等；食品加工销售过程中的污染物包括调味剂、甜味剂、漂白剂、着色剂、改性剂、固形剂等，整个加工、销售、运输、存储过程中有上千多种化学物质可能造成污染。其三，在烹调过程中使用的地沟油及各种添加剂，所含的有害物质更是种类繁多。

三是物理性污染，核燃料泄露、其他放射性污染、注水肉等都属于这一类。

食品污染对于人类健康危害巨大，短期内的急性和慢性中毒已经是非常可怕的危害，而远期的致畸、致癌、致基因突变作用更是非常恶劣的。中国的食品污染事件频繁发生，有毒的大米、含瘦肉精的肉食品、不合格的方便食品、掺假的各类饮料、有其形没有其味的各类瓜果蔬菜等，就像中国人随时随地吐出的痰一样多，让人感到非常恶心。

除食品污染外，假冒伪劣也是食品不安全的重要原因。仅一个三鹿奶粉事件就使成千上万的儿童致病、致畸甚至

死亡。

从空气、饮水、食物，到我们日常生活的许多方面，污染无处不在，危害随时发生。有形或隐形的"杀手"，明处或暗处的"危险"，都对我们的生命构成严重威胁，感觉我们像在死亡线上挣扎一样。环境污染如此恶劣，已经引起了政府的高度重视，让老百姓呼吸一口清新空气、饮用一口纯洁饮水、吃一口安全食品是各级政府的头等大事。

大姐出生在1948年的腊月，奶奶给取名腊梅。

大姐的人生，也像冰肌玉骨凌风傲雪的梅花，冰雪中觉醒，冲寒吐秀，绽放着形神俱清的光彩；"寒里一枝春"召唤着春风春雨的到来。

我家住在山区，大姐5岁时，母亲得了重病，由于医疗条件有限，母亲卧炕一年多时间。奶奶领着大姐烧香拜佛，求医问药，漫山遍野寻找治病的中药。据母亲说，懂事的大姐常常用小手抚摩着她，时刻激发她母爱的坚强，不然她就没命了。

从那时起，大姐便由奶奶照看。奶奶很聪明，能说会道，比起老实巴交的爷爷，奶奶属于得理不让人的厉害女人，果敢泼辣，十里八村大名鼎鼎。在奶奶的影响下，大姐逐渐养成了不服输的倔强性格。大姐刚上学的时候，老师说她智商并不高，可每回考试成绩总是拔尖，老师夸她能吃苦，肯用功。奶奶说大姐："犟得可酷呢（方言：非常倔强之

意），一遇到学习难题就不吃不喝不睡觉，一个劲儿跟书本拧眉，谁劝都不行，说多了就急恼。"大姐说，她就是一个争强好胜的人，什么事情都想做到完美。

　　大姐跟我讲，我出生时她才11岁，正赶上"大跃进"时期，母亲必须参加生产劳动，小孩儿都由几位老年妇女看管，大姐每天放学都得去接我。有一天，她刚抱我走到大门口，护院的大黑狗挣断了狗绳，朝我俩凶猛扑来，情急之下她丢下我没命地逃跑，不慎摔倒在地，那狗没有再追赶，吓得她魂飞魄散。每当讲起这件往事，我听得哈哈大笑，一点儿没有要责备她的意思，她却十分自责，很认真地反省自己，总觉得自己没有把弟弟保护好。

　　她从小对自己的要求就十分严格，村里同龄的女孩子，家境比较富裕的也早已辍学，唯有她靠勤奋、认真和节俭考入中学。中学离家较远，大姐长期住校。那时她才十三四岁，家长送粮食、土豆等农产品到学校换取饭票，一学期下来，大姐往往节余许多饭票，留着下学期使用。每个星期返校时母亲给大姐带一些炒面，可到了周末她回家又带了回来，她总是惦记弟弟妹妹吃不到。那个阶段正值国家困难时期，也是大姐生长发育最需营养的时候，可咸菜、土豆对她来说也不充足。一次，她约同学一起返校，当看到同学的家人从饭菜中挑出许多土豆皮丢弃，她都觉得十分可惜。父母亲有时候生气地责问大姐："你的饭票为甚总有节余？"大姐只是微微一笑，在父母面前总是乐呵呵的，她总把苦痛藏于心底。

　　寒暑假期，大姐回村参加生产队劳动，总是想方设法多挣几个工分。她白天参加劳动，晚上组织文艺节目，虽然她的嗓音条件并不好，可她很有表演天赋，很投入很动情，村里人都说她演谁像谁，很爱看她表演。有一回她代表大队到公社演出，她情不自禁的本色表演让台下观众动情落泪，并因此获得全公社文艺表演奖，队里给她记了较多的工分。

　　她特别喜欢家乡的山，常常跟随父亲上山捡牛粪，挖药材，挣一点儿小钱贴补家用。后来，大姐每当提起这一段艰苦生活，都十分快乐。特别是她对家乡山水的眷恋可谓情真意切，无论她有多么烦恼，只要一提家乡，立即和颜悦色，甚至眉飞色舞地和你诉说她对家乡山水的无限热爱。

　　1965年夏天，大姐以骄人的成绩考取了某市的卫生学校，成为"文革"前最后一批全日制中专学员。邻近乡村的学生中没有几个女孩子考得上，村里的人们知道她要去大城市上学，都夸她最有出息，父母亲也为大姐的吃苦耐劳精神而感到骄傲。大姐上学走时，家里实在贫困，只有爷爷留下的一只货郎小木箱送给她。这只货郎箱，她使用珍藏了许多年。我上大学那年，大姐把它送给我，嘱咐我："这是咱们家祖传的东西，理应由男孩子继承，它虽然不值钱，但要好好珍藏。"

　　大姐去城市里上学的时候，我只有五六岁，口水多说话含糊不清，总是不知道自己几岁，有一点愣（傻），村里的人都取笑我。大姐从来不这么说，她总觉得我就是有点愣有点

丑也特别可爱，她总是亲昵地叫我"露美亲"。我始终不明白这一称呼的确切含意，可能是嘴边常有口水，就像露珠挂在草尖一般美丽。或许大姐故意把"愣"说含糊一点儿变成"露"，保护我幼小心灵的那点自尊。不管怎么说，当有人再说我是"愣子"时，我也会理直气壮地说："我不是愣子，我是'露美亲'，不信你们问我大姐。"懵懂中就盼着大姐从那城市放假回家，她一回来我就跟在她后面，别人也不敢叫我"愣子"，心里很得劲儿。大姐每次回家都能满足我一些奢望，水果糖、饼干之类的小食品，让我在村里的小朋友们面前有了炫耀的资本。她疼爱奶奶，时常给奶奶带回一些老人家未曾享用过的美食，奶奶满嘴没有一颗牙，吧嗒起来美滋滋的。她疼爱父母，每次回家都带回一些生活日用品。姐弟5人中，她是老大，她总觉得应当为我们的幸福担当更多的责任。她时常为我们取得的点滴成绩而沾沾自喜，也时常为我们的缺点毛病大发脾气。爱你是她，恨你也是她，爱你时可以入骨入髓，恨你时可以狗血喷头。她感动时突然就能哭出眼泪，眼泪未干就可能破涕为笑，感情丰富而细腻。在大姐面前我只能顺从，不敢顶嘴，谁让她是我大姐呢。

后来，当我大学毕业恰巧分配到卫生学校当教师，我才知道，农村的女孩子在上学期间有多么艰苦。许多女孩子一日三餐都是咸菜馒头充饥。哪曾想到，大姐当年上学时曾饿昏在学校的卫生间里！哪曾想到，大姐当年仅仅靠学校的助学金维持她自己的最低生活需求，并且要节约几块钱贴补家用……

　　随着年龄的增长，我从一个"愣子"逐渐变得不那么愚钝，我发现大姐很要强。她总是在生活上关心照顾别人，心里总是沉甸甸担当着许多责任，而往往忽略照顾她自己。我12岁那年，大姐已经结婚成家。刚生下我外甥女儿，她的两个乳头不通，双乳肿胀发炎，母亲天天逼迫我给大姐吸吮乳头，我心里一百个不高兴。那时我上小学，又是班长，老师要求放学时排队，一边唱歌一边回家，我既管理队伍又领头唱歌，很有面子。可是，母亲总是在半道拦截我，弄得我很尴尬。刚开始还很保密，假装去干其他活儿，可没过几天，同学们都知道了秘密。同学们讽刺挖苦我："那么大了还去吸吮大姐乳头。"大家笑话我没出息，我心里很委屈，便和母亲吵了起来。

　　我说："她在医院工作，自己不弄药治疗，天天逼迫我，吸她那破奶奶，我不去。"

　　母亲说："你懂啥？你大姐从公社医院干到县医院，又要入党，她能随便使用公家的东西吗？"

　　母亲说的确实是事实，大姐乳房发炎，母亲寻找仙人掌、蒲公英等类植物，捣成糊，涂抹上去。从未看到大姐使用其他药物，也许是怕伤害小孩儿。但不管母亲怎么说，像大姐有一股犟劲儿一样，我就是不去了。第二天放学，当老远看到母亲又在等待，便悄悄逃跑了。

　　回到家，想到晚上肯定会挨揍，便担起箩筐上山捡满干牛粪，摆在院中显眼的位置，以求立功赎罪。那天晚上，母亲没有回来，父亲确实还表扬了我，可我心里总是觉得有点

儿对不起大姐。

又到放学的时候，心里很不安。母亲没有拦截我，自己倒灰溜溜地来到大姐跟前。大姐很高兴："妈，你看'露美亲'来了。"

母亲只管忙她的活儿，看都不看我一眼。大姐和蔼地说："你怕同学笑话就玩耍去吧，大姐没事，能挺得住。"

我没有去玩耍，默默地吸吮，再恶心也得咽下去。

大姐生我外甥儿是上世纪70年代一个寒假，她已经调到大城市里工作。母亲要去，带了许多东西，拿不动，要我送。第一次进城市，幻想着城市的繁华，我非常兴奋。坐汽车，排队上火车，一路颠簸，肩膀上的东西越来越沉。好不容易下了火车，已经是夜间，没有办法，只能在候车室等待一夜。母亲也不知道姐夫当教师的那所学校的准确位置，天亮后绕了许多弯路才来到大姐家。一间小平房，与我想象的相差甚远。那时大姐工资很低，日子过得紧紧巴巴，住了几日便没有了兴趣。领着外甥女儿在学校院里院外转来转去，远处高高耸立着密密麻麻的烟囱，冒着魔鬼嘴脸般的浓烟，灰蒙蒙的天，了无生趣。居民煤烟、汽车尾气呛得人头疼，附近居民养的几只鸡也是灰溜溜的。我心里好遗憾，这大城市怎么会是这样？

母亲需要留下来，我要走时，大姐心里酸楚，千叮咛万嘱咐要我一路小心。回到农村，蓝天白云，空气清新，几只原色鲜亮的大公鸡在墙头高歌。我心里突然觉得，那城市一点儿都不好，还是家乡的青山绿水好，大姐好可怜。

　　后来听说，为了改变姐夫"臭老九"的地位，大姐费了不少心思，生了许多气。姐夫是北京师范大学心理学专业毕业的高才生，始终没有得到发挥才能的机会，工作调换了几次，待遇也没有得到多少改善。

　　过了几年，再来大姐家，姐夫工作比较顺心一些，但确实很忙。大姐也是单位的业务骨干，承担着很大的责任，家里又主要依靠她忙乎，孩子们尚小，我觉得她很累。一大早起来，姐夫匆匆走了，我问："姐夫忙得连早饭也顾不上吃？"

　　大姐说："他太忙，怕累坏了身子，大姐在外面给他订购了营养餐。"

　　我当时心里想：大姐不也特别累吗？为什么不去吃营养餐？我很生气。

　　其实，作为一个贤惠的妻子，大姐愿意为家庭做贡献那也是应该的。再说，她当时的经济条件有限，还得抚养一双可爱的儿女。她就是一个那么乐于奉献的人。

　　也许在感情上对大姐有些依恋，我上大学还是来到这座自己并不喜欢的城市，就读在医学院。周末常常回到大姐家，晚上吃一碗大姐亲手做的西红柿打卤面，和外甥儿挤在一个被窝，故弄玄虚地给他俩讲一段反特的故事，心里觉得很惬意。可大姐总是不停地干活儿，也不知道她哪里来的那么多事情，忙里偷闲还要唠叨一些我生活学习的情况，为我出谋划策。

　　她说："等到将来姐弟俩都退休了，回老家开个诊所，给

家乡的父老乡亲解除病痛。"

她还说："等大姐老得走不动的时候，你扶着大姐到爹曾经刨药材的猴山转转，那山上风景好……"

现在，大姐的子女继承她的优秀品格，都从北京大学等重点院校研究生毕业，供职于国家重要部门，孩子们很争气，应该说大姐这一生没有白辛苦。

腊梅，冰天雪地中绽放的报春花朵，即将迎来春暖花开的时节。古人都说梅是吉庆的象征，梅花五瓣儿，寓意快乐、幸福、长寿、顺利、和平这"五福"。我们都相信，大姐的生活即将得到显著改善，翻开崭新画面。可是，谁能想到，大姐不幸查出癌症并且已经晚期，西医、中医治疗均无明显疗效，可怜的大姐一天天挣扎在痛苦中，和死神进行着无情的搏斗，争夺生命的每时每刻……

天啊，你为什么如此作弄我勤劳节俭甘愿奉献亲爱的大姐？你难道不知道她尚有80多岁的老母健在吗？你难道不知道她尚有许多心愿没有完成吗？大姐，你那么争强好胜干什么？你那么热爱我们的家乡，却偏偏留在那环境污染的城市干什么？

每一次去探望大姐，疾病折磨得她一天不如一天。虽然我的心在滴血，表面却强作微笑，好给她一些鼓舞，可每挤出一丝笑容，心里就像刀扎一样疼痛。

当大姐含着眼泪跟我说："弟啊，来世再做姐弟吧……"

坚强的大姐绝望了，我的心也彻底碎了……

　　腊梅，历尽了严冬之苦，尝尽了冰雪之寒，绽放了"五福"花朵，清香远溢，令人荡气回肠。"俏也不争春，只把春来报，待到山花烂漫时，她在丛中笑。"我多么希望大姐能过几年平淡幸福的晚年生活。

　　大姐，你的心不甘。

　　大姐，我的心不甘！

被误解的生命

前几天，我的一位亲戚肚子疼，壮壮实实的一个小伙子，看上去满头大汗疼痛难忍。送医院检查，发现得了急性阑尾炎，医院大夫给他做了手术，切除了阑尾。从此他成了没有阑尾的人，他自嘲地说，他是一个不完整的残疾人。大伙觉得他很逗，我倒觉得他说的有一定道理。

阑尾，是细长弯曲的盲管，在腹部右下方，位于盲肠和回肠之间，它的根部连于盲肠后壁内侧，上端开口于盲肠，远端游离并且闭锁，有七八厘米长。

人类对于阑尾的了解，过去很长一段时间认为它是生物进化过程中一个退化的没有生理功能的器官。由于阑尾经常发炎，招来疾病和痛苦，一般在其发炎后通过手术切除，彻底了结阑尾可能带来的后患。有时，做腹腔内其他手术，如妇女做绝育手术结扎输卵管时，顺便也切除阑尾，反正没有什么用处。近年来，随着医学科学和免疫学技术的发展，对阑尾已经有了新的认识：阑尾既不是多余的累赘，也

不是简单的退化器官，而是人体中的一个免疫器官。人体的免疫系统相当于国家的国防部、公安部、武装警察部队等安全保卫部门，履行着保卫身体健康的职责。科学家发现，人的阑尾具有产生B淋巴细胞和T淋巴细胞的功能，这两种细胞可以在人体内部自由移动，监视和攻击外来之敌，对于维护人体健康作用巨大，就像国家的"特种部队"一样重要。所以，阑尾同饮誉免疫界素有"人体内的军事学院"之称的胸腺具有同等重要的地位，同属于中枢免疫器官，类似于中央部队。阑尾产生的B淋巴细胞转移至周围淋巴组织后，可分化成为抗体生成细胞。抗体是攻击细菌、病毒、毒素的重要"武装力量"，它对于维持人体正常的免疫功能起着重要作用，类似导弹或炮弹打击入侵之敌一样。T淋巴细胞具有监视肿瘤和癌细胞的作用。假如切除阑尾，不仅腹部留下瘢痕，更重要的是会使人体抵抗力下降，容易患感染性和传染性疾病，尤其是会增加恶性肿瘤发生的危险性。这绝对不是危言耸听。

人体的组织器官中，与阑尾有同样命运的器官组织还有扁桃腺。

扁桃腺，实际也是一个重要的免疫器官，属于周围淋巴组织器官之一，身处咽喉要道这一是非之地。它类似国家的地方部队，就像"海关"或边防部队守卫边关一样。经鼻腔吸入的空气和经口腔摄入的食物，时常带有数量不等的病源微生物，扁桃腺为保卫人体的健康，忠实履行自己的"职责"，对那些侵犯人体的细菌病毒奋起反击。正

常情况下总是能够战而胜之，人体也没有太大的反应。可是，当人体过度劳累、着凉、烟酒过度而抵抗力下降时，病原体乘机大举入侵，扁桃腺就成为残酷的"战场"。扁桃腺就像守卫边关的战士一样"舍生忘死"进行搏杀，自己伤痕累累，导致扁桃腺红肿热痛，主人也会出现发烧、咽疼、疲乏无力、吞咽困难等一系列症状，这就是众所周知的扁桃腺炎。扁桃腺自己受到伤害倒也无怨无悔，更糟糕的是，在一些主人的心目中扁桃腺好像是个爱惹是生非的家伙，昏庸的主人甚至耿耿于怀、咬牙切齿，就像唐僧和尚不理解孙悟空一样。有一些无知的人甚至认为扁桃腺有百害无一利，手起刀落，永远解除了扁桃腺的"职务"。扁桃腺虽有一腔"报国热情"，但在这样的主人心里却没有理解它的忠诚。

现在医学科学虽然已经取得显著进步，但对人体的许多组织器官的功能认识并不完全清楚，如眉毛、甲半月、头发以及大脑中许许多多组织结构的生理功能，至今仍然在探讨中。通过对阑尾、扁桃腺曾经有严重错误认识的经验教训，我们最起码应该懂得，人是自然的产物，是从自然中进化而来，任何自然形成的组织结构必然有其存在的理由。

我们有时盲目地为了眼前利益，损伤大自然赋予我们完美珍贵的组织结构，自以为高明，其实是十分愚蠢的行为。我们应该学会珍惜，珍惜生命，珍惜自然，珍惜阑尾、扁桃腺以及自然形成的其他组织结构。切不可粗暴伤害自己的生

命组织。

同样道理，我们人类也要珍惜大自然赋予我们的森林、草原、江湖、海洋及其动植物资源，绝对不可以过度砍伐、过度狩猎、过度捕捞。

破坏自然，破坏生命，最终必将受到自然的惩罚。

被糟蹋的生命

对于每一个现实生活中的人来说，生命是最珍贵的，没有了生命便没有一切。这个道理应该说是不言而喻的。

当我们为了物质财富和理想信念苦苦追求，奋斗拼搏，甚至舍生忘死的时候，你可曾冷静地想过，我们是否尊重自己的生命，是否珍惜自己的生命。我们非常偶然地来到这个世界，却又必然地要离开这个世界，几十年的生命时光，我们应该如何打理、如何享受自己的生命是一个最重要的事情。最基本的、最起码的，就是要尊重自己的生命，不要糟蹋自己的生命，更不要浪费自己的生命；就是要尊重其他生命，不要糟蹋其他生命，也不要浪费其他生命，更不要破坏其他生命。每一个生命存在于世界，既有存在的理由，也有各自存在的乐趣。我们要对自己的生命负责，对自己的生命有爱心，也要对其他生命有爱心，尊重其他生命实际上也是尊重自己的生命。

人类历史上发生过或存在着许多不尊重生命的行为，

细细想一想，颇感沉重。

太监。太监也称宦官，是指中国（外国也有）古代男人被阉割后，失去性能力，成了不男不女的中性人。他们是专供皇帝、君主及其家族役使的官员。

阉割分两部分，一是将阴囊割开，挑断筋（神经血管等组织），把睾丸挤出。二是将阴茎切掉，既无凸起，也不能影响小便。有时只完成前一部分，有时两部分同时完成，不管是只割睾丸或睾丸阴茎全部割除，都算完成了阉割。阉割的过程是很痛苦的，接受阉割的人一般都会昏死过去。历史上任何一个封建王朝，被阉割下来的东西，本人是没有权利保存的，只有净身师傅（衙门颁发执业资格）有权利保存，这在阉割的契约书中会明确规定。阉割时，净身师傅准备一盆子，里面掺杂一些石灰，将二粒睾丸或和阴茎摆放其中，发挥石灰的吸水作用，睾丸和阴茎才不会腐烂。手术的契约书用油纸包好，也放入盆中。然后用大红布将盆包好，捆绑结实吊在房梁，这叫"红布高升"，意思是预祝太监鸿运当头步步高升。

古代中国人有一个传统，不管你走到哪里，不管你死在何方，人死后一定要埋回故乡，叫作叶落归根。太监身上少了那玩意儿，即便是叶落归根也不能和父母葬入同一个墓园。因为，中国古代不是全尸的人是没有资格入父母的墓园的。据说就像太监这样不男不女六根不全的人，阎王爷也不收。骨肉不能还家，灵魂不能转世，成为孤魂野鬼是十分可怕的事情。所以，做太监的，一生的愿望就是要把自己被

阉割的东西赎回来，也叫赎身。多数太监的一生是非常节俭的，他要不断地储蓄资金，其目的一是要赎身，二是要抚养义子义女完成他生前或死后的一些事情。

赎身的仪式是很隆重的，就像迎娶一样。太监的义子手捧红笼，带领一支迎娶的队伍，来到净身师傅家。红笼中放入喜钱，操办喜事的钱叫喜钱，但喜钱不在赎身的价钱之内，赎身的价钱事先已经谈好，这喜钱仅仅是另外的"红包"，就像现在迎娶新娘要准备"红包"打点送亲的人一样。这时，净身师傅门前鼓乐喧天，摆好香案，披红挂彩，举行一个接斗仪式。这个仪式一般由族中长老主持，宾朋客人恭恭敬敬站在两旁，净身师傅捧着那玩意儿的盆出来，长老行一个礼，打开红布，取出契约大声宣读。太监的义子三叩九拜，谢净身师傅，谢长老，谢贵宾，然后将装那玩意儿的盆放在笼中，双手捧着，坐轿赶往太监父母的坟场。这时，太监早已经在墓地等候迎接，同样要摆好香案、锣鼓喧天、鞭炮声声，那玩意儿一到，大家趴伏在地上，长老再大声宣读契约。坟场再次宣读契约，就是要告诉太监的父母那玩意儿回来了。太监哭喊着爬到父母坟前：爹，娘，你生给儿子的骨肉，今天全部赎回来了。

太监没有了睾丸，失去了生育能力，大自然赋予男人的生命意义和责任就此了结。雄激素水平低下，男人的第二性特征消失，不男不女的存在就显得不伦不类。太监主要在皇宫里服务，虽然衣食无忧，但他们低三下四，奴颜婢膝，招之即来，挥之便去，成了会说话的工具。伴君如伴虎，稍

有不慎还会招来杀身之祸，真正是可怜至极。但是，太监也是生命，也要为了生存而努力。长期的宫内生活，看惯了尔虞我诈、阳奉阴违、笑里藏刀的嘴脸，听惯了虚情假意的甜言蜜语，他们学到了趋炎附势、狐假虎威、狗仗人势的生存之道。生理的变态必然导致心理的变态，鲁迅曾经说："中国历代的宦官，那冷酷险狠，都超出常人。"中国的历史上出现过许许多多了不起的太监，唐朝的李辅国，明朝的王振、刘瑾、魏忠贤，清朝的李莲英等，都是奴性十足、狡黠阴险、阿谀奉迎、溜须拍马的太监。他们变态的心理和特殊的地位，使他们变得十分凶险，一旦取得主人的信任，便趾高气扬、心狠手辣、巧取豪夺，甚至假传圣旨祸国殃民。宋朝的大太监童贯，察言观色十分了得，精于媚术。徽宗即位后，他如鱼得水，使出浑身解数，用尽心思讨好这位风流天子的欢心，从此平步青云。他与蔡京相互勾结，把持北宋军政大权20多年，特别是通过招安的手段，利用水泊梁山的英雄好汉去平方腊的起义大军，让一个个英勇无敌的真正男子汉惨死在太监的阴谋诡计中，真是蛇蝎心肠，臭名昭著。

太监中也有流芳千古者，如发明造纸术的蔡伦，为文化事业做出了贡献；七下西洋的郑和为扩大对外交流做出贡献等。但是，太监变态的生理和心理，决定了他们永远没有自然的人格，光明磊落的少，阴狠毒辣的多，不自然的存在，总是会有不自然的结果。

殉葬。殉葬又称陪葬，是以器物、牲畜、活人陪同入葬，以保证死者亡魂的冥福。活人殉葬是中国古代残忍野蛮的

制度, 君主老爷活在人世间有妻妾奴仆陪伴, 死后也要继续享受同样的待遇。

活人殉葬多为女性, 那个烽火戏诸侯的周幽王, 他的墓葬中共有一百多具遗骨, 只有一具男性, 其余全部为女性。可以想到, 那里面肯定包括那个"生性不爱笑"的褒姒。那个风流的晋幽公其墓葬中也有一百多个女子陪葬。可怜那些青春年少的宫女, 好端端的姑娘, 大自然肯定造化了她们闭月羞花般的容貌和婀娜多姿的身材, 鲜活活, 水灵灵, 就那么给糟蹋了。用咬牙切齿、恨之入骨来表达我们对周幽王、晋幽公之流的痛恨那肯定是远远不够的。

到了那个因为残暴而臭名昭著的秦始皇, 更是大造陵寝, 堪称空前绝后。他的混蛋儿子胡亥, 则把活人殉葬推向了顶峰。秦始皇死后, 秦二世率领百官和后宫嫔妃, 护送死皇帝灵车, 浩浩荡荡前往骊山。到了陵地, 将棺椁送入地宫后, 秦二世突然下令: 先帝后宫人等, 凡无子者, 应该殉葬。秦始皇遍掠六国美女, 成千上万的各色美女服侍左右, 后宫美女约万人, 能够受到他宠爱的不多, 生育者更是寥寥无几。此令一下, 宫女们号啕大哭, 声震四野。秦二世毫无怜悯, 众多佳丽便活生生被埋在地下。大自然创造的生命, 就这样毫无价值地消失了, 真是惨绝人寰。

裹脚。裹脚是中国古代社会对于女性一种恶劣的束缚习俗。从女孩子三四岁开始, 用裹脚布将脚紧紧缠起来, 使脚趾、骨骼扭曲变形, 直到成人骨骼固定, 女孩子的脚就变成了"三寸金莲"。实际上, 裹脚就是改变了女孩子脚的自然

生长过程，通过十几年甚至更长时间，在外力强迫作用下，让一双本来可以展展活活的脚，变成一双奇形怪状的"怪物"。

既然裹脚是一个漫长而痛苦的过程，那么，千千万万的女性在上千年的历史中，为什么热衷裹脚呢？有人解释说：裹脚成为一种通行的社会习俗有千余年历史，就是因为小脚在那个时代是美的体现。

一些历史学家认为，不管裹脚习俗形成于何时，就其社会的根本原因主要有以下几方面。

其一，有利于把妇女禁锢于闺阁之中，对她们的活动范围加以严格限制，以符合"三从四德"的礼教，从而达到按男子的意志独占其贞操的目的。

其二，有利于妇女体态和性心理的变化，从而更好地承担延嗣后代的生育任务。因为裹脚以后，自然的脚变成了畸形，走起来主要靠踵（脚后跟），扭扭捏捏，摆胯颤腰，既性感也有利于髋部的发育。

其三，裹脚妇女，足不出户，极少参与社会活动，全部精力用在丈夫、子女、家庭中，一切功名利禄都是男人去奋斗，更显示男人顶天立地的伟大形象。男人死后，女人一般都要哭天，那就像天塌了一般。

其四，源于统治者的意志对百姓的影响。据说，那位吟唱"春花秋月何时了"的南唐皇帝李煜，他的嫔妃们裹脚成新月形，站在黄金做成的莲花上跳舞，李煜大喜，他认为那脚是天下最美的脚，那扭扭捏捏的舞姿是天下最美的舞蹈。

从此皇室的女人们开始裹脚，并以脚小为美，流传到民间便是上千年。

其五，封建社会的文人墨客、士大夫、土豪劣绅视妇女为玩物，他们虽然压根儿不尊重妇女的自然生命，但对妇女裹脚后扭扭捏捏、摇摇摆摆展示的病态美却大加赞赏，什么"第一娇娃，金莲最佳，看凤头一对堪夸，新荷脱瓣月生芽，尖瘦帮柔绣满花"。封建社会的许多风俗都注意妇女头脚的装饰，成语"品头论足"就是在那些文化人对妇女容貌和体态的议论中形成的，大文人苏东坡也有咏足词："纤妙说应难，须从掌上看。"这些人的推波助澜，也助长了裹脚习俗的发展。

虽然裹脚这一陋俗现在没有了市场，但妇女对其他生理结构追求变态美的一些观念是否全部抛弃了呢？

割礼。全世界实行割礼的民族不多。割礼分为男性割礼和女性割礼。男性割礼是切除龟头外的包皮；女性割礼则非常残酷，要切除小阴唇、阴蒂、部分大阴唇等外阴组织结构。

这里主要说一下女性割礼。

女性割礼是一种仪式，大约在五六岁进行，切除部分性器官，消除女性的性快感，"剥夺"女性的性欲。其目的是为了保证妇女结婚前是处女，并且婚后对丈夫忠贞。某些观念认为："女子两腿之间有肮脏的、能够致使男人堕落的东西。""女子不应该对性感兴趣，这是恪守贞操的根本。"现如今，全世界每年仍然有200多万人接受这种割礼习俗。

自然赋予女性的性特征在某些观念中竟然是如此有罪恶，女人不能有自己性的快乐，而男人则可以把自己的性快乐建立在女人的痛苦之上。女人必须为一个男人服务，这叫恪守贞操。男人却可以娶多个女人，这叫有本事有能耐。这种不平等是对女人自然生命极大的伤害，是对女人丧尽天良的摧残。

整形美容。整形美容是通过手术、药物或其他技术手段对人的容貌和其他部位的形态进行再塑造或修复，目的是追求人的外在美感。

有人说过这样的话："漂亮的脸蛋是女人进军男人世界的第一张门票。"这是有道理的。从生物学的角度看，不论雄性动物或雌性动物想要延续生命就得有吸引异性的"本领"，这种本领首先表现在外观感觉上。女人梳妆打扮与孔雀开屏都符合生物学的规律，女人的美貌在社会交往中起着微妙的作用。由于这样一些原因，接受整形美容的人数正以加速度递增，整形美容行业迅速发展壮大。隆胸、减肥、吸脂、割双眼皮、隆鼻梁、酒窝成形、祛斑、去皱、修复处女膜等店铺，彩旗飘飘，霓虹闪闪，锣鼓喧天，开门纳客，好不热闹。冷静观察就会发现，绝大多数整形美容是针对女性，进进出出这些整形美容店铺的也几乎都是女性。女性爱美本来无可厚非，但问题是许许多多整形美容技术是否成熟？是否安全？有没有副作用？能否经得起考验？现实生活中，整形美容造成毁容的比比皆是，甚至危害了健康。再说，她们花了重金受了痛苦，就完美无缺了吗？是对自己生命的负

责吗?

自然形成的美,那是真正的美;依靠整形美容手术造成的美,那是伪装的美。自然的美,美得自然,美得舒畅;伪装的美,美得痛苦,美得憋屈,美得提心吊胆,一颦一笑都得小心谨慎,生怕整形美容的伪装开裂而露馅。伪装的美也无可厚非,问题是千万不要为了美,损伤自然生命组织的作用和功能,更不要因此危害自然生命的健康。

生命只有一次,生命是活着的全部,不热爱生命就是对于活着的亵渎。

请尊重生命、珍惜生命吧。

顽强的生命

　　仙人掌又名仙巴掌、观音掌，常年生长在沙漠等干燥环境中，叶退化成针状，以减少水分的蒸发，茎肥厚多汁，有发达的组织储存水分，被称为不毛之地的"沙漠英雄花"。

　　仙人掌的故乡在美洲和非洲，尤以墨西哥分布种类最多，素有"仙人掌王国"之称。当地有一个美丽的传说：一只巨大的山鹰叼着一条蛇，为寻找栖息之地，到处飞翔，当它落到一丛仙人掌后，再不愿意离开。从此墨西哥人在这富有生机的地方建立起自己的家园——墨西哥城，墨西哥国旗的图案就有这样的含意。那么，山鹰搏击长空高瞻远瞩，它敬仰仙人掌的什么呢？

　　在一般人看来，仙人掌的外观并不是十分美丽的，可仙人掌耐热、耐干燥，在荒芜的沙漠中巍然屹立，彰显了生命的顽强意志，这种意志是最让人欣赏和赞美的。仙人掌的意志坚如钢铁，它以钢针一般的棘刺面对风沙和一切敢于来犯之敌，高昂着头颅敢于藐视最无情的沙漠；这种意志坚

如磐石，它深深扎根在流动的沙漠中，以特有的方式从埋葬过无数生命的黄沙中汲取养分，强身固基，无所畏惧，绝不苟且偷生，堂堂正正向沙漠勇敢挑战。

仙人掌除了有顽强的生命意志外，更有对人类的巨大贡献。仙人掌虽然在最不利于生命存在的条件下成长，却最有生命的价值。仙人掌全身可入药，性凉微苦，具有清热解毒、舒经活络、散瘀消肿、凉血止痛、润肠健胃的功效。它富含多种维生素、微量元素，降血压、降血糖、降血脂，具有预防糖尿病、肥胖症、心脑血管病的作用。此外，仙人掌可以当作蔬菜食用，也可以酿酒，还可以当作牲畜饲料。近年来研究发现，仙人掌还有美容、净化空气的作用。

在沙漠中，任何生命都将面临恶劣环境的严酷考验，就是万物之灵的人类，也轻易不敢挑战这种可怕的世界。我们不知道仙人掌是怎么来到沙漠的，可它永远身披那件绿色战袍傲视强大的风沙，给人类以绿色的希望。当你于沙漠中绝望时，只要看到仙人掌，那就是生命的召唤，那就是生存的希望，它会毫不犹豫用自己绿色的血液，滋润你将要枯萎的生命。

我们感谢大自然赐予我们的仙人掌，不仅仅因为它意志顽强、营养丰富，更重要的是它在艰难困苦中没有消极失落，将一切怨和恨抛向九天之外，用自己的力量和坚韧不拔精神打造自己的天地，它具有积极乐观的生命意义。它虽出生在贫瘠的沙漠里，没有牡丹的国色天香，没有水仙的亭亭玉立，没有玫瑰的爱情甜蜜，可在荒芜了生命的恶劣环境中

英勇无畏毫不退缩，积极乐观地磨炼自己的斗志，她比那些依靠浇水施肥的花更有生命的顽强品质。

我们爱生命的什么？不一定都爱娇嫩的温柔，矫情的美丽，富贵的华丽，更不爱"贪官污吏"、"纨绔子弟"的骄奢淫逸。我们爱生命不可征服的坚强勇敢和积极奉献乐观精神的豪迈，我们爱创造生命顽强精神的质朴和无怨无悔的英雄气概。也许你出生在一个贫穷的家庭，如果你自强自立、顽强拼搏，你就彰显了如同仙人掌一般高贵的生命品质。

仙人掌，顽强的生命，这种意志和精神会鼓舞我们勇往直前。

不得安身

清凌凌的水，蓝莹莹的天，自然纯洁的生命，在这个人类的家园里，茹毛饮血的人类从远古赤裸裸走来，积累了许多主宰自然的力量。

打打杀杀，翻天覆地，趾高气扬的人类睥睨自然界的一切，贪得无厌，掠夺自然资源，百般摧残自己的家园，越来越不得安身。

这是为什么呢？

自然环境本来是人类生存的美好家园，可今日，它被破坏得面目全非，越来越不利于人类生存。

自然环境破坏，是指人类不合理地开发利用自然资源、兴建工程项目以及环境污染，引起自然生态环境退化，由此而衍生的环境恶化效应。这种恶化效应最主要就是破坏生命生存的基本条件。目前主要的自然环境破坏问题包括气候变暖、臭氧层破坏、生态破坏、生物多样性减少、酸雨蔓延、森林锐减、土地荒漠化等。

如此看来，自然环境的破坏也是人祸。

自然环境破坏是一个漫长复杂的过程，三言两语很难说明白。如果把所有事实让有关专家展现出来，恐怕真有一点"罄竹难书"的感觉。举几个典型事例，供朋友们理解。

气候变暖

气候变暖主要指温室效应。由于人类大量燃烧石油、煤炭、天然气等化石燃料，或者人为原因导致草原、森林发生火灾，使大量二氧化碳等气体排入大气中。聚集在大气中的二氧化碳等气体，对于太阳的辐射线具有高度透过性，对于地球热能辐射的长波射线具有高度吸收性，也就是说来自太阳的热辐射能够到达地表，而地表的热能散发不出去，二者共同作用使地表的大气温度升高，这就是温室效应。温室效应不断积累，地气系统温度不断升高，造成全球气候变暖。

全球气候变暖引发的灾难是巨大的。气候变暖会给空气和海洋带来巨大的动能，从而容易形成特大型台风、飓风、海啸。现在，这类现象频繁发生，狂风暴雨经常肆虐全球各地，给人类造成严重灾难。气候变暖也能够使冰川和雪山融化，冰川和雪山是生命必需的淡水资源之重要来源，冰山、河流、湖泊的融化蒸发，使地球的淡水资源不断减少，就会严重影响生命的生存。二氧化碳等氧化物在空气和海洋中与水结合，生成酸性物质并且不断积累，引起海水和空气酸化，严重影响陆地和海洋生物的生存。气候变暖也能够

加快化学反应的速度，影响生物体内的新陈代谢过程，改变生物的生存状态，造成生态系统的明显改变，大量生物会因此死亡，甚至灭绝。另外，冰川融化引起海平面上升，沿海地区的许多农村、城市、大量的岛屿可能消失，会造成严重的人口生态危机。

　　用"水深火热"来形容气候变暖给人类带来的生存状态，也许更形象直观一些。还有一些专家认为，气候变暖甚至能够影响地球板块的飘移速度，造成火山爆发或地震频发。果真如此的话，人类不仅面临"水深火热"，而且面临"天翻地覆"。

臭氧层破坏

　　这里一定要说说"臭氧层子"的事情。

　　大气的臭氧层是指大气层的平流层中臭氧浓度比较高的那一部分，距离地面20~30千米。

　　这个臭氧层能够吸收来自太阳辐射中的短波紫外线，使太阳辐射到地球表面的紫外线显著减少，特别是短波紫外线到达地球表面已经微乎其微。

　　短波紫外线对于生物细胞有很强的杀伤力，紫外线能够消毒，也是这个道理。所以，臭氧层对于地球上的生命来说，起到了一个巨大"保护伞"的作用。可是，由于人类生产过程中向大气层大量排放废物，如煤炭、石油、天然气燃烧排放废气，工业生产中排放气体性化工产品，飞机尾气，氟利昂一类的冷冻剂泄露等，使大气层聚集了大量化学污染

物,而臭氧又是一个化学活性很强的物质,极其容易与其他物质发生反应。所以,污染物能够使臭氧不断减少,使其对人类和其他生命"保护伞"的作用不断减弱,短波紫外线到达地球表面的强度就会不断增强,严重威胁生命的生存。

相关研究表明,人体长期暴露在紫外线中,会直接引起眼睛损伤,直接引起眼角膜、晶状体等组织变性或变形,导致各种眼睛疾病,甚至失明。紫外线也会直接引起皮肤组织变性,使其抵抗力下降,导致皮肤癌和各种皮肤传染病的发生。还有一些研究认为,生物长期受紫外线辐射,能够引起遗传基因的改变。遗传基因是生物在长期进化过程中形成的,具有相对稳定性。紫外线不仅对于人类有远期的致癌、致畸作用,对于其他动植物的危害也是一样的。

所以说,这个臭氧层是非常重要的,它就像一个"盾",抵挡了太阳辐射短波紫外线的"箭",保护地球表面各种生命的安全。如果失去这个"盾",一切生命都会暴露在短波紫外线的强烈辐射下,会被"万箭穿心"。目前,有科学家发现,臭氧层越来越薄,甚至某些区域已经出现了臭氧层空洞,这应该引起人类的高度重视。中国有"女娲补天"的神话故事,现在看来真的需要采取相应措施,否则是极其危险的。

生态破坏

生态是自然界的植物、动物、微生物及其环境条件自然形成的相对稳定的状态,在生态系统中各种生命"扮演"着

自己的自然"角色"，维护生命的繁衍和生生不息。

生态破坏是指人类不合理开发利用森林、草原、海洋、矿山、石油等自然资源，造成自然生态恢复能力的严重缺失，或自然生态严重破坏，影响了人类、动植物和其他生命的生存。

由于经济利益的驱动和目光短浅的急功近利的愚蠢行为，人类对自然资源乱砍滥伐、乱捕滥猎、乱采滥挖，已经造成动植物资源的严重破坏。举目世界，人类"唯我独尊"，能够为自己赚钱的一律"砍杀"，能够满足自己食欲的一律"砍杀"，能够满足自己其他欲望的也一律"砍杀"。从来没有把其他生命当作自己的"伙伴"，更不可能当作"朋友"，砍砍杀杀，丧心病狂，穷凶极恶。

在整个自然界的物质循环和能量转换中，森林起着重要的枢纽和核心作用，它的分布最广、组成最复杂、生物生产力最强。森林在和大自然长期的相互作用和适应过程中，不但推动了森林自身的生长繁衍，同时对自然环境也形成深刻影响，如制造氧气、吸收二氧化碳、涵养水源、保持水土、防风固沙、净化空气、消减噪音等。森林对于人类及其他生命的生存、自然生态的稳定有重要作用。可是，由于乱砍滥伐，森林面积不断减少。仅亚马逊热带雨林而言，从上世纪60年代开始大面积砍伐，现在仅仅不足原来的一半。如果不加制止，30年后，那里就是一片毁灭后的荒漠。目前，全世界的自然森林正以每分钟30公顷的速度消退，森林里的其他生命也将不得安身而逐渐销声匿迹。

草原生态系统中，草作为"生产者"，为草原动物提供食物和能量，是一切生命的基础。而人类只顾眼前利益，不管不顾草原的承载力，致使草原的利用速度大大超过更新速度，草原生态系统逐渐衰弱、瓦解，甚至变成了荒漠、沙地。我国天然草原大约50亿亩，其中，荒漠化草原9亿亩，高寒草原20亿亩，这些草原产草量很低，需要十几亩草原才能放养一只羊。但实际上，几十亩草原放养百十只羊是常有的事，造成过度放牧。剩余的20亿亩草原也因为不合理放牧而致使1/3草原退化，甚至沙化。据有关资料显示，目前全世界荒漠化正以每分钟11公顷的速度蔓延，全球的耕地也以每分钟40公顷的速度退化。

人类乱捕滥猎野生动物，更是达到了"利令智昏"的程度。据国际捕鲸协会报导，全世界每年有2.6万头鲸被捕杀，平均每小时3头。特别是蓝鲸，从古至今是全世界最大的哺乳动物，半个世纪前还有30多万头，目前仅仅剩2000多头。非洲的犀牛，是世界上极其珍稀的动物之一，由于犀牛角的价格大幅度上涨，甚至比黄金贵重许多，捕杀犀牛的行为便日益猖獗，致使犀牛数量减少了90%，面临灭绝边缘。据估计，全世界每天都有一种生物灭绝，而每一个物种的消失会引起与之相关的二三十种生物相继灭绝。猎杀野生动物屡禁不止，在有些人看来，能够吃到野生动物好像是一件十分荣耀的事情。其实，"肉字开口两个人，迷人不识往下吞，有人识得其中意，原来吃肉人吃人"。自然的世界孕育了人类，自然的生命陪伴人类走过了漫长的岁月，当它们在人类的屠

刀下都悲惨而去时，孤独的人类还能够活着吗？

矿产资源是大自然上亿年甚至几十亿年沧海桑田变化形成的不可再生资源。有目的、有计划地开采矿产资源，对于人类社会发展和人类幸福作用巨大。但在实际操作中，采富弃贫、采厚弃薄、采易弃难，没有计划、乱采滥挖、偷采私挖矿产资源的现象屡禁不止，造成矿产资源严重破坏。有人统计，人类仅仅400年便几乎消耗地球25亿年积累的化石能源，导致发展的不可持续。特别是只顾及眼前利益，不重视环境恢复，使美丽的地球千疮百孔、遍身"牛皮癣"，造成自然环境严重破坏。白居易曾经说："天育物有时，地生财有限，而人之欲无极。以有时有限奉无极之欲，而法度又不生其间，则必物暴殄而财乏用矣。"

美丽的大自然孕育了人类，人类却疯狂践踏自己的家园，践踏了自己的母亲。不晓得光彩闪耀的楼兰古城是如何消逝在浩瀚无边的大漠深处，也不懂得繁荣昌盛的巴比伦如何在天地之间化为乌有。然而，当海湾战争中巨大油田燃起滚滚浓烟的那一刻，切尔诺贝利核电站爆炸泄露的那一瞬间，海洋和大陆都为此哭泣时，智慧的人类难道不能反思吗？如果不能洗心革面重新做人，人类将越来越不得安身，必将走向灭亡。

自觉篇

自然界的生命绚丽多彩，千姿百态。与其他生命相比，人类一样有出生和死亡，唯一不同的，人是追问存在意义之动物，人是自觉的生命。

大脑是自觉的生理基础，自觉的人类富有创造性。

自觉也是大自然最神奇的创造，自觉的人类认识客观世界，认识客观规律，有幻想有神话，更有进步的科学……

当人类从懵懂中觉悟，便自觉地思考自然，自觉地思考社会，自觉地思考精神，在自觉的创造中，人类社会才逐渐走向繁荣富强……

从"头"说起

头，释义很多，最通俗的是指事物的最高端，如山头、树头；也指事物的最前端，如领头、开头。

头，还有一个重要的释义，是第一位的、最重要的，如头等大事、头号人物等。

头，在动物界指脑袋。人类的脑袋位于最高端，动物的脑袋位于最前端。头或脑袋对于人和动物来说是身体最重要的部分，摆在第一位。

自然界的生物在进化过程中，是由微生物到植物和动物，由低级向高级，由简单到复杂，渐渐进化而来，而头的出现有着重大意义。越是进化程度比较高的动物，头越重要。动物的头包括脑、眼、耳、鼻、口、舌、须等部分，这些器官感知周围信息，调整行为走向，决定进退取舍，在维护生命生存过程中发挥着头等重要的作用。常言说"头头是道"，就是因为头决定生命的前进方向、行为目的，动物有了头就更有了灵性，人类因为大脑发达办事说话也更有条理。

　　动物头部器官中，口是摄取食物的器官，是沟通身体内部与外界环境的重要通道，提供新陈代谢所必需的物资。口也是动物战斗的重要"武器"和发声器官，莺歌燕鸣，虎啸狼嚎，叼咬啄啃，都离不开口。不同的动物，适应不同的生存环境，口的形态有很大区别。如，同样是飞翔动物，不同鸟类口的形态就千差万别，麻雀的口小巧玲珑便于快速摄取草籽和昆虫，鱼鹰的口则长而带钩便于摄取水中食物。口中的牙齿在不同动物之间也有明显区别，食草动物切牙和磨牙发达，便于切磨植物；而食肉动物则犬牙发达，便于撕扯动物皮肉。

　　须，一般位在口的周围，对于有些动物来说，须是明察秋毫的感官，气流、水流的速度和方向，事物的高度或宽度，都可以通过须丈量觉察，如鱼须、猫须、狗须等都有这样的功能。猫闭上眼睛，仅仅靠须就能够感知周围的动静，一只蠢蠢欲动的老鼠的气息变化，猫也心知肚明。

　　舌位于口内，舌有味觉的作用，辨别酸甜苦辣咸等滋味，从而决定是否吐咽。有一些动物的舌头还有辅助感知气味的功能，如蛇的舌头就有这样的功能。而且许多动物的舌头还是捕获食物的器官，如蛙类、食蚁兽等。舌的另一个重要作用是协助发声，动物的舌及其语言在寻找食物、追求配偶、躲避危险、攻击猎物的过程中有重要作用。

　　鼻的主要功能是嗅觉和呼吸。通过鼻感知气味来明确行为方向，并且吸入新鲜空气，排出体内新陈代谢产生的气体。如嗅觉灵敏的狗，多数情况下是依靠鼻的嗅觉完成寻找食物或其他任务。有一些动物的鼻，也是捕获食物的器官，大象的鼻子就是这样。

耳是听觉器官，可感知不同声波。不同动物感知声波频率的范围是不一样的。人的听觉范围比较窄，而蝙蝠、鼹鼠等动物能够感知人听不到的声波或超声波。许多动物对于声波或振动非常敏感，往往依靠听觉感知周围的危险，并且做出相应反应，如地震即将发生时，一些动物就有了明显的异常反应。

眼的主要功能是视觉，不同动物视野的范围、光波的视觉感知宽度都有一些不同。有的动物视野范围可以达到360度，有的动物可以感知红外线等人类视觉感知不到的光波范围。眼睛也是情绪表达的重要器官。

头部除以上器官外，部分动物还有角、冠、鬃发。头额部位的这些附属部分的作用还不甚清楚，但大多数食草动物的角属于防御"武器"，也是性别吸引的重要部位。大多数动物的鬃发在应激状态时也有"怒发冲冠"的表现。

头部的器官最重要的是脑，脑整合分析各种感官的信息，调节控制全身的状态，以适应周围环境的变化。生物进化过程中，脑的重量越大，结构越复杂，进化程度也越高，生存能力也越强。动物的胚胎发育阶段，是纵观生物进化最有意义最现实的活体"教科书"。从一个单细胞的受精卵，经过多细胞的阶段，出现"腔"的阶段，出现脊索阶段，产生"头"和感官阶段，直到发育为成熟胎儿，演绎了生物进化的全部过程。而且，"头"的形成过程是最重要的过程，越是

高级动物，头部在胚胎阶段越大，头部所占的重量和体积远远超过身体其他各部位，如人类的二月胎儿已经初具人的模样，其头部占总高度的一半。所以，当一个发育成熟的动物胎儿出生时，显著特点就是有一颗巨大的头颅。

我们人类的胎儿这样的特征更明显，新生儿头部占身体的比例较大。正常情况下，人类胎儿的出生首先就是头的出现，这在妇产科学中称为顺产，否则就是异常胎位。只要胎儿头部能够顺利通过产道，身体其他部位也自然顺利通过。大自然创造人就是这么神奇，在这个自然生育的过程中，也包含着生命的真谛。头，对于人类是最最重要的部位，头首先出现在自然环境中，首先感知自然世界，引领身体其他部位来到新世界。更重要的是人类头脑的重量、质量都比其他动物高得多，其组织结构更加复杂完善，感知世界的功能高度发达。新生儿的身高一般是50厘米左右，而头围为35厘米左右，胸围仅32厘米左右；新生儿的体重一般是3000克，而脑的重量大约350克，占体重的12%，因为新生儿的脑细胞已经达到成人脑细胞的数量，大约1000多亿个脑细胞，只是每一个脑细胞的体积、分支和重量还没有完全达到成人的水平。新生儿出生后，脑只需要发育完善，而身体其他部位则需要继续生长，并且在生长过程中不断地发育完善。

如此重要的头，我们在日常生活中是否重视它呢？

头，是引领，当我们的头引领我们来到这个世界，哭出第一声时，那就是生命泪水和艰辛的告白，在头的引领下要去战胜痛苦和磨难，而唯有战胜这些痛苦和磨难才显得生命高贵，才突显得头的不平凡。

不管你是否重视自己的头，智慧的前额，明亮的目光，欢乐的眉梢，傲慢的鼻尖，张扬的须发，唇红齿白，巧舌如簧，都明明白白挂在你幸福的面容之上。你的头或面容永远是最具有个性的"身份证"。你的智慧，你的胸怀，你的气魄，你的情感，你的一切阅历，都在生命的旅程中悄悄镂刻在你的头上。《世说新语》记录着一个著名的传说：魏王曹操当年要接见匈奴特使，担心自己面貌不够雄武，不足以震慑对方，便让人假扮魏王，而自己持刀于床头假扮卫士。接见以后，下人奉命询问来使对于魏王的印象，不料匈奴使者说："魏王确实优雅，然床头捉刀之人乃真英雄也！"所以，头部彰显内心世界，奶油小生不会有帝王的胸怀气魄，痴情少女也不会有娼妓的沧桑红尘，心浮气躁者不会有好学深思者目光深邃，贪生怕死者不会有英雄豪杰的从容定力。

不管你是否承认头的重要性，摇头晃脑、嗤之以鼻、目瞪口呆、张口结舌也好，挤眉弄眼、俯首帖耳也罢，你的耳朵倾听这个世界，你的眼睛观察这个世界，你的口腔品尝这个世界，你的鼻腔不断地和外界进行气体的新陈代谢，你的感官觉察这个世界的信息，你的大脑分析思考自然规律，并且通过这些过程创造着人类的物质和精神文明。如果你没有充分发挥头的作用，你也不会有生命的高贵品质；如果你完全放弃头的作用，你便是名副其实的"饭桶"。

实际上，世界的万事万物也是"开头"最重要，这其中似

乎也包含着一种能够使人精神为之一振的力量，充满了对于新事物的向往和新生的喜悦，有一种蓬勃向上的激情，鼓舞我们为之拼搏奋斗。即使是万事开头难也不会使人意志消沉，更多的是鼓舞斗志。只要起了头，慢慢就会梳理出头绪和思路，从而引领事业健康发展。

在人的生命过程中，头脑的健康更是重要的，头脑清醒明白，才能维护身体的健康，才能完成工作学习任务。人类社会的发展进步更离不开头脑的引领，其创造作用的发挥更是头等大事，宇宙奥秘的探寻、生命起源的探讨、科学技术的创造、文化艺术的发展，不管说什么事情都得从"头"说起。

会开门的猪

在我的家乡，粮食产量大，村里一般人家都要养猪。

养猪分两种情况：一是养肉猪。捉来猪仔，把睾丸或卵巢割掉（俗称劁猪），精心饲养，目的是逢年过节有肉吃。二是养母猪。保留其性别特征，母猪仔半年后就会发情，怀孕四个月就能产仔，一头母猪一年产两窝猪仔，出售小猪仔，能够增加经济收入。

然而，在人们的日常习惯中，猪在"六畜"（牛马羊猪狗和鸡，五畜加一禽，古代通称为六畜）中的形象和地位，应该属于最不受待见的。猪的形象人们总结了四个字：懒、胖、丑、蠢。猪的饮食一般也是其他"五畜"瞧不起的大杂烩。待遇低一些，猪宽宏大量并不在意，而对于其形象的概括确实有一些委屈。实际情况并非如此，特别是说猪"蠢"，更是不能认同的，实际上猪是人类最聪明最忠诚的朋友。

先说牛和马。牛和马能够帮助人耕田拉车，听得懂主人的号令，往左往右，停止前进，只要车把式或牛把式发出指

令, 它们就能够遵照执行。在长期的农业生产过程中, 牛承担着最沉重的一份辛劳, 有时候累得四肢颤抖口吐白沫。马在人类交通运输不太发达的时代, 风里来雨里去, 不论道路多么坎坷, 不论战场多么残酷, 策马扬鞭东奔西突, 总有马不停蹄的艰辛。牛和马的确是人类的好朋友, 立下了 "汗马功劳", 获得了许许多多美好的赞誉。"马到成功"、"龙马精神"、"天马行空"、"老骥伏枥, 志在千里"、"老马识途"、"牛气冲天"、"老牛舐犊"、"俯首甘为孺子牛" 等, 都是对马和牛的赞美之词。就是夸奖有能力的人, 也说: "你真牛!" 牛和马的物质待遇也不错。饲养过牛和马的人都知道, 牛和马除了白天要吃饱喝足外一般都享受夜宵, 主人得半夜三更起来喂它们。牛马的饲料也比较精细, 人们常常把豆类煮熟了供它们享用。在困难时期, 人都吃不上那些 "营养品"。

再说羊、鸡、狗, 也深受人类宠爱。羊大为 "美", 鱼羊为 "鲜", 羊我为 "羲"。羊生性胆小, 几乎没有攻击性, 人们把 "鲜、美、义" 等美好的皇冠统统加在羊的身上, 足能够说明人类对羊的怜爱。鸡最能 "讨好" 人类, 早早 "起床", 仰着脑袋呼喊几声, 好像它比别畜更积极肯干。鸡怀着生儿育女的美丽梦想, 生下宝贝蛋时, 虽然人类不顾它们的委屈劫夺而去, 改善了自己的伙食, 可人类也得把自己的粮食给鸡吃, 等价交换, 各取所需, 鸡也只好忍气吞声, 甚至乐在其中。狗更是人类的宠物, 生活待遇明显高于其他动物, 不仅天天有肉吃, 寒冷的季节还有衣服穿。狗在主人面前总是

摇头摆尾、奴颜婢膝，是人类看家护院的好帮手。"狗仗人势"，见了谁都不客气，还落下一个"忠诚"的好名声。实际上它就是为了那一块骨头，孝了一点"犬马之劳"，伪装得倒像一个活脱脱的"忠实走狗"。

　　最可怜的就是猪了，虽然全身上下都是宝，为人类的健康生长发育贡献了大量的动物蛋白质和脂肪，做出了最突出的贡献，但它不会说不会道，实实在在，默默无闻，便不受爱戴。肉猪打小就被劁得女不女男不男的，一辈子没有自己的个性，丧失了许多生活的乐趣。明明知道自己将来是人类餐桌上的美味佳肴，不管伙食待遇多么低廉粗糙，却依然乐呵呵地接受，从来不挑剔吃喝，诚心实意地给人类"养精蓄锐"，存储高品质营养物质。就是那些幸运地没有被劁的母猪，青春期一到，便赤裸裸迫不及待地寻找"配偶"，跑来跑去，痴情疯癫。一旦遇到一位"男性"，不管对方年龄大小、"家庭条件"如何，低三下四地求人家"欢欣一刻"，完全没有"女儿家"的一丁点儿尊严，甚至主人还得付给"男方"一些"小费"。表面上看猪好像懒惰了一些，其实它是为人类节省消耗、存储营养。就是不养膘的母猪，肚里怀着十多个"孩子"，怎么忍心让人家效"犬马之劳"？不论是自毁形象而养膘还是连续不断地积极生育，猪都是在全心全意地为主人服务。可见，猪不仅外观有漂亮的大眼睛、双眼皮，更有忠心耿耿的"心里美"。人类太不公平，"六畜"中待遇最差的是猪，挨骂最多的是猪，蠢猪、笨猪、懒猪、死猪，什么难听骂什么，自己的孩子学习不争气也说"你是猪脑子"。猪

招谁惹谁了，怎么这样对待它呢？

实践证明猪是最忠诚的，猪的饲养最早就是在我国开始。据殷墟出土的甲骨文记载，商周时期就有猪的舍饲。"家"字，就是房子下有"豕"，豕的意思就是猪。既然有家必然有猪，说明猪对于家是非常重要的。

家里曾经喂养过一头母猪，一直养了八年。那头猪特别有灵气儿，它大小便从来都固定在院子的一个角落里，比起那些随地大小便的鸡狗羊"文明"了很多。它不讲究吃食的质量，不管吃什么总是有一些狼吞虎咽的感觉，吃饱就会躺下休息，尽量为肚子里的"小宝宝"节省能量消耗。有时候，它如果没吃饱就会望着主人哼哼着撒娇，这时主人也心领神会，就会给它加食；如果主人实在顾不上，它也通情达理，主动到野外去寻觅。每当临近分娩，它匆匆忙忙衔草絮窝，总是要把自己的窝整理得妥妥当当，如果自家院子里的草不多或者它觉得不够合格，它会到邻居家寻找。小猪仔生产一般都在傍晚或夜间，这事从来不用主人操心，整个夜晚都会听到它母爱般的哼哼声和小猪仔的"哭"声。第二天，当太阳露出笑脸，它已经全部完成生产任务，会来到主人门前"报喜"，主人早已为它准备好了一大锅小米土豆粥，这是它平常很难得到的待遇，它很快享用完这顿带有祝贺性质的"美食"，就匆匆忙忙回到窝里照顾它的"小宝宝"们。当天气适宜的时候，它会领着"小宝宝"们走到院里晒晒太阳。它选择一处向阳的地方，左倒卧或右倒卧，完全敞开胸怀，把自己丰满的乳房暴露给"小宝宝"们。小猪仔各自占据一

个位置，以鼻端拱摩乳房，吸吮乳汁。它非常注意保护自己的"小宝宝"，走道、躺卧都小心谨慎，生怕踩伤、压伤它的孩子，个别调皮的"小宝宝"影响它哺乳时，它会用鼻端轻轻将小家伙推开，边推边发出亲昵的哼哼声。

因为院里有猪仔，我家的院门厚重坚实，人们进出都要关严门并且上好门钩。那头"聪明"的母猪，似乎懂得这样做的意义，它进出大门也会履行程序。最神奇的是它依靠后腿支撑，前腿搭在门上并且从门缝伸进来，巧妙地拨动，能摘开门钩，进门后再用同样的方式挂好门钩。这头猪难道"愚蠢"吗？

这头"聪明"的母猪，对于外来侵犯非常敏感，别看它平常很温柔，一旦有谁敢在它面前动它的孩子，它立刻变得凶猛异常，不管你是谁，不留任何情面，那股子拼命的架势着实让人胆战心惊。狡猾的狼，有时胆大妄为，夜深人静的时候，企图偷袭猪窝，叼一个猪仔当美食。这头"聪明"的母猪似乎早有防备，遇到险情，它会发出一种令人毛骨悚然的吼声。听到这一"警报"，家里的人操起家伙出门助战，你会看到饿狼败退逃窜的身影，也会看到这头母猪鼻突上鲜血淋漓。只见它后腿蹲、前腿挺立，昂首挺胸，犹如一头雄狮挡在自己的窝门口。那一刻，我特别感动，我为世界上最伟大的母爱而感动，我为"聪明"的母猪舍生忘死"保仔卫主"的忠诚和英勇精神而感动。

动物的智力

　　大脑的高度发达，使人类具有了认识自然规律、利用自然规律、制造和使用工具的能力，同时也具有了语言表达、记录、学习和互相联系沟通的能力。其他动物，根据其大脑的发展进化程度，其记忆、模仿、学习、沟通和使用"工具"的能力也有不同程度的表现。

　　模仿和学习能力比较高的动物，一般是大脑相对发达，与人类比较近亲的动物。动物行为学家发现，某些黑猩猩有利用"工具"捕钓白蚂蚁的办法。白蚂蚁藏在硬土块中，由于里面穴道复杂，非常难以捕捉。黑猩猩能够刮去洞穴的表土，然后插入一根小树枝或草茎，白蚂蚁就会攀附在上面，黑猩猩再把树枝或草茎抽出，许多白蚁吊在上面，黑猩猩便像儿童吃糖葫芦一样把白蚁吃光。科学家把无尾猿爱吃的食物放置在高处，无尾猿会叠放地面的箱子、小板凳、木棒等物品摄取高处的食物。瑞士苏黎世大学科学家卡雷尔·范斯海克在印度尼西亚苏门答腊岛的素魁沼泽地区观察红毛猩猩发现，当白蚁躲入坚硬的巢穴，红毛猩猩不能用掌将其击碎时，就选择粗一些的树枝或木棍击碎它，然后舔食白蚁。红毛猩猩也能够利用树枝插入蜂窝搅和，然后取出树枝，舔食蜂蜜，就像黑猩猩巧取白蚂蚁一样。红毛猩猩还能够利用小木棍巧妙地取食一种带刺果实里的种子。

在《动物世界》等影视作品中，我们也能够欣赏到许多动物利用小木棍、小石块巧妙取食的事例。如秃鹫常用石块把厚壳的鸵鸟蛋砸开；加拉帕戈斯群岛的啄木地雀用木棍或仙人掌刺把树皮下或树洞里的昆虫挑出来；缝叶莺筑巢时能把大一点儿的树叶折叠起来，再用植物纤维把叶缝合；各种鸟类能够利用小木棍、泥土和枯草巧妙筑巢……诸如此类现象都说明动物有使用"工具"的能力。

动物不仅能够制作和使用"工具"，它们也有各自的表达和联系方式，它们的"语言"或者"肢体语言"是非常丰富的。

美国亚利桑那大学的一位动物学家利用仪器对土拨鼠的叫声进行过研究。他发现土拨鼠不同叫声其频率是不一样的，不同叫声其他土拨鼠的反应也是不一样的。土拨鼠发现高空俯冲下来老鹰和高空盘旋着老鹰时叫声是不一样的，老鹰和狼的到来时叫声是不一样的，不是同一条狼的临近叫声也是不一样的，平安无事与危险临近时叫声更是不一样的。这样的叫声难道不是土拨鼠的"语言"吗？这位科学家进一步研究发现，不同区域的土拨鼠，它们的遗传基因是一样的，但遇到同样的情况，它们的叫声却是不一样的，

这又说明了什么呢? 科学家认为: 不同区域的土拨鼠, 它们的"语言"不是遗传的, 而是后天学习得到的, 所以具有"方言"的特点, 不同区域的土拨鼠"方言"是不一样的。

世界各地的科学家对动物"语言"进行了非常详细的研究, 越来越认识到, "语言"并不是只有人类具有, 不同的动物都有自己"语言"表达的方式, 通过肢体语言、发声、气味、辐射等方式表达各种需求、危险或其他意思。越是大脑进化发展接近人类的动物, 表达的方式也越复杂。

动物的记忆能力更不可小视, 就说家养的"六畜", 它们识别和寻找主人的故事非常之多, 如"忠犬八公", 它的故事就令大家特别感动。席慕蓉曾经在一篇文章中讲到, 蒙古国赠给越南几匹蒙古马, 其中一匹却从越南逃了出来, 跋山涉水于数月后返回它在蒙古国的牧场。它是怎么跨越万水千山的呢? 又是怎么冲破人为的重重阻隔呢? 当它疲惫地出现在自己主人的牧场时, 让主人感动得热泪盈眶。大千世界, 不同动物的记忆能力都有显著表现。据《大科技》杂志社编著的《不可思议的生命奇观》介绍, 第一次世界大战期间的一天, 一位躺在法国战壕里的英国中士突然听到几声熟悉的叫声, 接着他在英国家中饲养的小猫跳上他的肩头。那猫是怎么越过英吉利海峡找到他的呢? 真是让人费解。同样是在法国, 本世纪初, 一个法国家庭从南部的图卢兹搬到北部的特里维诺, 两个城市相距800多公里。搬家前, 主人将自家的猫送给邻居, 可令人没有想到, 13个月后, 他的猫居然来到特里维诺他的新家。前几年, 家住乌兹别克斯坦的哈伊诺娃，同样在搬家前，把自家的猫送给邻居，两年后，这只猫跋山涉水3200公里找到她在俄罗斯的新家，让她感到神奇和激动。

1943年夏天，居住在美国太平洋沿岸俄勒冈州的布莱佳夫妇带着爱犬波比，前往美国东部观光旅游。当他们顺利到达印第安纳州的旅馆时，他们已经走出了3300公里的直线距离。他们刚刚下车，恰巧几只当地的狗看到了波比，顿时气势汹汹奔袭过来，双方你追我赶厮打成一团，波比且战且退不见了踪影。夫妇俩连续寻找了好多天，也没有波比的下落。他们在当地报纸登了"寻狗启示"，又等了一个星期仍然没有波比的消息，他们失望地回到故里。次年2月15日，正当夫妇俩准备就餐时，忽然听到门外熟悉的狗叫声，他们大吃一惊：是波比，是波比回来了！

这些动物是凭借什么本领创造生命奇迹的呢？科学家认为，这可能与狗、猫等动物对电磁波、气味有超强的记忆和感知能力有关。实际上动物与人类之间由于某些缘分发生令人感动的故事非常多，"老马识途"、"老牛舐犊"或狗为了感恩主人在危险困难时刻挺身而出，这些事件的发生往低了说与动物的记忆有关，往高了说是不是也与动物有情感有关呢？

生命真奇妙，不看不知道。

各有所长

但凡有一点儿科普知识的人都知道，我们生存的地球，是一个蔚蓝色的星球，直径大约1.3万公里。如果把太阳系最远的冥王星的轨道作为边界，太阳系的空间直径大约120亿公里。太阳系所在的银河系，如太阳一般大小的恒星有1000多亿颗，银河系的直径大约10万光年。在广袤的宇宙空间目前已经发现了10亿多个像银河系同样庞大的恒星系统。

这样看来，在广阔无边的宇宙中，太阳系不过是茫茫大海中的一小滴水珠，地球只是这滴水珠中一粒微尘。地球上的生命，实在是太渺小了。

而地球上包括人类在内的近150万种动物的世界里，各种动物可以说形形色色、千奇百怪、绚丽多彩，适应自然的能力也各有千秋。人类不过是其中一种动物，而且生理功能与其他动物相比，没有多少值得骄傲的地方，唯有大脑发达。只要你学习一点儿动物知识，其中道理不言自明。

　　动物界里，有能够飞翔的动物，没有翅膀的人类不可与其比拟。天空飞行的动物，飞行速度最快的是军舰鸟。它有一对大而尖的翅膀，两翼展开后，翼尖间距达2.3米，或盘旋或俯冲，穿云破雾，极善飞翔，最快可达每小时400多公里。而论飞行技巧，军舰鸟却远远赶不上小巧玲珑的蚊子。蚊子的飞行速度虽然不如军舰鸟，但它有很强的平衡"设备"，可以悬停，可以急转弯，灵巧的蚊子在雨中飞行能够巧妙地躲避雨滴。洁白的羽毛，骄傲的长颈，天高云淡时排着整齐的队伍，唱着悠扬的赞歌，潇潇洒洒地从天空飞过，大家一定知道那是美丽的白天鹅。天鹅夫妇终生相守的爱情故事，不知道让多少人为之动容落泪。可有几人能够知道，天鹅居然是动物世界的飞高"冠军"，最高可达17000多米，飞越世界屋脊喜马拉雅山简直是"小菜一碟"。我们人类，没有飞翔的本领，偶尔气喘吁吁地爬上那世界屋脊，还得凭借许多设备，完全依靠本身能力是很难达到的。

　　人类本身不能飞翔，跑跳的本领也稀松。陆地动物，奔跑速度最快的是猎豹，一般每小时可超110多公里，是世界上人类百米冠军的好几倍。跳高冠军应当是美洲狮，可跨越4.6米的高度。从身体的高度、体重与跳高跳远的比值来衡量，人类远远不如跳蚤。

　　论体重和力量，人类更不在前列。海洋动物体重最大的是蓝鲸，可达190多吨，运动起来气势磅礴，劈波斩浪，雄壮的"男低音"震荡百里海疆。陆地动物体重最大的是非洲大象，可达8吨左右，皮糙肉厚，力量巨大，仅一只鼻子挺举

几百千克重量不费吹灰之力。人类的力量与这些动物相比较，小得可怜。

老鹰是动物世界里视力最好的动物之一，几千米高空能够观察到地面猎物的细微动作，俯冲下来精确追捕，往往是"手到擒来"。人类的视力与老鹰相比可谓"鼠目寸光"，弄不好还得戴一副"二饼"，看上去有一点斯文的感觉，在老鹰看来就是一个"睁眼瞎"。

嗅觉灵敏的动物有大象、猪、狗、及豺狼虎豹等食肉动物。狗的嗅觉十分灵敏，其灵敏度是人类的几十万倍。不识气味的人类常常有求于狗，帮助寻找各种"气味"，凭气味辨别是非，追寻真正的祸凶。生活中有一些人还"自欺欺人"地涂抹各种香水，以掩盖自己不可告人的酸腐气息，这在狗看来就是"欲盖弥彰"的把戏。听觉最灵敏的动物是蝙蝠，依靠听觉定位系统巧妙飞行并且捕获食物。实际上，人类听不到、看不见、感觉不到的自然信息，有许多动物能够感知得到，如地震发生前许多动物会有异常反应。

除此而外，舌头最长的动物是食蚁兽，陆地吼声最响亮的动物是吼猴，脖子最长身高最高的是长颈鹿，嘴巴最大的陆地动物是河马。人的犬牙比不上食肉动物中的豺狼虎豹，人的切牙和磨牙比不上食草动物的驴马牛羊，人的游泳比不上鱼类，人的繁殖能力比不上猪鼠，耐寒比不上企鹅和北极熊，耐饥渴比不上骆驼，寿命比不上乌龟，就是放屁也比不上黄鼠狼臭气熏天。相对于其他动物，人类在绝大多数生理功能方面远远赶不上某些动物。人只不过是穿戴了衣冠的

生命，没有了尾巴却有了文字。

人类究竟哪方面最强大，竟然敢自称为最高级的动物呢？

我们大家都知道，大脑是人类强大于其他动物的唯一器官。据有关资料显示，从大脑的绝对重量来说，人的大脑重量大约为1500克，虽然比不上大象（大约8000克）和蓝鲸（大约7000克），但是相对重量（大脑和体重的比例）人类大约是1∶40，而大象和蓝鲸则小得多。从大脑的相对重量来说，人类比小白鼠的1∶30要小一些，但绝对重量比小白鼠（10克左右）要大得多。所以说人类的大脑从绝对和相对数量上都有明显的优势。人类大脑在绝对和相对重量上有突出的优势，并不是人类大脑强大的主要原因，更重要的是人类大脑内部组织结构及其功能的复杂和完善。

从组织结构上看，人与动物的大脑相比，额、顶、枕、颞部位的许多中枢神经区域特别发达，这一点可以从大脑神经组织在颅骨外的凸隆目测到。如果懂得大脑解剖知识，你会发现动物的大脑分为两个半球，左半球和右半球虽然各有功能区别，但两者之间密切联系。连接大脑两半球有一个重要的组织结构叫作"胼胝体"，人类的胼胝体异常粗壮，大约包含三四亿根神经纤维（有人认为包含五亿根神经纤维），而其他动物的胼胝体远远没有人类发达。胼胝体的神经纤维数量与大脑神经细胞的数量和结构密切相关，越是大脑发达的动物，胼胝体越是粗壮。如特别通人性的狗，胼胝体仅仅包含2500万根神经纤维，比人类少了许多。所以，

再聪明的狗也达不到人类的智商。

再从大脑皮质结构上看，最突出的是围绕人类的语言功能区域，人的大脑已经分化出许许多多结构复杂的特殊功能区，能够对于语言和感官的信息进行综合分析，而其他高等动物都不具备。

更重要的是，决定智力水平的是大脑前额神经组织部位，人类的这一部位不论在体积、重量、结构的复杂程度和神经纤维联系的复杂程度，都极其显著地高于其他高等动物。与人类近亲的猿类，在这一部位不仅有功能区域的缺失，而且其重量、结构和联系都是低微的。俗话说："聪明的大脑不长毛。"人类的前额与其他动物相比正是最不爱长毛的地方。

大脑，决定智力水平，决定自觉程度，我们终于明白人比其他动物强大的根本原因就在于大脑。人类的发展历史，实际上就是大脑的自觉历史，就是大脑的创造历史。

所以，认识大脑就是认识人类自己。人类与其他动物相比，真正是各有所长，人类之长就在大脑。

觉，基本字义有三。

一是人和动物的器官受到刺激后对事物的感受辨别，如听觉、知觉、视觉、触觉、嗅觉、味觉。

二是醒悟，如觉醒、觉悟。

三是睡眠，如睡了一觉。

无论感到、感受、辨别，还是发现、发觉、知觉，都与大脑有关，都是大脑对于世界的感知。

醒悟、觉醒、觉悟本来就是指大脑的状态，是由模糊到清晰，由紊乱到规律，由逐渐清醒明白到大彻大悟。

睡眠、睡觉还是大脑的功能状态。睡眠是大脑暂时的、可逆的休息状态，暂时"关闭"了部分感知渠道，暂时降低了大脑的兴奋程度。一觉睡醒来，大脑便进入更好的工作学习状态。所以，睡觉是为了更好地觉醒和觉悟。

觉，大脑之功能也。觉，大脑之功能状态也。

感知是生命世界普遍具有的一种能力，动物世界这种

能力更加完善。人类的感知能力，在动物的基础上，由于大脑及其语言丰富发达，情感和精神融会贯通，感知的广度和深度显著高于其他生命。

觉悟是人类大脑的比较高级的功能状态，悟就是理解、领会，"觉悟二字，当谓觉察和领悟二意"，是大脑对于客观事物发生发展规律的认识和理解。觉的是客观规律，悟的是对客观规律完整准确地把握。觉悟也是人类区别于动物的主要特征。

对于"觉"有了一些肤浅的认识之后，我们再认识一下"自觉"。

印度的瑜伽对于"自觉"有这样的解释：潜伏于人类脊柱骨底部三角骨位置存在一种"灵量"，唤醒此"灵量"并且使其沿着中脉提升到顶轮部位，这一过程就是"自觉"。所谓"灵量"，瑜伽解释为人体内部潜伏的具有自我意识的灵性能量。通过"自觉"，将个体真我的能量与宇宙无所不在的整体能量融合，实现了一次"脱胎换骨"的洗礼，我们的精神便得以重生。可见，瑜伽是一个通过提升意识，达到天人合一、修身养性、身心和谐的修炼行为。

自觉，中文释义为自己有所认识而且主动去做。也就是说，自己内在的大脑有所"觉悟"，主动将大脑的"觉悟"体现于外在的创新之中。进一步说，当大脑对于客观事物的规律性有所发现和认识之后，主动把这一规律应用到实践中去，在实践中有所创新、有所发明、有所创造，这就是自觉。

自觉是人类自然进化过程中，通过内外矛盾关系发展

而来的基本属性，是人的基本人格。自觉是大脑有意识的活动，有明确的目的性和计划性，当人们认识和掌握了客观规律，按照客观规律的要求去行动，能够预见比较长远的后果时，这种活动就是高度自觉的。

梁漱溟老先生曾经说："一个人缺乏了'自觉'的时候，便只像一件东西而不像人，或说只像一个动物而不像人。'自觉'真正是人类最可宝贵的东西。只有在我的心里清楚明白的时候，一个人才能够对自己有办法。人类优越的力量是完全从'自觉'中来的。所以，怎么样让我们的心里常常清明'自觉'，真是一件顶要紧的事情。"

人类社会几百万年以来，从原始社会阶段、奴隶制社会阶段、封建制社会阶段，到现代社会，每一个人的"自觉"程度和整个社会的"自觉"程度都是在不断提高和发展中。原始社会，人类的"自觉"程度很低，对于自然规律认识不足，利用自然规律改变自然并且提高自己的生存能力是十分有限的，所以，原始社会经过了一个十分漫长的阶段，人类社会几百万年几乎绝大多数时间停顿在那个"茹毛饮血"的可怜时代。奴隶社会，虽然人的"自觉"程度有所提高，但"自觉"的人没有自由，人仍然是"会说话的工具"，限制了人类认识和利用自然规律的能力。封建社会短短几千年，人不再是"会说话的工具"，人类的"自觉"得到了明显的解放，认识和利用自然规律的能力进一步提高，创造和发明不断涌现，人类因此步入文明社会。进入现代，民主自由的旗帜高高飘扬，人类的"自觉"得到了空前解放，认识和利用自然规

律的能力突飞猛进，真正实现了"可上九天揽月，可下五洋捉鳖"。

纵观人类发展历史，放眼当今世界，凡压抑人的"自觉"，压抑人对于客观规律的认识和利用，不管是什么地域、什么民族、什么国家，必然会"顽疾"多多，停滞不前。人们不能充分实现"自觉"的自由，形同"行尸走肉"，冷眼看去，顿觉悲悯。而能够充分发挥人的"自觉"，给人的"自觉"以充分的自由，不管是什么区域，也不管是什么民族、什么国家，人类社会发展速度之快，文明程度之高，令全人类欢欣鼓舞。

神话

　　神话是反映古代人类对于自然和社会现象的幻想，并通过超自然的形象和幻想的形式表现的故事或传说。

　　由于远古时代人类的"自觉"程度比较低，认识和利用自然规律的能力不强，自然界的许许多多现象无法解释，以他们贫乏的生活经验为基础，幻想出对于巨大自然力拟人化的解释，这便是神话产生的根源。神话不是现实生活，只是人类期望认识自然、创造美好生活的情感表达和寄托。在众多神话中"龙"的传说最具有民族特色。

　　中国人自称"龙"的传人，龙是什么"神灵"呢？

　　自古相传，龙是一种身体类似蜥蜴的庞然大物，有鳞、有角、有须，马头鹿角，虾眼牛嘴，狗鼻鲶须，狮鬃蛇尾，象肢鹰爪，行走起疾风，入海掀巨浪，腾飞云翻滚，兴云作雨，鸣雷闪电，开河移山，翻江倒海，无所不能，无处不在。可见，龙是中国原始社会各个部落的图腾在社会发展中的融合，龙是博采众长、集许多图腾动物的优势于一体，古人幻

138

想出来的功能巨大的"神灵"。追根溯源，龙是古人希望改变世界的精神寄托。古人甚至幻想龙具有远远超过人类的智慧，知日月天地人间百态，就连那个"叶公好龙"的"虚情假意"，它都明察秋毫，突然"走访"人间，"光临"那个不诚实的老小子的"豪宅大院"，"揭露"那鸟人阿谀奉迎的不光彩嘴脸。

龙如果是如此能耐的神灵，倒也是一件好事情，我们作为龙的传人，也不冤枉，更应该为此骄傲。可惜的是这个世界上本来没有龙，那就是一个虚幻的"神灵"，是古人幻想出来的，是为了寄托自己精神世界的小小神话。幻象也好，神话也好，总是古人渴望改造世界、改变生活的热切表达，是积极向上精神的体现。

可事情的发展令古人没有想到，尽管只是神话传说，传承过程中却出现了偏差或误解。在旧中国长期的封建社会中，一些人认为这世界真正有龙存在，甚至执著于承认自己有龙的血脉。封建社会的统治者借助神话形象，乘机打出"真龙天子"的幌子，招摇撞骗号令天下。普通黎民百姓昏昏浩浩，恍恍惚惚，含含糊糊，不清不楚地承认自己是"龙子龙孙"，还真觉得自己的皇帝因为有龙的血脉而具有龙的潜力和能耐，盲目跪拜在"真龙天子"面前：吾皇万岁，吾皇万万岁！于是乎"真龙天子"便沾沾自喜，骄傲自大，甚至目空一切。

习惯了目空一切，时间一长就自以为是，果然什么也看不清楚了。

略微有一点"自觉"或略微有一点胆识的人，着实被此情此景所启发、所鼓舞，便寻找天灾人祸等有利时机，或"揭竿而起"或"挟天子以令诸侯"，虽然手段不同，但目的非常明确，夺取"真龙天子"的地位，号令天下，尽享荣华富贵和似人似神的待遇。

一个小小的神话，一个龙的传说，本来应该鼓舞人们博采众长，自觉创造美好生活，却被别有用心的人用来美化自己，神化自己，愚弄百姓。漫长的封建社会，一朝朝，一代代，那些本来只有人的七情六欲的帝王，却都披着"真龙天子"的外衣，愚弄那些执著于承认自己是"龙子龙孙"的黎民百姓，让几万万中国人在几千年的历史长河中吃尽了苦水，却念念有词："真龙天子无空言。"其顶礼膜拜真正达到了"诚惶诚恐"的程度，生怕"龙颜大怒"夺去自己"龙子龙孙"的小命和子虚乌有的"血脉"。真是怜极，悲极！

中国的神话故事在先秦古籍《山海经》、《淮南子》等中就有许多记载，如盘古开天辟地、女娲补天、后羿射日、黄帝战蚩尤、大禹治水、夸父逐日、精卫填海等。庄子的《逍遥游》编撰了鲲鹏展翅的神话，《封神演义》编撰了哪吒闹海的神话，不同时期的神话故事都在民间广为流传，其中的一些封建迷信思想影响了人们的精神世界，压抑了自觉创造。神话故事最突出的特点，就是歌颂"神"的神通广大和万能，漠视人的自觉和创造精神，人不具有"神"的无穷威力，只能老老实实做人，听从"神"的摆布。"看千古烟波浩荡，奔流着梦的希冀，梦的嘱托；听万民百世轻唱，只留下神

的飘逸，神的传说。"

　　但是，世界上的事情往往充满"阴阳"对立统一规律，神相对于人才是神，人相对于神才是人，阴极为阳，阳极为阴，神可以贬为人，人也可以变为神。人或者其他生物在特殊情况下，只要舍生忘死"替天行道"，也可以幻化成神。

　　"一个神话，就是浪花一朵，一个神话，就是泪珠一颗，聚散中有你，聚散中有我。"《封神演义》中有许多人变神的故事，就是在天界仙山那封神台上演的。姜子牙（最早也是人）手持黄色轴卷展开封神榜，诸位"替天行道"的人，此刻已幻化成神，腾云驾雾飞到此地，封神就此开始了。这个神，那个仙，便林林总总、陆陆续续，纷纷登天亮相。

　　一部《西游记》，虽然大多数故事是普通人的人情事理和大众的人间烟火，但许多故事情节都是人与神仙掺和在一起，吃的是人间茶饭，行的是神和仙的事情；住百姓人家的土炕，逛神和仙的世界；有人的七情六欲，也有神和仙的威力。故事从东方傲来国花果山上那一块仙石说起，其吸收日月精华，内育仙胞，一日崩裂，产一石猴。这猴东奔西闯，拜菩提祖师为师学艺，得名孙悟空，学会七十二变和筋斗云等法术，闯龙宫得如意金箍棒，上天入海，广交各路神仙，其神通广大，就连玉皇大帝也得让他三分。玉皇大帝和如来佛祖"挤眉弄眼"，选择了一个人妖不分、半精不傻的唐僧，安排了孙悟空等几个"保安"，有观音菩萨的暗中"陪护"，也人也神跌跌撞撞一路去往西天，狼虫虎豹、妖魔鬼怪、魑魅魍魉都不可阻挡前进的步伐，终于修成正果，立

地成佛。

《嫦娥奔月》中，嫦娥本来就是一位良家妇女，却因为偷吃了丈夫后羿那不死灵药，"私奔"于月宫。可那琼楼玉宇高处不胜寒，寂寞难耐，还要忍受那不要脸的天蓬元帅"性骚扰"。万般无奈，思念丈夫，便搞了一个"中秋团圆节"，引得中国的老百姓跟着他们"一起忙乎"。

《八仙过海》中，汉钟离、张果老、韩湘子、铁拐李、吕洞宾、何仙姑、蓝采和、曹国舅这八位，其实也是普普通通的人，他们心地善良、行侠仗义，感情深处有老百姓的情节，也深受老百姓喜爱。稍微遗憾的是他们沾了"仙气"后，便不在家孝敬父母，却去"蟠桃会"为那"王母娘娘"拜寿，多少有一点儿卑躬屈膝、趋炎附势的嫌疑。

中国的神话故事在老百姓心里影响比较深刻，老百姓对神的敬畏普遍存在。因为中国的神仙太多，老百姓总是小心谨慎，生怕一不小心会得罪哪路神仙。山水土地，花草林木，日月星辰，风雨雷电，到处都有神仙"潜伏"，进门有门神，做饭有灶神，睡觉也得考虑考虑自己身边的那个她是不是狐仙。《聊斋志异》里那么多神鬼故事，不就是提醒大家时时刻刻小心谨慎吗？说不定，你墙上的那幅画，或院里的那棵树，突然就会活灵活现"美女"的本来面目呢。纣王身边那位艳若桃花、妖媚动人、如花似玉的妲己，蛊惑纣王纵情女色，荒淫误国。连纣王那"真龙天子"都看不出妲己狐狸精的本来面目，你一个呆头呆脑的肉体凡胎，又能怎么样？除非自己有孙悟空的火眼金睛，否则你就是"白骨精"的

一盘儿菜。

其实，神话故事也有好作用，能够激发人们的想象力，激发人的创造精神。比如龙的神话，有博采众长、海纳百川、兼容并蓄的胸襟，也有不屈不挠蓬勃向上的精神，更有气吞山河的气概。

就像古希腊人尊敬智慧，印度人尊敬神圣，意大利人尊敬艺术，美国人尊敬商业一样，中国人民崇尚龙，也无可非议。中国人民多民族和谐相处同舟共济，就应该有龙的精神，开放包容的精神，博采众长的创新精神。只有这样神话才会更加美丽。

神化

中国不仅仅有许许多多神话，而且神话会产生巨大的"魔力"，所以有些人就热衷于神化。

本来是平凡的人或平常的事，只要搞得有一些神秘色彩，就吸引大家的眼球。令人啼笑皆非的是，但凡神化了的平凡人平常事，一些盲目的人就像崇拜"神仙"一样，服服帖帖，甚至五体投地。神化的效果如此神奇，古往今来，东西南北，帝王将相，才子佳人，逢年过节，生儿育女，都要神化一番。

帝王神化自己是"真龙天子"，目的是让天下人崇拜和服从自己。周文王创演《周易》，搞了一套文王神算，利用阴阳八卦"观乎天文，以察时变"，"天垂象，见吉凶"；并且借助姜子牙、雷震子、哪吒等人或神仙的力量讨灭了纣王。

农民起义领袖陈胜，本来是朝廷征召去往渔阳戍边的贫苦农民，可暴雨连天，山洪暴发，道路阻断，困于大泽乡，不能如期到达目的地。按照当时的法令，不能如期到达就是

死罪。在这生死存亡的危急关头，陈胜毅然决定谋划起义。在吴广的配合下，鱼腹里出现了"陈胜王"，狐狸也喊出了"陈胜王"，这等神秘现象一出现，人们自然感到神奇，既然"天意"如此，揭竿而起就顺理成章了。

汉朝开国皇帝刘邦，出生农民家庭，为沛县一小小"公务员"，自称"沛公"。其母曾经做梦与赤帝交配而怀孕刘邦。他在押送徒役去往骊山途中，喝得酩酊大醉，徒役逃跑，他干脆说："你们都逃命去吧，我也去往他乡了。"个别徒役觉得他仗义，愿意跟随他一起逃跑。在逃亡的路上，一条大蛇挡住去路，大家劝他返回，他带着醉意说："大丈夫走路，有什么可怕。"他挥剑将蛇斩为两截，没走几步便醉倒路边。后边的徒役走到斩蛇处突然发现一位老妇女跪地哭泣，问她为什么，老人说："有人杀了我的孩子，我的孩子是白帝之子，变成蛇挡在路中，如今被赤帝之子杀了。"众人以为她在说谎，便要打她，可她突然神秘地消失了。刘邦因此也被神化了，直到灭秦灭楚立汉。

太平天国的领袖洪秀全，一个广东花县福源水村的穷小子，屡应科举不中，便创立了"拜上帝会"，撰写《原道救世歌》，集合信徒打天下，建立了太平天国，自己号称"天王"。

历代封建社会的帝王都有一套神化自己的说辞，要么自己是"真龙天子"，要么自己在"替天行道"。要么自己本身最伟大、最正确，要么自己的口号纲领最伟大、最正确。总而言之，是"老天爷"安排自己这么做，而且"真龙天子无空

言"，大家都不要忌妒，更不要搞阴谋诡计企图造反，否则，天理不容。

帝王如此，将相也如此。神机妙算的诸葛亮先生和庞统先生就以"卧龙"和"凤雏"来神化自己。大多数皇亲国戚虽然不敢称作"真龙天子"，但有"真龙天子"的血脉关系，自然而然就沾了"神"光，也有了"神"气儿，称王称霸便顺理成章。各种亲王、郡王等众多王公贵族神气活现，作威作福。就连那个陈世美一旦沾了"龙脉血缘"，成了"驸马爷"，竟然就敢杀妻灭子，目无国法。其他确实与皇亲国戚"血脉"不沾边的文武百官，侍奉皇帝左右，最起码也能够讨得"真龙天子"亲自赏赐的"神"物，然后供奉于自家厅堂，在别人看来也就多了几分神秘。一部《水浒》，一百零八位英雄豪杰，行侠仗义，除暴安良，大义凛然，有勇有谋，性格迥异，个个光彩。当我们为这些吃人米茶饭的平民百姓喝彩之时，却发现，原来他们并不是凡人，而是三十六天罡星和七十二地煞星。

中国封建社会的文学艺术，除了帝王将相就是才子佳人，而才子佳人的爱情也是丰富多彩的，其中大多数有神化的色彩。

《天仙配》中的董永，本来是寒窗苦读的青年才俊，却偏偏让玉皇大帝的七女儿看中，演绎了一出人与神仙、富贵与贫贱的感天动地的爱情故事。那真是"万世沧桑惟有爱是永远的神话，潮起潮落始终不悔真爱的相约，几番苦痛的纠缠多少黑夜挣扎"。挣扎就挣扎呗，非得黑夜里挣扎，让人

感到神秘兮兮。

《白蛇传》中的许仙，是一位去往宝芝堂学徒的书生，却与急于积累功德成仙的蛇精白素贞以及捉妖和尚法海不期而遇，白素贞和许仙在彼此救助中互生情愫，神化了一段爱情佳话。

《梁山伯与祝英台》中那个书呆子梁山伯，一点儿不懂浪漫，任凭祝英台"暗送秋波"，他就是一个死心眼儿，怎么也不开窍。人家祝英台许配马家，他却一气之下病死家中。好歹人家祝英台出嫁途中"神仙"相助，劈开那死人坟墓，他俩才化作蝴蝶，神化了他们的爱情故事。那也是"你的泪水化为漫天飞舞的彩蝶，爱是翼下之风两心相随自在飞"。

《牛郎织女》中的牛郎，虽然是个耕田种地的农夫，但心地善良知书达理，美丽贤惠的织女和他喜结连理，生下一儿一女，男耕女织，幸福美满。可出乎人们意料，原来那织女是"王母娘娘"的外孙女，不得已还是回到天宫，害得这对恩爱夫妻只能每年"鹊桥会"，抛撒那相思的泪水。"就算泪水淹没天地"，也不愿意放手。

神化了的爱情还有那范喜良和孟姜女，那女子居然能够哭倒长城。要么是她的眼泪酸度太高，要么长城也可能是"豆腐渣"工程。

不仅爱情可以神化，怨情也要神化。神化了的怨情最数《窦娥冤》，感天动地，竟然使六月雪花漫天飞舞。

神化不仅在帝王将相的政治斗争中有需要，才子佳人的爱情中也有需要，在老百姓的逢年过节中，更是不可

缺少。

中国人最重要的节就是春节，而且最富有特色，讲究和说道也最多。祭拜祖神和各路神仙是春节的重要内容，诸如灶神、门神、财神、喜神、井神、土地神、河神等，在春节期间，都备享人间香火，借此机会都得酬谢各位老人家过去的"关照"，搞好关系，免得人家不高兴给咱们"穿小鞋"。

"熬夜"或者"熬年"是春节重要的一个环节。相传，远古有一种相貌狰狞、生性残暴、凶猛异常的怪兽，叫作"年"。日常潜伏，每隔三百六十五天就于夜晚窜将出来，见有活物，就生吞活吃，人们谈"年"色变，把这一恐惧的关口叫作"年关"。每到这一晚，人们早早做好晚饭，熄灭灶火，把鸡狗猪羊牛马等家禽家畜关好拴牢，躲在屋里吃"年夜饭"。由于吉凶未卜，这顿"年夜饭"的饭菜就特别丰盛，而且要全家团聚在一起吃，一旦有个三长两短也算享受了"最后的晚餐"，也算见了亲人最后一面。饭罢，大家挤在一起闲聊壮胆，但千万不能叫对方的名字，以免引起"年"的注意。一直熬到天明，"熬年"才基本结束。

接神，是春节期间特别重要的活动。腊月二十三祭灶后，各路神仙都回到天宫"汇报工作"去了，人间俗事暂时无"神"搭理。等到新旧年分野的除夕夜子时一到，"神仙们"才陆陆续续降临人间开始履行各自的"职责"，从这一刻起，接神活动便紧张有序地进行。因为各路神仙在天界所居方位和"级别"不同，他们下界的先后顺序和方位也不同。何神何时何方位下界，要预先从有关"先生"那里搞清楚，

然后按照财神、贵神、福神、喜神等神仙"光临"的时间和方位，摆好香案，点起旺火，燃放爆竹，叩头礼拜，客客气气，神神秘秘，非常虔诚地欢迎"神"回到人间。

春节如此，其他节日也如此。

除逢年过节神秘兮兮外，生儿育女也要神化出一些"神乎其神"来。青年男女想结婚在一起，首先要看生肖合不合，什么"鼠羊不到头"，什么"蛇见猛虎泪长流"等，说道很多。除生肖外，生辰八字合不合，也有说道，金命与木命不合，因为金克木，以此类推，木克土，土克水，水克火，火克金。相克的确实想在一起，也得请"先生"破占一下才行。嫁娶过程中的讲究和说道更多，而且不同地域说道也不同，两个地域相差比较远的青年男女，想要在一起，必须照顾到双方的说道和面子，调和各种矛盾和冲突。好不容易在一起了，从妇女一怀孕就又来了许多说道，孕妇不能参加结婚现场的婚礼，防止"喜冲喜"；孕妇绝对不能参加死人的丧礼，防止"冲煞"；孕妇更不能到男人比较集中的场所，如打井、盖房等工作现场，防止给男人带来"晦气"。孕妇生产后，一定要"挂红"警示；其他人进入有产妇的院落和房间时，必须提前打招呼，以免"踩生"。宝宝出生一月时要请"满月"酒，吃红鸡蛋；"满月"后产妇抱宝宝回娘家，俗称"出窝"，娘家父母要给宝宝挂银锁，以示"长命百岁"。宝宝百日，又称"百岁"，家长要请"百岁"酒，也寓意宝宝长命百岁。诸如此类，说道多多。谁要想"神不知鬼不觉"地躲过这些"繁文缛节"，就可能落得一个"不清不楚"的名声，人家会怀疑你是不是有

"不可告人"的"难言之隐"。

小孩子慢慢长大,教育孩子的过程中也少不了神化,中国的许多儿童读物或动画片都少不了《哪吒闹海》、《西游记》、《金刚葫芦娃》、《神笔马良》等带有神化色彩的故事。现在流行的网络游戏,也多有神化色彩,飞天入地,刀枪不入,神通广大。

实际上,中国的许多事情都愿意神化,神化了的事情就神奇,神奇的事情就能吸引人注意,大家都专注了就叫入神,入神时间一长就神魂颠倒,懵懵懂懂中就会盲目崇拜、疯狂追随、鬼使神差一般。历史上的帝王将相、达官贵人善于使用这一高招,现代的商品营销也学会了这一套。商品营销首先要做广告,这个广告做得越神化越好。功能多么强大,品质多么可靠,使用多么方便,价格多么合理,神化到无比神奇的程度。一些"专家"、"学者"、"明星"、"大腕"靠大家熟悉的那一张脸和百姓内心对于他们的那一点儿尊重,争先恐后,粉墨登场,扭腰摆胯,搔首弄姿,挤眉弄眼,鼓腮扇唇,信誓旦旦,对于商品广告的神化摇旗呐喊,推波助澜。其实,他们对于商品的品质不一定心知肚明,只是为了那一点儿尽人皆知的利益。有利益也罢,只要真实可靠便好,可事实往往不尽如人意。更有一些营销者,直接组织消费者以学习、培训、体验为名,进行"洗脑",神化商品,然后直销或传销商品,谋取不义之财。

神化,大到政治、经济、文化艺术,小到老百姓日常生活交流,无处不在。小孩子聪明叫"神童",老人不惑叫"圣

明"，跑得快叫"神速"，说得好叫"神侃"，写得好叫"神笔"，算得快叫"神算"，看得清叫"神眼"，长得漂亮叫"女神"，长得帅气叫"男神"，有力量叫"大力神"，不怕死叫"神勇"，功夫高叫"神功"，打得准叫"神枪手"，等等，凡是有特点有出彩之处，都可以出神入化。真神！

启蒙老师

教师，传道授业解惑，用知识武装头脑，对学生的身心施加影响，使其成为社会有用的人。

中国远古的传说中，燧人氏教人钻木取火，有巢氏教人构木为巢，伏羲氏教人以猎，神农氏教人稼穑。这些中国人民心目中崇拜的祖先"神灵"，最早好像都是用知识武装老百姓头脑的"教育工作者"。古代中国还有一位最杰出的教育家——孔子，尊为孔圣人，其创立的儒家思想，对于中国和世界具有深远的影响，被尊称为"万世师表"。

教师，在中国最古老的称呼为"先生"，而先生则表示对于长辈，德高望重者，有知识、有地位的人的敬重。教师最质朴无华的称谓是园丁，园丁既灌溉花草树木也修枝剪蔓，扶助弱苗茁壮成长，人们赞美其辛劳。教师最温馨的称谓是蜡烛，燃烧自己，照亮别人，人们赞美其甘心奉献。教师最生动的称谓是春雨，滋润万物自由生发，用其智慧"哺育"幼稚的生命。而教师最富有哲理的现代称谓是人类灵魂

工程师，教师不仅要把科学文化知识传授给学生，而且要为人师表，用自己的人格、品德、责任感影响学生的道德行为，教书育人。不管怎么说，教师启发人类自觉，传承人类文明，促进人类文化科学发展，总是受人尊敬和爱戴的。

然而，在我的记忆里，启蒙我自觉的老师不仅没有受到尊敬爱戴，"文革"期间反而受到迫害。

我的启蒙老师是一位白胡子老先生，据说是一个"老右派"，下放到我们村当小学教师。他留给我最深刻的记忆有两点：一是他教学认真。他常常和蔼可亲地要求我们诚实守信，也要求我们昂首挺胸，坐有坐相、站有站相。批改作业总是用红笔勾画出一些错误或不足之处，并且耐心地指导我们如何改正提高。教我们学习汉语拼音，为了纠正方言中的习惯发音，在发"P"音时，他在额头上粘了一张白纸，垂在口唇前，要求我们发音时能够把纸吹起来，那就是正确的发音，否则就是错误的。而当地的一些年轻老师就没有他那么认真，如小麦的麦（mai），方言中读mie（有一点像读灭音），当地的老师教我们读这个字时，拉长腔调："m——ai——麦"，紧接着就是方言解释："灭子"（麦子）的"灭"，别别扭扭让人哭笑不得。白胡子老师留给我更深刻的记忆，是他总挨批斗。村里凡是召开批斗会，他就和一些地主婆等坏分子一起弯腰撅腚，脖子上还挂一块大牌子："反革命大右派"是他的、"大破鞋地主婆"是那妇女的，如此之类。

有一天早晨我要上学，母亲包了两根黄瓜让我交给老师，这样的任务我以前也完成过多次，不能让别人看见，必

须得偷偷摸摸送他，就像"海娃"送"鸡毛信"怕日本鬼子发现一样。他住在学校一间破旧的小平房里，我大老远就得观察周围的情况，没有发现"敌情"，才能去推开门。那天，他不在屋，我放下东西就急匆匆去了教室。他在教室和几个小学生搞卫生，每一张桌、每一个板凳都擦得那么干净，这是他每天必须做的事情。有的家长说："一个农村小学校，有一点儿尘土没什么了不起。"老师却说："要让孩子们心灵纯洁，先从孩子们每一天面对的课桌开始。"中午我去他家小平房交学生的作业，他正吃饭，白开水里漂着几片黄瓜，手里举着一块儿玉米窝头，吃得正香。发现我进来，他用眼神示意我，知道那黄瓜是我送去的，我放下作业本退了出来。我心里想：老师犯了什么罪，为什么这么可怜？

下午又召开批斗会，公社中学的几位老师也一起挨批斗。几个红卫兵把一个戴眼镜的老师拧来拧去，摆各种姿势，"金鸡独立"、"燕子展翅"、"猪八戒啃屎"等。然后又去拧我的老师，他岁数大，关节僵硬，总是达不到人家的要求。有一个红卫兵很不耐烦，飞起一脚将他踹倒在地，他挣扎着站起来，那位红卫兵气汹汹又将他踹倒，我下意识地想去扶他一把，他却用严肃的目光瞪着我，制止了我，我急忙缩回手。他慢慢站起来，我看到他老泪横流，我的眼泪立刻涌了出来。不敢再往下看，赶紧逃离批斗现场。

后来他被弄到什么地方去了，我不知道。有时自己擦干净课桌坐在教室里发呆，很想念那个白胡子老师。我反复琢磨当时批斗老师的那些人引用的一句话：革命不是请客吃

饭，不是做文章，不是绘画绣花，不能那样雅致……那样温良恭俭让……

作为一个小学生，我当时对这句话很不理解，那么好的老师，为什么要革他的命呢？为什么不能"请他吃一点儿饭"呢？就是不"请客吃饭"，为什么要打骂他？有时候我甚至怀疑，是不是自己脑袋里"有问题"。古人说"人之初，性本善"，可这个"善"与"不能温良恭俭让"是多么矛盾。过了一段时间，听说他死了，死在何处死于何因，我更不知道。看到母亲偷偷流眼泪，我情不自禁号啕大哭……

常常望着他住过的那个小平房，心里五味杂陈，有失望、有恐惧，也有一丝丝对他的留恋，更有一丝丝对他的爱。

长大后我也当过许多年教师，我深深体会到：任何一个教师，都希望把自己全部的知识毫无保留地传达给学生，更希望青出于蓝而胜于蓝。后来听说老师平反昭雪了，可怎么告慰那高尚而冤屈的灵魂呢？我已近老师当年的年龄，非常怀念我的启蒙老师，他的音容笑貌时常浮现在我的眼前。现在，不管学习或工作，我必须把自己面前的桌子擦干净，只有这样好像才对得起老师。

有一句话说得非常好：春蚕到死丝方尽，蜡炬成灰泪始干。那好像就是在说我亲爱的启蒙老师。

母亲的坚守

　　我的母亲，今年已经八十七岁，银发飘飘，目光深邃，仍然一个人坚守在农村的老房子里。那老房子斑驳的墙皮，沧桑的门窗，飘染着往事，也沉淀着往事。

　　每当刮风下雨或冰天雪地的时候，城市里的儿女们都十分挂念她老人家。但无论是谁，无论怎么劝，她就是不肯离开那里，可谓故土难离。母亲这一辈子，爱家乡的山，爱家乡的水，既宽厚仁爱又聪明智慧，她最大的幸福也许就是坚守家乡自然的希望的田园，坚守自立自强的风格。

　　母亲这一辈子过得很不容易。她五六岁时，姥爷就去世了，留下柔弱的姥姥、母亲和一岁多的二姨。姥姥体弱多病，家里的活儿勉强料理，家外的营生无法承担，母女三个人的生活陷入困境。那时候妇女都得裹脚，母亲裹着脚，疼痛难忍，姥爷一去世，母亲想放开脚帮姥姥干一些活儿，可姥姥坚决不同意。姥姥本来体弱，又胆小怕事，在家族中吃亏受气是常有的事。母亲忍不下去，冒着天下人的嘲笑，不顾

别人的反对毅然放脚，可为时已晚，骨骼已经变形，直到现在仍然是"三寸金莲"。母亲自打放脚就成为家里的"顶梁柱"，家里家外的事情便主要由母亲操持。姥姥改嫁后，生了小姨和舅舅，不久，姥姥也病逝，他们姐弟成了没有娘的孩子。可怜的母亲，既当姐也当娘，真不知道那苦难的岁月她是怎么度过的。

母亲19岁有了我大姐，相继有了我们姐弟5个。她拉扯这些孩子的同时，还得照顾我未成年的姨姨、舅舅，日子过得十分辛酸寒苦。打我记事起，我们姐弟睡觉都有被有褥，父母亲只有被没有褥，直接睡在炕席上。那时候没有电，夜晚照明使用煤油灯，母亲总是在煤油灯旁缝缝补补，纳鞋底粘鞋帮。在母亲的灯影下，我们早已进入睡梦中，从来不知道母亲忙到何时才能休息。那时，农村都建立生产队，母亲是为数不多的几个参加生产队劳动的妇女。为了多挣一些工分，她常常是和男人们干同样多的活儿，甚至比男人们干得多、干得出色。所以，她曾经是社里和县里的劳动模范，受到过县政府的表彰。实际上母亲对于这些荣誉并不在意，她心里更主要想的是上要对得起老人下要对得起子女。

父亲是爷爷、奶奶最小的孩子，二位老人一直跟着父母亲一起生活。那时候人民公社的体制是"三级所有，队为基础"，社员的口粮是所在生产队分配制，按照人口和工分两个因素进行分配，按人口分的那部分叫人口粮，按工分分的那部分叫工分粮。父母亲上有老、下有小，老的已经没有劳动能力，小的还在上学读书，和劳动力多的人家相比，我们家的工分粮分得比较少，是突出的缺粮户。"缺粮户"这个概念打小就深深印在我的脑海里，虽然对于这个称呼不甚理解，但大爷、大姑和其他亲戚接济我们家时，总是提到"缺粮户"这个称呼，我大概知道我们家是"贫穷落后"的。可母亲在这"贫穷落后"的基础上，总是努力创造家庭的幸福和谐，让村里的邻里亲戚很羡慕。

母亲对爷爷、奶奶的孝顺在村里是出了名的。爷爷将近80岁去世，我还没有出生。听奶奶说，那时国家处在三年困难时期，我们家的困难更是可想而知。母亲正怀着我，平日里她非常节俭，可爷爷病逝，村里的人帮助我家料理爷爷安葬的事情，母亲几乎竭尽全家所有力量，比较体面地操办了爷爷的丧事，让村里人吃了一顿包括几个肉菜在内的"大餐"。这在当时，一个"缺粮户"，能够摆出那样的场面，确实让全村人感到吃惊。奶奶跟着母亲生活，一直活到九十岁，在村里也创造了纪录。

母亲对奶奶是非常孝敬的，平日里，家里最好的吃食，首先要奶奶吃，其他人不允许动。我有两个姑姑，奶奶有时去她们那里住几日，只要奶奶不在家，家里从来不会改善伙食。我的大姑，据说年轻时非常漂亮，心灵手巧，心地善良，家境也比较富裕。她时常给奶奶缝制一些好看的服装，也给奶奶一些好吃的东西，奶奶不舍得穿，也不舍得吃。凡有好吃的，奶奶以各种理由带回来给我吃，母亲不赞成奶奶这样做，她俩有时候因为这事生气。我那时候特别不理解母亲，她不给我好东西吃也罢，还反对奶奶给我，我总怀疑，

她是不是我亲妈？母亲打我的理由和次数也很多，淘气得打，学习不好得打，吃奶奶的东西更得打。奶奶常常是我的保护伞，只要奶奶在我身边，母亲就不敢打我。发现了这个规律，我逃避了许多本该挨打的"责任事故"。我当时非常庆幸，沾沾自喜地以为奶奶在家里具有权威，凡是觉得自己有一些小错误，只要找到奶奶就可以避免父母的批评。

母亲理解和尊重奶奶对小孙子的宽容和偏护，可她对子女的要求是非常严格的。按俗话说，她能够"降"得住她的5个子女。母亲对子女最重要的要求就是学习，但凡子女能够上学，无论你走多远，不管你上多高，她都竭尽全力支持你。母亲虽然是"三寸金莲"，可她有一双粗壮的大手，这双手给过我难忘的训教，也给过我温馨的抚慰。这双手在大田里干粗活儿不比男人弱，在油灯下缝衣衫不比女人粗。5个子女没有因为家庭困难辍一天学，没有因为家庭困难交不起学费，没有因为家庭困难买不起书本和笔墨纸砚。为了供子女上学，母亲常年不知肉滋味，常年没有新衣穿，常年起五更爬半夜辛勤劳作。筹措我们的学杂费是母亲最重要的事情。自己苦一点儿累一点儿，对于母亲来说是心甘情愿的事，最让母亲难堪的是借钱碰钉子。她不知道有多少次因为碰钉子而伤心落泪，刚强的母亲在自尊心受到伤害的那一刻也十分脆弱。我们上学急着用钱，家里囊中羞涩，每每看到母亲那为难的样子，做儿女的真正有心如刀割的感觉。让子女成为有知识有文化的人是母亲唯一的信念，再苦再难，她从来不会退缩，哪个子女胆敢动摇，母亲那"雷霆万钧"

般的怒吼会让你"胆战心惊"。学知识学文化，母亲的这一教诲，时刻回荡在儿女的耳畔，也渗透在儿女的血液里。白云知道蓝天的辽远，大树知道土地的深厚，回报母亲，不需要任何语言或物质，只要你有优秀的学习成绩，她就足够了。

母亲的5个子女，最高学历读到了博士，目前，一个是国家企业员工、一个是公务员、一个是生意人、一个是药剂师、一个是研究员。从那个"贫穷落后"的缺粮户起步，从那个小山村出发，母亲把她的5个子女"降"到了应该去的地方，母亲创造了她教育子女的奇迹。

父母亲把子女培养成人，并没有停止在农村的劳作。子女陆续成家立业，父母仍然为我们的家庭事业牵肠挂肚。子女们每次回家，父母都要把家里的各种农产品给我们带足。父亲72岁那年，得了很严重的过敏性紫癜，累及多个脏器，在医院里治疗了很长一段时间。后来，他感到在医院治疗已经没有意义了，他也实在待不下去了，强行出院，回家休养。父亲由于大脑受到伤害，慢慢发展成为老年痴呆症。儿女们都希望父亲到城里调养，可母亲坚决不同意，饮食起居全靠母亲自己照顾料理，一直坚持了10年。父亲得病晚期，子女回家探望他，多数时候他已经不认得自己的孩子，大小便也不能自理，母亲非常辛苦。父亲去世后，我们都希望把母亲接到城里生活，子女们请，姨舅们劝，她老人家就是无动于衷。当年刘备三请诸葛亮，那"卧龙先生"就出了山，现在子女们三十请，母亲也坚决不从。

　　母亲不愿意进城市，难道不想念自己的子女吗？想，非常想！每当听说子女要回家看望她时，她便孩子一般欣喜若狂，把屋里屋外收拾得干干净净，新被褥叠放得整整齐齐，好吃好喝的准备得齐齐备备，早早守在村口翘首企盼。我有时回家，大老远就望见母亲佝偻的身影和迎风飞舞的银发，常常让我情不自禁泪眼婆娑。所以，有时回家不想让母亲知道，在她不知不觉的时候突然回去。可母亲又会埋怨："回家也不提前告诉，妈好给你准备最喜欢的饭菜等你，一进门就能吃到妈做的饭菜，妈心里可舒服呢。"明摆着，母亲是那么想念她的子女，可为什么总是不愿意进城呢？

　　母亲说："你们小的时候，妈就像坐在井底望着井口，天天想着望着盼着你们飞起来，飞得高一点儿，做梦都希望你们飞出去。现在妈把你们培养成人，你们有知识有文化，妈心里就高兴了。尽管你们每一次从妈身边离开妈都会心疼，可这也说明你们翅膀硬实了，都能够自觉自由地远走高飞了。一个平民老百姓，妈心里非常知足。你们有你们的事业和生活，妈也有妈的生活。妈就是喜欢这山水田地，这土地种出了瓜菜，种出了粮食，养育了你们每一个聪明的头脑，妈就是舍不得离开，也不喜欢城市那乌烟瘴气，你们过好自己的日子，让妈放心就是对妈的孝顺。"

　　母亲又说："我离开老家，逢年过节谁给你们爷爷奶奶和你爹上坟烧香？我离开老家，你们回来去哪里再喝一口家乡的深井水，再吃一顿妈亲手种的没有化肥没有农药的粗茶淡饭？"

母亲还说："我去那城里，衣来伸手，饭来张口，表面上好像享清福。可那城里的汽车熙熙攘攘的，邻里寡淡，高楼大厦不接地气，妈心里空落落的，一点儿也不乐呵。"

母亲坚持说："我离开老家，祖辈们创家立业的这些坛坛罐罐，一砖一瓦谁来照看？妈知道它们不值几个钱，可这些东西也是咱家祖祖辈辈的辛苦所得，里面都有祖辈们的血汗和故事，到啥时候也不能随便丢弃，不能忘本。有妈在这个家就在，妈一走这个家就得散，妈实在不忍心啊。"

一年又一年，母亲坚守在农村老家，前几年还坚持耕种大田，自给自足。每次回家，看到母亲收获的各种粮食蔬菜，心情特别复杂。同样的粮食蔬菜，从市场买来的与母亲亲手种植的在我们儿女心里是不一样的。看到母亲的劳动果实，心里有一种倍感亲切、倍加珍惜的感觉。同时，看到母亲的收获，仿佛看到风雨中母亲留在土地上歪歪斜斜、深深浅浅的足印，仿佛看到烈日炎炎中汗水洗染母亲的银发，心里便有深深的酸涩。一棵棵菜，一粒粒粮，都是母亲一丝丝情，紧紧牵着儿女的心。现在，母亲种不动大田了，可自己院里也种得满满的。香菜、小葱、韭菜、辣椒、黄瓜、西红柿、苦菜一应俱全，蓬蓬勃勃的生命，充满生机的院落，那里仍然寄托着母亲的希望。

我终于明白了，母亲不仅给了我们生命，给了我们一个和谐温馨的家园，也给了我们一个高尚的精神家园。母亲就像一位英勇无敌的战士，她用全部生命捍卫着那块神圣的"阵地"，那里倾注了母亲全部的爱，那里倾注了母亲所有

的情,那里放飞了母亲全部的希望,那里升华了母亲全部的梦想,那里也演绎了母亲平凡而伟大的人生。

母亲已近90岁,白发苍苍,腰弯背驼,她的一句话、一个动作、一个眼神仍然那么铿锵有力。她"舍生忘死"地坚守在自己的阵地上,坚守着一份沉甸甸的责任,坚守着一份沉甸甸的爱,坚守着一份热辣辣的希望,坚守着一种自强不息的崇高精神。

母亲的爱,如天空一样辽阔而高远。

母亲的爱,如大地一样博大而深厚。

谢谢您,我清贫而伟大的母亲!

大脑与客观规律

　　小时候，帮助母亲看瓜田。每一个晴朗的夜晚，躺在瓜田里，天真地遥望深不可测的夜空，数不清的星星闪耀着动人的灵光，偶尔划过的流星拖着绚丽的尾巴，激发我强烈的好奇心和无限的遐想。我常常幻想嫦娥奔月那轻柔飞翔的神态，幻想孙猴儿一个筋斗十万八千里的神奇，幻想孙悟空大闹天宫时挥舞金箍棒撼天地泣鬼神的能耐，幻想天宫琼楼玉宇的宏伟气派，幻想品尝吴刚桂花美酒后的飞扬神采。恨不得自己生一双翅膀，自由翱翔在浩瀚的天空，去领略仙境的风光，去体会天宫的风情，去目睹玉皇大帝、各路天仙神将的风采。

　　慢慢长大了，学习自然科学，学习天文地理，科学知识越来越丰富，儿时的幻想和壮志却一阵一阵因不切实际而飘走了，飞天之幻想越来越远了。原来嫦娥、吴刚、玉皇大帝、这个神仙那个妖魔，都是人们编造出来的虚幻神话。远古吹来的风，激发了少年那么多不切实际的幻想，空想过

后，最终还得落入春暖花开的现实中。一个人如此，整个人类社会也如此，只能一个一个地发现自然规律或客观规律，一个一个地利用自然规律或客观规律，才能一步一步地实现各种梦想。而发现并利用自然规律或客观规律都离不开我们自己大脑的积极思考。

大脑

大家都知道，生命的最小单位是细胞，器官组织都由细胞组成。大脑也主要是由神经细胞（也叫神经元）组成。神经细胞与其他器官组织的细胞形态有许多不同，最不规则，延伸范围最广。每一个神经细胞就像一棵大肚子大树，神经细胞都有许多树突，就像大树的树冠一样枝枝丫丫从神经细胞体支出，也有一根长而粗壮的轴突，最长可以达到1米以上，就像大树的树干，轴突的末端又有许多分支，就像大树的根系。这些树突和轴突及其"根系"都从巨大的细胞体向外延伸出去，与周围的神经细胞或延伸到脊髓及身体其他部位，与相关细胞发生密切接触，那个接触点叫作突触。一个成人具有1000多亿个神经元，仅人类大脑皮层大约就有150亿个神经元，其大脑皮层的表面积为2200多平方厘米。而一只老鼠只有500万个神经元，一只猴子也只有100亿个神经元。人脑的这些神经元彼此以特殊而复杂的方式联系在一起，一个神经元可以与1000至20万个神经元发生接触，出生不到一年的婴儿，整个头脑里神经元之间的接触点能够达到1000万亿个。这样一个神经元数量巨

大，联系广泛的脑组织，就是人类自然进化产生意识的生理基础。在此基础上，人类的大脑才有感知、记忆、学习、思维、调控等功能。

研究大脑发育的科学家发现，刚刚出生的婴儿，就已经拥有成人神经元的数量，但脑重量却是成人的1/4。从新生儿到成人，脑的发育成长是由于神经元体积增大，轴突、树突的数量增多及其相互联系的广度增加所致。研究还表明，要形成准确完善的大脑功能，必须要有准确完善的神经元功能，也就是说神经元必须受到某些形式的刺激，使其轴突增粗延长、树突不断增多，并且沿着正确的途径到达"靶位"，与周围的其他细胞形成突触，才能够使神经元功能完善。每一个孩子出生以后，必然落到一个社会群体之中，父母亲及其社会关系、文化氛围、生活环境等因素对于这个新生命就会产生影响。新生儿的大脑在什么样的社会环境和生活环境中发育完善，受到哪些因素影响，将决定新生儿神经元联系的广度和深度。人脑是目前宇宙里已知的最复杂的结构，是动物世界几千万年进化的结果，是1000多亿个神经元"编织"起来的巨大神经网络。它的最重要功能就是感知自然、社会和精神信息，认识自然、社会和精神规律。

人脑中还有一个强大的语言中枢神经系统，它在生物进化过程中日趋成熟，使人类语言从动物的单音节"语言"向多音节、多频率方向发展，能够更完整更准确地表达和交流。人类在感知自然、社会和精神信息的过程中，逐渐用语言概括表达这些信息，语言在这个过程中具有用一个代号

就可以将许多概念揉在一起表达出来的经济性,使人类建立更为复杂的概念成为可能。人类利用这些概念能够在以往经验难以实现的基础上进行思维,进一步认识自然、社会和精神规律。语言及其"语言中枢神经系统"的发展,使人类逐渐产生了高级的精神活动,"知、情、意"的表达,是人类从动物世界"脱颖而出"的重要基础,也是人类区别于其他动物的本质特征之一。

神经元网络结构和语言中枢系统的建立,使人类具有模仿和学习能力。这是一个非常复杂的过程,科学家已经能够在分子水平解释一些学习过程的科学道理。这里只对感觉、注意、记忆、思维等几个概念做一简单介绍。

感觉。人来到这个世界,最早、最基本的,一是对周围世界的声音、颜色、气味、冷暖、触摸等外部刺激做出反应;二是对自身的疼痛、饥渴、姿势等内部状况做出反应。这个反应就是感觉,它是我们认识世界的起点。这个起点引导我们感知世界和认识世界。

注意。"注意"就像大脑的"开关",它把大脑的活动指向和集中到一定的对象上。无意的注意,仅仅引起大脑活动的指向性和集中性,大脑无意对它做出意志努力的回应。有意的注意,大脑"苦思冥想"对它做出有意志努力的回应。比如,一位貌美如花的大姑娘从你身边经过,吸引你的眼睛,让你的"注意"指向和集中在她的身上,然而你是一位妇女或者你是一位根本没有性能力的男人,你完全没有兴趣对她做出意志努力,一过一看而已,那只是无意的注

意。如果你是一个求偶欲望强烈的小伙儿，她不仅会引起你的注意，而且你还想和人家搭讪，甚至还要"回头留恋地张望"，那你一定是有意的注意，你肯定想做出意志努力。

记忆。记忆是大脑对过去经验信息的存储。按照信息在大脑中存储时间的长度，记忆分为瞬间记忆、短时记忆、长时记忆。自从我们来到这个世界，就不断感知、注意、记忆各种信息和经验，随着这些信息、经验、知识的积累，对世界的认识越来越丰富、深刻。没有记忆，大脑就没有加工的"原材料"，就没有办法进行思维活动。所以说，记忆是大脑思维活动的"仓库"。在这个仓库里分门别类地存储着各种信息、经验、知识，并且不断地加以丰富和完善，数量越来越大，性质也越来越复杂。

思维。思维是大脑对客观世界间接地分析、综合、比较、抽象、概括的过程。分析的过程就是把事物整体分解为各个部分进行思考，综合的过程就是把事物的各个部分联系起来进行思考，比较的过程就是对比思考不同事物之间的相同点和不同点，抽象的过程就是区分事物的本质特征和非本质特征，概括的过程就是把事物或者现象中共同具有的一般的东西选择出来并且联系起来。大脑中存储的丰富信息经过大脑网络的思维梳理，概念、判断、推理就会逐渐明确，客观事物的规律性也会"浮现"出来。

想象。想象就是利用原有的形象在大脑中形成新形象的过程。想象可以分为无意想象和有意想象。无意想象是指在没有目的的情况下，由于某些因素刺激不由自主、自然而然

地在大脑中出现的新形象。它常常由某些客观事物的外在特征而引发，如我们看到天空中的一朵云或某些山石，突然想到它好像某些动物形态，这就是无意想象。有意想象是在一定刺激物的影响下，依据一定目的进行的想象，包括再造想象和创造想象。再造想象是根据语言描述、图纸和设计等符号描述，在大脑中形成有关事物的形象。创造想象是根据一定目的和任务，在大脑中设计创造新形象的过程。创造想象具有首创性、独立性和新颖性等特点，新作品、新产品、新造型、新性能的设计创造都属于创造想象。创造想象还有一种特殊的形式叫作幻想，幻想是由于个人愿望或社会需求而引发的对于未来的想象，如童话故事、科学幻想、宗教里的某些形象都属于此类。符合自然、社会、精神的发展规律，并且能够实现的幻想就是理想；不符合自然、社会、精神发展规律，无法实现的幻想就是空想。

说到大脑和语言，不能不说说文字。文字是人类记录语言的符号，是人类进入文明社会的标志。在文字的基础上，人类实现了传承智慧和精神财富的需要，大大简化了现代人认识自然、社会和精神世界的过程，简化了学习和认识事物本来面目的过程。文字为大脑迅速学习积累自然、社会、精神世界的规律，发展科学技术提供了强有力的帮助。所以，文字材料是人类精神财富的"储蓄"符号，为人类拓展生命的空间提供了渠道和"资源"。有了文字记载，人类的生命轨迹既可以从古游览到今，今天的人可以分享孔夫子、柏拉图等古人的思想，享受几千年前世界各国的一切精神财富；

也可以"储蓄"今天的精神财富留给未来，让后来人享受我们的创造发明，使未来的世界认识我们今天的价值，使我们的生命不朽。

动物根本不会想到，人类自从丢失了尾巴以后，却学会使用文字这个神奇的东西。

客观规律

大自然是物质的世界，物质世界是不断运动变化的，运动变化是有规律的，这种规律就是自然规律或客观规律。

自然规律或客观规律是指客观事物自身运动、变化、发展的内在必然联系。它是客观事物固有的、本质的联系，不以人的意志为转移，不能被人改变、创造、消灭，只能被人认识和利用。人类的自觉，首先就是对于这些客观规律的主动认识和利用。人类社会的发展，从根本上讲就是大脑对于客观规律的认识和利用过程，那些发现和利用自然规律的科学家、发明家，是推动人类社会发展的伟大英雄，他们的故事常常让人感动。

1642年圣诞节前夜，在英格兰的一个乡村，诞生了一个早产儿，他出生时体重不足三磅（1磅等于0.453千克），这个看起来微不足道的小东西就是震古烁今的科学巨人牛顿。少年牛顿并不是神童，学习平常，成绩一般，但他喜欢读书，更喜欢看一些简单机械制作的书籍，并且亲自制作风车一类的机械小玩意儿。后来，迫于生活压力，他辍学回家，既不是一个好农民，也不是一个好生意人，成天埋头读书，特别

对数学一类的书籍感兴趣。家人拿他没办法，只好又把他送回学校。从此他开始孜孜不倦地研究数学和机械运动，并做出伟大贡献。特别是对苹果为什么落在地上而不是飞到空中的观察思考，他发现了著名的自然规律——万有引力定律。

宇宙万物由什么组成？自古以来人们一直在追寻答案。古希腊人以为是土、水、火、气四元素，古代中国人以为是金、木、水、火、土五元素。随着人们生产生活实践的发展，近代人逐渐认识到组成宇宙万物的不仅仅是四五种元素。18世纪已探知的元素30多种，19世纪增加到60多种。1834年2月，又一位科学巨人诞生在俄罗斯的西伯利亚，他就是门捷列夫。门捷列夫后来成为圣彼得堡大学的教授，在给学生编写化学教程的过程中，关于化学元素如何按其性质进行排序，他发现以往的教程比较混乱。他参考有关资料反复思考，终于惊奇地发现：元素的性质与它们原子量周期性变化有关。化学元素周期表从此诞生了，并且引发了化学元素及其性质的大发现和大发展。

生物进化论的创始人达尔文，1809年2月出生在英国，祖父和父亲都是名医，家里希望他学习医学，可年轻的达尔文对医学毫无兴趣。他喜欢大自然，热衷于采集动植物标本和打猎。父亲认为他不务正业，一怒之下把他送入剑桥大学学习神学，希望他能够成为"尊贵的牧师"。可达尔文对于神创论十分厌烦，他仍然坚持自然科学的学习，甚至到了如痴如醉的程度。一次他在树林里转悠，突然发现将近脱落

的树皮里有奇特的虫子在蠕动，他赶紧把它们抓在手里，甚至含在口中，那虫子蜇伤他的舌头，又痛又麻，他全然不顾。后来经人推荐，他自费参加了英国政府组织的环球考察，给他探索自然界生物的奥秘提供了绝好的机会。1831年12月到1836年10月，达尔文环球考察了不同自然环境下生存的动植物及其化石，采集了大量标本，做了许许多多记录，收集了丰富的资料。1859年，经过二十多年的潜心研究，达尔文终于写成了他的科学巨著《物种起源》。达尔文旗帜鲜明地提出了"进化论"的思想，说明物种是由低级到高级逐渐演变而来，彻底推翻了神创论"物种不变"的理论。

像牛顿、门捷列夫、达尔文一样，世界上许许多多科学家，如居里夫人、爱因斯坦、巴斯德、阿基米德、安培、孟德尔、摩尔根、伽利略、哥白尼等，都在其相关的物理、化学、生物学或天文学等领域发现了自然规律，并且造福于人类。他们是伟大的，是具有创造精神的，对于自然规律孜孜不倦的探索发现，认识并利用自然规律改变世界，值得全人类尊敬。

自然规律被人类认识，不是最终目的。人类认识自然规律，是为了利用自然规律造福人类。认识了羊皮、羽毛有保暖作用，就可以制作"服装"穿在身上；认识了豺狼虎豹的牙齿有威慑作用，就可以制作"利器"威慑猎物。从远古到现代，随着认识的不断丰富，人类的生活也不断改善。在人类认识自然的历史过程中，制作"工具"对于人类是十分重要的事情。"工具"实际就是"物化"的自然规律，从削尖硬木

刺杀动物、打凿锋利的石器切割皮毛，到现代的导弹、大炮、宇宙飞船，都是"物化"的自然规律。一把剪刀可能仅仅包括金属的性质、物理学的压强、杠杆原理等自然规律，而一架飞机就可能包括许许多多自然规律在其中。所以，一种"工具"，包含的自然规律越少，"工具"也越简单；包含的自然规律越来越多，"工具"也越来越复杂，作用也越来越强大。

人类之所以强大于其他动物，就是人类的大脑强大于其他动物。人类的大脑能够认识自然规律，更重要的是能够把自然规律"物化"在"工具"上，"工具"的制作和使用弥补了人类许多生理的不足。力量不足、速度不足、感官不足，一切不足之处都可以借助"工具"强大起来。所以，创造"工具"是人类强大的最根本原因，也是人类幸福生活的源泉。

中国改革开放的总设计师邓小平曾经说：科学技术是第一生产力。"改革开放"与"科学技术是第一生产力"是他老人家留给我们最大的精神财富。所谓科学技术，就是被人类认识和利用的自然规律、管理规律及其他客观规律。人类生产产品（商品）的过程实际上就是"物化"这些客观规律的过程。产品或商品的价值就是这些规律的价值体现。产品或商品的剩余价值就是这些客观规律创造出来的。自然规律、管理规律等一切客观规律，都是人类认识自然、认识社会、认识其他客观事物的过程中积累起来的巨大精神财富，谁能够把它们创造性地应用到、"物化"到生产中去，谁就能够创造物质财富。

现在，世界上强大的民族、富裕的国家，都是具有创造精神的民族，都是具有创造精神的国家。创造"工具"、"物化"包括自然规律在内的一切客观规律就意味着创造财富，也就意味着创造强大。任何一个国家，任何一个民族，如果不能激发人的创造性，甚至压抑人的创造性，这个国家、这个民族、这个社会必将走向衰落，这也是客观规律。

大脑与健康

健，强壮之意；康，安宁之意。

说到强壮，大家一定记得施瓦辛格这个美国电影演员，他本人及其表演的各类角色，永远是肌肉发达，力大无比，承载着"更硬、更快、更强、更猛"的阳刚原则，高举着重型武器和永不懈怠的性感肌肉，出现在急难险重时刻。他是男子汉的壮伟代表，也是女子们"芳心暗许"的对象。

说到安宁，"安"就是让女子入家，嫁则安，"怀春少女"从此受到保护，名花有主，其他人不要再来"骚扰"。"宁"实际是"寍"，从心从皿，意思是住在家里心安理得，而且有饭吃。所以，"安宁"的现代汉语言解释为：安全，平静，秩序正常。

健康，现代医学是指人在身体、社会和精神等方面都处于良好状态。而传统意义的健康仅指身体没有疾病，忽略了人在社会关系中的适应能力和精神状态。我们大家现在都注意健康问题，但首先想到的就是拥有施瓦辛格一般的体魄，言来语去强调的总是生理方面的"体育锻炼"，甚至有一部分人仅仅强调了四肢发达、肌肉突显、强筋壮骨式的锻炼。强调体育锻炼也没有什么大错，主要问题是存在一些片面性，自己在社会关系中的适应能力怎么样，自己的精神状态有哪些问题，往往很少有人去梳理。自己的内心世界是不是安定，是不是平静，自己能否在家心安理得地吃饭，自己在社会生活中的秩序是否正常，有没有安全感，是不是愉快，好像都与健康无关，没有引起大家太多的注意。实际上，健康不仅要身体强壮，而且要内心世界安宁。人们常常说："生命在于运动。"这个运动不仅包括肌肉运动，也应该包括头脑运动。人区别于动物最主要是大脑的发达，所以我要强调的是：人的生命更在于脑运动。这个问题，你得用大脑好好想一想。

既然人区别于动物主要是大脑结构及其功能的强大，那么大脑的健康对于人类来说就是特别重要的。一个大脑意识不正常或失去大脑意识的人，是最不健康的状态。生活中大家常常见到个别被酒灌蒙了的"酒鬼"，喝得暂时意识不清，手舞足蹈、胡言乱语，甚至酒后无德干出一些出格的事情；也能够见到我们称之为"植物人"的病人，虽然五脏六腑能够工作，但的确是完全丧失了行为能力。不管哪一种情况，只要大脑意识不清，人就完全不在健康状态。另外，大家日常生活中常常有出血现象，出血发生在皮肤肌肉或腹腔内部一些器官，虽然也不是什么好事情，但总不至于要命。如果出血发生在头脑里，哪怕只是微量出血，那也是要

命的事情，就是保住了性命，也可能有嘴歪眼斜或半身不遂等后遗症。五脏六腑或五官四肢，不管哪一处有缺陷，顶多是"残疾人"。只要头脑正常，意识正常，残疾人同样可以大有作为。如果头脑不正常，意识不清楚，精神有疾病恐怕不仅没有什么大作为，而且要拖累父母一辈子。

医学界，过去判断一个人是不是死亡，一看呼吸二看脉搏。停止了呼吸，俗称"断气"，就可以认为死亡，"三寸气在千般用，一旦无常万事休"。或者，心脏停止了跳动，也可以认为死亡，"人未伤心不得死，花残叶落是根枯"。过去的这些对于死亡的判断标准由于没有体现人的本质，停止了呼吸或心脏停止跳动，当大家认为已经死亡时，有时就出现"还魂"或"诈尸"的现象，"死"了一段时间又活了过来。电视连续剧《红高粱》中就有这样的故事情节。所以随着现代医学的发展，判断死亡的标准也由"停止呼吸"或"心脏停止跳动"，最终落实到"脑死亡"。

大脑，对于我们的四肢五官、五脏六腑都有控制和调节作用，大脑及其精神、情绪状态对于身体健康的影响十分显著，对于人的健康特别重要。情绪愉快时，往往能够心平气和，思茶想饭；情绪恶劣时，不仅茶不思饭不想，而且可能身疲力乏、坐卧不安，或者面红耳赤、暴跳如雷。大脑不正常，精神有问题，诸如妄想症、强迫症、焦虑症、抑郁症、自闭症、精神分裂症等精神病，不仅影响自己的生活和健康，对家庭对社会都可能造成影响。所以，一个人的健康首先要大脑健康，没有大脑的健康，其他方面健康就无从说起。大脑健康是根本，在此基础上身体其他部位健康才有保证。对于人类来说，维护身体健康，首先要注意维护大脑健康，这是人的本质所决定的。

大脑与疾病

如果大脑健康，则清醒明白。自己要做什么、怎么做、做多久，要吃什么、怎么吃、吃多少，要喝什么、怎么喝、喝多少，一切都有计划、有目的，都在大脑的调控和掌握中。如果大脑休息了，睡觉了，人就暂时停止了"尘思俗虑"，安稳地进入梦乡。如果大脑出了问题，不在健康状态，不能正常调控，我们的日常活动缺少计划安排，想做做不成，想睡睡不着，一切便出现了混乱，身体自然会出现疾病。另外，大脑与身体各部位的疾病是相互关联的，如果身体的一些部位出现了问题，患上了疾病，也会影响大脑的状态，因为人体是一个有机整体。

大脑与脑部疾病。脑的内部结构复杂，大概包括大脑、小脑、脑干、间脑四部分。大脑是最高指挥中心，也可以称为"首脑机关"；大脑、小脑、脑干、间脑也可以统称为"中央机关"。大脑与其他"中央机关"相互协调配合，共同完成整个身体的调控与管理。

脑干在"中央机关"中的地位和作用十分突出，生命的呼吸系统、循环系统等基本生命活动的神经中枢都位于脑干。脑干类似"国务院"，下设交通运输部、水利部等部门管理中心。大脑的"指示"下达到脑干后，呼吸、循环等基本生命中枢就会响应号召，各个系统就会有相应的表现，如愤怒时，有呼吸急促、血压升高等表现。大脑的"指示"传达到脑干，如果脑干出了问题，比如出血或肿瘤等疾病，呼吸、循环等生命活动就会受到影响，大脑的"指示"就不可能很好地"贯彻落实"，身体就会产生疾病。

小脑是负责协调"中央机关"内部各个部位或各个生命中枢之间关系的，"协商协调"是其重要作用。类似中央的"人大"或"政协"，要听取各个地方、各个部门、各个党派的意见，"首脑机关"的决策要在"人大"和"政协"上广泛征求意见，协调好各种利益矛盾，以利于中央精神全面稳妥地贯彻落实。大脑的"指示"也要依靠小脑的协调配合，如果小脑出现疾病，大脑的"指示"就不会稳妥落实，人要走道时就会深一脚浅一脚，左摇右晃不协调。人的一些精细运动或不精细运动就不能够精确，不能够协调。

间脑的作用是配合大脑、小脑、脑干的工作，从自身的角度出发，调节、联系沟通身体内部特殊组织器官的功能，以便顺利完成大脑的"指示"。类似工会、妇联、残联等组织机构一样，积极配合"首脑机关"的大政方针，维护基层群众的利益，促进社会的和谐稳定。间脑中的许多结构，如丘脑、垂体，通过神经或内分泌系统促进甲状腺、肾上腺等

身体特别组织的健康，配合其他"中央机关"完成"首脑机关"的指示。间脑出现问题，身体一些部位就可能出现生长发育方面的异常，如甲状腺功能亢进或减退等疾病，就会影响大脑"指示"的贯彻落实。

如果大脑本身出了问题那就更麻烦了，脑瘫、植物人、精神病等疾病是大家最不愿意看到的。即使不是脑瘫，没有成为植物人，如果大脑不在健康状态，发出的"指示"可能有错误，通过脑干或其他神经中枢传达到身体各个部位，也会引起功能紊乱，如癫痫病、癔症、呼吸急促、心律失常、大小便失禁等。如果大脑患病，长期发出错误的"指示"，小脑、间脑、脑干协调的状态就可能遭受破坏，各个系统、各个器官、各个部位都会产生疾病而不能够正常工作，那就会"天下大乱"，身体健康就没有保障。

心血管疾病与精神障碍。大脑是一个对于缺血、缺氧非常敏感的器官组织，稍有一些供给数量或质量不足，就会影响其功能状态，甚至出现头昏脑涨的表现。心血管必须及时准确地把各种营养物质输送给大脑。一些特殊情况下，血液会相对集中在身体其他部位，大脑会相对缺血，如进食后，胃肠道需要相对多一些血液供应，以促进消化吸收，这时大脑就因为相对缺血而"不高兴"，就会犯困，就会迷糊。产妇生孩子出血，或者身体某些部位因为损伤而出血，必须在大脑的允许范围内，否则也可能出现眩晕甚至休克。另一方面，血管就像河流之渠道，时间长了难免有"淤泥污垢"沉积，使血管变细，血液流通不畅，供给大脑营养物质的速度就会慢下来。大脑得不到及时供给，一是会急躁，二是要调控，加强心血管的工作力度，使血压升高。人体的血管壁就像胶皮管一样，时间长了也会老化发脆，血压高、血管壁脆就容易发生出血现象，造成脑出血；或者血液里"淤泥污垢"集成血栓堵塞血管，可以造成脑梗死。不管哪种情况发生，都严重影响甚至破坏"中央机关"的工作，轻者嘴歪眼斜，重者半身不遂。这些情况一旦发生，作为"首脑机关"，大脑的恶劣情绪便不断发生，出现急躁、易怒、精神障碍，严重者可能因此而死亡。

呼吸系统疾病与精神障碍。呼吸系统主要包括鼻腔、气管、支气管、肺等组织结构。这个系统的主要职责是把氧气输入血液，同时把二氧化碳等废气排出体外。这个"对外开放"的系统，在呼吸过程中难免接触一些雾霾、空气污染物、细菌病毒等有害的东西，经常会造成过敏性哮喘、鼻炎、气管支气管炎症、肺部炎症及其他伤害。呼吸系统任何环节发生伤害，都会引起呼吸不畅，甚至造成呼吸困难。新鲜氧气不能够及时吸收到血液中并且输送给大脑，二氧化碳等代谢废气也不能够及时排放，甚至把有毒有害的污染物及炎症产生的毒素输入血液中，就会引起脑缺氧、高碳酸血症和有毒有害物质中毒，严重影响大脑这个"首脑机关"或其他"中央机关"的工作和情绪，造成头晕、头疼、嗜睡、失眠、紧张、焦虑、狂躁、幻觉、妄想、情绪低落、意识模糊等精神障碍。

肝脏疾病与精神障碍。肝脏是人体内部的"化工厂"，

化学物质在人体内的转化过程主要在肝脏内进行。如酒精，大部分在肝脏内转化为乙醛，进一步转化为乙酸，最终分解为水和二氧化碳。肝脏对于化学物质的转化作用有两种意义：一是产生对人体有益的物质，促进大脑和身体健康；二是对于人体有毒有害的物质进行减毒，消除危害。肝脏发生疾病后，这个转化作用较弱或者缺失，既不能得到有益于健康的物质，也不能降解有毒物质，来自于人体内部和外部的有毒有害物质就可能顺利到达大脑，造成肝性脑病。实际上，肝性脑病的整个机制目前还不是十分清楚，但肝性脑病确实能够造成反应迟钝、少言寡语、焦虑不安、遗忘痴呆，也可能造成兴奋狂躁、哭笑无常、意识障碍、精神障碍等临床病症。

肾脏疾病与精神障碍。肾脏是人体内部最重要的排泄器官，进入血液的有毒有害物质，绝大部分最终都通过肾脏排泄，肾脏对于维持人体内部的环境质量发挥着重要作用。肾脏疾病对人体的影响主要是人体内部的酸碱度失衡、电解质紊乱，以及氮质血症、高钾血症、代谢性酸中毒、少尿或无尿。"下水道"出了问题，大量污垢淤积体内，人体内部环境就如"死水一潭"。在这个混乱的状态下，大脑何来智慧之举？所以，就会出现焦虑、抑郁、幻觉、妄想、感觉障碍、情绪低落、意识障碍、精神障碍。

除这些重要器官的疾病与大脑的精神障碍关系密切外，大多数疾病都会引起大脑的反应。如感冒，也有头晕、头痛、情绪低落等精神障碍。作为最高指挥中心的大脑，与身体各个部位保持着密切联系，每一个部位的疾病都与大脑息息相关。

预防疾病从脑做起。我们知道，大脑是身体最高的指挥中心，也知道意念和情绪影响身体健康。良好的情绪能够抑制疾病的发生发展，不良情绪会造成呼吸、循环、消化等系统的不良反应。但是，我们目前并不十分清楚大脑、意念或情绪是如何抑制疾病的发生、如何抑制疾病的发展、如何促进疾病的康复的。这是个复杂的问题，是医学研究的内容。在疾病的预防中，我们自己能够做到的事情就是要有战胜疾病的坚强意念，就是要保持良好的情绪。坚强的意念、良好的情绪从哪里来？从大脑中来，从大脑对于生命的感悟中来，从大脑对于理想、事业、生活坎坷的理性思维中来。癌症是危害人类健康的严重疾病，有研究表明，癌症是一种身心疾病，不良的情绪是产生癌症的重要原因。现实生活中亲人的离散、生活的压力、人际关系恶化、爱生闷气、过度焦虑、苦恼忧伤、悲观绝望等恶劣情绪都是罹患癌症的诱因。所以，为了预防疾病，首先要让大脑清醒明白，什么事情都得看得开、想得开，向往光明才能走得出黑暗。用自己的大脑和智慧去发现和照亮前行的路，坚定信心，抛弃烦恼，前面就是光明。凡是意志坚强、情绪良好的人，很少发生癌症等恶性疾病。在近代中国的革命历史上，中国工农红军在革命根据地被敌人重重围困，战士伤亡严重，悲观情绪蔓延，中国革命多次面临绝境。英勇的共产党人树立必胜的信念，一次悲壮的长征走出困境，走向光明，走向了胜利。每一

个自觉的人在面临疾病时难道就不能勇敢面对吗? 就不能用自己的大脑梳理一下情绪, 树立战胜疾病的顽强意念吗?

　　大脑是人的生命最重要的"首脑机关", 没有大脑就无所谓人, 保护人的生命健康最重要的就是保护大脑的健康。所以, 当你身体有疾病时, 首先要考虑是否影响到大脑, 凡是对大脑有重要影响, 或者大脑反应比较强烈时, 你就不可以掉以轻心。

大脑与气功

　　气功是中国人养生健身的修炼之术，已经有几千年的历史。要确认气功的源头端点是很棘手的问题，因为专家学者根据文字记载对祖宗留下的遗产有所了解，但并不深刻全面，还必须有一个不断认识的过程。中国传统医学认为元气是生命之本，以养生为目标，《黄帝内经》中还设有《移精变气论》篇章，马王堆汉墓出土有导引图，华佗创立了"五禽戏"。晋朝的《灵剑子》一书，把"气功"叫作修行，一方面修道，一方面行气，最终达到"道气功成"。

　　不管气功的源头在哪里，气功在发展过程中，慢慢融入了一些其他因素，特别是在武术和宗教的影响下，出现了两种不同的发展倾向。一是与武术融合，形成了武术气功，其作用不仅仅为了强身健体，更重要的是为了擒拿格斗。二是与宗教融合，形成了宗教气功，其作用也不仅仅为了强身健体，更重要的是为了成仙成神。其后，也出现了儒家气功、道家气功、佛家气功、武当派气功、少林派气功、俗家气功、

医家气功等发展倾向，但万变不离其宗，都把气功当作"工具"，为自家学说服务。

不管气功有多少门派，动功与静功也好，道家、佛家、医家、武家也罢，虽然服务方向千差万别，但最基本的理论基础是比较一致的。其中，最主要的观点就是天人合一和意念集中。

一是天人合一。中国气功体现天人合一的思想，具有人和自然合一、形神合一的整体观。季羡林老先生说：天，就是大自然（给予人类物质和能量）；人，就是人类（有智慧、有意念、有自觉）。合，人本来就是自然的产物，要尊重自然，尊重自然规律。合一，就是集天地精华之物质能量和人的智慧意念于一体。

二是意念集中。气功讲究调身、调心、调息。调身就是要身体自然放松，消除一切应激状态；调心就是要摒除一切杂念，消除一切情绪；调息就是变胸式呼吸为腹式呼吸，气出丹田，平心静气。通过三调，最终达到意念集中的目的。

天人合一凝聚一股浩然正气，意念集中瞬间爆发于目标，攻无不克，功德无量，这便是气功的精髓。

如此看来，气功的修炼与大脑的作用是密不可分的。

大家都知道，人类是具有情绪的动物，情绪是大脑可以调控的，虽然有"情不自禁"的时候，但只要你努力调控，完全可以做到"喜怒不形于色"。喜、怒、哀、乐、惊、忧等情绪的改变，可以引起五脏六腑和五官四肢的机能变化。如人类的呼吸频率，消极悲哀时只有每分钟八九次，高兴时达到每分钟十七八次，恐惧时达到二十多次，愤怒时可以高达四十多次。拥有平常的心态时，心脏跳动也如常，恐惧或暴怒时心脏跳动明显加快。心情愉快时，吃什么都香甜，悲伤愤怒时便没有食欲。情绪改变引起五脏六腑机能变化，我们自己的感觉也许不甚显著，特殊情况下当自己紧张得尿了裤子，才知道自己的某些器官并没有临危不惧的"英雄本色"。而情绪改变对于外部的五官四肢的机能变化的影响，比起内部的五脏六腑就明显得多。喜时的扬眉吐气、眉飞色舞；悲时的双眉紧皱、愁眉苦脸；怒时的双目圆睁、咬牙切齿；惑时的张口结舌、吞吞吐吐；惊时的目瞪口呆、面面相觑；骄傲时的目空一切，专注时的目不转睛，轻蔑时的嗤之以鼻；这时的情绪改变，除五脏六腑的机能发生变化外，五官的变化就明明白白挂在脸上。高兴时手舞足蹈，悔恨时顿足捶胸，愤怒时摩拳擦掌，紧张时手足无措，各种肢体语言也清清楚楚表达了不同的情绪变化。

气功修炼中的意念集中，最根本的作用就是调控情绪、调控五脏六腑和五官四肢的机能，调动全部潜在力量，集大脑的意念于一点，集全身的精气神于一点，坚毅而果断，使自己身体的一些部位凝聚起一股强大力量，瞬间爆发于既定目标，便会起到形神兼养、强身健体、"道气功成"的作用。所以，气功的修炼万万离不开大脑的调控和调动。

我曾经听到过这样一个故事：一位柔弱的母亲发现自己的孩子被恶狼叼在嘴里，她奋不顾身冲上去，使出浑身力量，赤手空拳与狼展开你死我活的搏斗，竟然把狼打翻在

地，救了自己的孩子。我想，那位母亲可能没有修炼过气功，但在危险的那一刻，她一定有一个强烈的意念，把自己的生死抛到九霄云外，集意念于救孩子，集全身力量于救孩子，把所有的意念和力量凝聚在她的拳头、牙齿等"武器"上。她舍生忘死的那一刻，她拳击嘴啃的英勇场面我们虽然不能看到，但击倒那恶狼，救出自己的孩子的强烈意念，我们能够体会得到。也许她平日里肩不能扛手不能提，也许她根本不知道什么是气功，但是当她完全进入拼死一搏的状态时，她万万没有想到，那就是气功修炼想要的状态，是情急之下激发出来的气功状态。

修炼气功的人都知道，修炼气功时有六大禁忌。

忌"虚假"。气功讲究修炼"真气"，忌讳虚假的意念和行为。因此，修炼气功要做真人，说真话，有真心，有真诚，才可能修炼出"真气"。

忌"贪念"。贪，六根不净之祸也。贪为万病之源。贪则心不净，就会招来许多麻烦。如果你是一个吃喝嫖赌、坑蒙拐骗、贪得无厌的人，最好远离气功，否则，你会"走火入魔"。

忌"浮躁"。修炼气功一定要心平气和，通过大脑的调控，消除一切情绪的影响，不然就会功亏一篑，甚至发生疾病，有害健康。

忌"吹嘘"。如果你是一个好大喜功、自吹自擂的人，也不适宜修炼气功。凡是平淡平和，心态安稳，不容易自满的人才能修炼出"真功夫"。

忌"杀生"。人之初，性本善。始终保持一颗善良的心，始终保持友好的心态是修炼气功最根本的要求，特别是武术气功更是如此。

忌"房事"。人体精气神充足是健康的基础，过度放纵，损精伤神，肾阳虚弱，不利于强身健体。

不难看出，所有禁忌都与大脑的调控有关。修炼气功的成败得失关键在于大脑能否集中意念，能否调控情绪，能否排除禁忌。

在这里还要进一步强调的是，修炼气功的根本目的就是为了健身养性。强身健体也好，修养个性也罢，都是一个自然的过程，自觉实践天人合一、意念集中，便会功到自然成。气功不是神功，不要妄图飞檐走壁，不要妄图腾云驾雾，更不要妄图成仙成神，那都是封建迷信和邪教编织的神话。强调大脑及其意志对于人体机能的激发和调动，修身养性，强身健体，才是真正的气功。

《黄帝内经》

中国医药学源远流长，《黄帝内经》是最古老的医学名著，可谓中医的"圣经"，是中国的先人自觉的伟大的贡献。

过去，无人知道该经典之作出自何时何人，近年在整理考古和医史研究成果基础上，初步证实《黄帝内经》中的主干篇章是黄帝和岐伯问答形成并被后人口耳相传，一直到文字产生时代才被记载下来，后人有所增补。所以中医药也称"岐黄之术"。

黄帝是华夏民族始祖，岐伯是黄帝的智囊人物，擅长医术，他们为了部落的繁衍壮大，不断探索天、地、人之间的关系，他们是用自己的大脑思考人的生命健康的先知先觉。古代智者、医者在长期的实践中认识到，自然界是人类赖以生存的基本条件，自然因素的变化会影响人类的健康，这一认识是《黄帝内经》的精髓。

几千多年前，当人类社会还完全处于石器时代原始社会状态下，咱们的老祖宗对于人类健康与自然环境的密切关

系及其对立统一规律，就有了明确认识，这是十分骄傲的事情。后人在继承发展祖先的光辉思想过程中，虽然做出许多贡献，但并没有把祖先的精神财富发扬光大到应有的高度。什么都可以神化，唯独没有把《黄帝内经》神化。

以作者浅薄的知识，就《黄帝内经》的闪光点谈几点不深刻的看法。

天人合一

天人合一思想首先体现在人与环境的物质统一性上。关于人与自然环境的物质统一性，《黄帝内经》中的《素问·宝命全形论》说："天覆地载，万物悉备，莫贵于人；人以天地之气生，四时之法成。"《素问·四气调神论》也云："天地俱生，万物以荣；""万物不失，生命不竭。"

《黄帝内经》首先承认世界是物质的，强调物是"天地"宇宙的本体，生命是物质的演化"俱生"，属于物的范畴，这样就把研究人体的生命科学建立在唯物主义的基础之上。这一认识虽然不能像现代科学那样解决生命起源问题，但在数千年前确实是难能可贵的。现代生命科学及环境医学认为：人与自然环境最本质的联系就是物质的交换，物质和能量的新陈代谢是其基本的形式。人体需要的各种营养素都是从自然环境中摄取，人体组织中检测到的60多种化学元素的含量，与地壳中相应元素的含量呈正相关。这种相关性绝不是偶然巧合，而是人类在地球上进化生存数百万年的漫长历程中，自然环境与人体进行直接与间接

物质交换，以及人类世世代代交替中进行传递的结果。所以，"人以天地之气生"，是中医理论唯物主义观的具体表达。"气"是构成万物的本源，是构成物质的最基本"元素"。《素问·天元纪大论》云："在天为气，在地成形，形气交感，而化生万物矣。"《黄帝内经》的"天人合一"唯物主义思想，比起西方的唯物论早了许多个世纪。

阴阳对立统一

《黄帝内经》不仅认为一切事物都有着共同的物质本源，而且还认为一切事物都不是一成不变的，不是孤立存在的，它们之间是相互联系、相互制约的。《黄帝内经》认为，自然界一切事物的运动都是阴阳的矛盾统一，阴阳是"变化之父母，生杀之本始"。《素问·阴阳应象大论》说："清阳为天，浊阴为地；地气上为云，天气下为雨。"自然界的任何事物都包含着阴和阳相互对立的两个方面，如白天与黑夜、晴与阴、热与冷、动与静等，自然界一切事物发生、发展、变化，都是阴阳对立统一矛盾运动的结果，人也是在阴阳对立统一中"化生"。《黄帝内经》首先提出阴阳的对立统一是天地万物运动变化的总规律，所以《素问·阴阳应象大论》云："阴阳者，天地之道也，万物之纲纪。"另一方面，《黄帝内经》认为，人是自然的一部分，人类健康与自然因素复杂变化的相互关系也符合阴阳学说的对立统一观，并且认为这一规律广泛存在于自然界万事万物之中。所以《素问·阴阳离合论》说："阴阳者，数之可十，推之可百，数之可千，推之

可万，万之大不可胜数，然其要一也。"

《黄帝内经》还以阴阳的相互对立、相互依存、相互消长、相互转化等对立统一关系，来说明人体的生理、病理的发展变化规律，用于指导疾病的诊断、治疗。这种把自然界的运动变化规律与人类健康的实际理论相结合的思想方法，是最朴素的唯物辩证法。

整体观念及五行生克

在确立了人与自然的物质统一性和阴阳对立统一的同时，《黄帝内经》非常重视人体本身的统一性、完整性及其与自然的统一性。特别是运用五行学说来说明中医学的整体观念，说明人体内部或与自然因素之间的相互变化规律。《素问·六节藏象论》云："天食人以五气，地食人以五味，五气入鼻，藏于心肺，……五味入口，藏于肠胃。"《灵枢·五味篇》说："谷气有五味，其入五脏。"五味即酸甜甘辛咸，它是营养机体的重要物质。五味的精微与五气相结合，称为"宗气"，它积于胸中，由肺所主宰、调节和施布，此气上出喉咙而行呼吸发音，下贯心脉以行四气，并能温养皮肤肌肉，化出津液和营血，是维持生命活动的基本物质。

五行学说出自《尚书·洪范》，它提出"水火者，百姓之所饮食也；金木者，百姓之所兴作也；土者，万物之所资生，是为人用"，最早强调万物由此五种基本物质所构成。随着五行学说的发展，形成了五行生克乘侮的理论，金生水，水生木，木生火，火生土，土生金，这是五行相生；金克木，木

克土，土克水，水克火，火克金，这是五行相克。五行学说被引用到中医学中，主要是运用五行学说的生克乘侮变化，以说明人体内部脏器相生相克及其与自然界的密切联系。《黄帝内经》运用五行分类的方法，把人体的生理组织、自然界的事物与现象分为五类，分别归属于五行之中，如：肝属木，心属火，脾属土，肺属金，肾属水；燥属金，风属木，寒属水，暑属火，湿属土等。五行分类使自然界与人体的相关内容相互对应，以阐发自然界对人体的影响及其人体相关组织器官的联系；用五行生克乘侮理论，解释人体的生理、病理过程中五脏的相互作用。五行学说运用于中医学，使其具有了整体观念的思维模式，也具有了具体科学的内涵，所形成的理论体系才得以指导实践，为后世所发展。

"绿色"医学

《黄帝内经》包含着极其丰富的理论知识和实践经验。最突出的是自然因素对于人类健康的影响，以及人类利用自然因素促进自身健康的论述。特别是《黄帝内经》"人与天地相参也，与日月相应也"的思想，指导中医药正确开发利用自然资源，利用花草树木、鸟兽鱼虫等中草药为人类健康服务。中草药都是从自然界获得，纯天然无污染，虎豹豺狼、土石花木皆可入药，根据各种药物的性质相互配伍，以调理人体正气，驱除疾病。这些最朴实最自然的药物配伍过程符合唯物辩证法，突出强调自然环境与人的统一性、整体性，对中国医学的发展，对世界医学的发展，都做出了有益的贡献。老祖宗留下的光辉灿烂思想，在今天看来是绿色环保的，是自然的健康的。子子孙孙应该积极地自觉地完整准确地继承这一精神财富，并且进一步发扬光大。

时代在变化，中医要发展，由于环境污染越来越严重影响人类健康和生存，保护环境，继承和发扬《黄帝内经》的宝贵遗产，创建中国绿色环保的新医药，有着重大的现实意义和深远的历史意义。

《黄帝内经》是书于天地之间的巨著，岁月读之，生命悟之。中医的"圣经"告诉我们，自觉地热爱大自然，就是自觉地热爱人类自己。

自由篇

　　大脑使人自觉,自觉使人创造。

　　人是自然存在的人,是社会存在的人,是精神存在的人。人的本质是创造,只有创造,人才能从自然、社会、精神的束缚中解放出来;只有创造,人才能获得自由。创造是自由的根本动力……

　　创造是永恒的,自由是相对的,创造决定自由度。

　　创造是快乐的,创造是幸福的,人生最大的快乐和幸福都在创造中。

自由的乐章

冼星海曾经说：音乐，是人生最大的快乐；音乐，是生活中的一股清泉；音乐，是陶冶性情的熔炉。

因为人类的本质特征是创造，所以我还要补充说：音乐是人类创造精神的自由表达，音乐是插上创造翅膀的天使，音乐是自由飞翔的灵魂。

音乐在天地之间，在生命之间，在肉体与心灵之间，时而平静如水，时而激情飞扬，携着情和爱自由飞翔。

音乐是在人类丰富的精神世界的沃土中萌发，是自觉的人类心灵深处自由的呐喊。一曲动听的脍炙人口的乐章，没有自然遗传，完全来源于心灵的创造。几个音符美妙地结合在一起，就有了心跳，就有了呼吸，就有了生命，并且可以穿越历史从古传唱到今，可以穿越地域传唱东西南北中，在时间和空间中自由翱翔。所以，音乐是无所谓"死亡"的，好的音乐将会永远留在人们心里，融化在人们的血液里，音乐是永生的。曾经有这样一句话：政治与艺术的不同在于，拿

破仑死了，而贝多芬永远活着。音乐的伟大不仅仅在于情感的共鸣与欣赏的永恒，更在于音乐能够升华理性思索，"音乐是集理性、激情、秩序于一体的美的宫殿，是人类自己创造出来的永远不落的精神太阳"。

自然世界的春秋冬夏，风霜雨雪，花鸟鱼虫，月圆月缺，都能够激发音乐创造的情愫；社会生活中的悲欢离合，喜怒哀乐，奋斗拼搏，都可以用音乐语言表达；士农工商，才子佳人，帝王将相都能够聆听和感受音乐的生命旋律；热情似火或意志消沉，都能够升华音乐的梦想和追求。音乐在阳光下，在静夜里，在落雨飞雪时，在浪咏花吟中，在不同社会和民族的生命追求里，自由地流淌在每一腔热血中，自由表达爱和憎，自由地抚摸每一个心灵。

音乐能让冷血的兵刃在"楚歌"中失去威力；音乐也能提升智慧，诸葛亮抚琴坦诚吟唱，吓退司马懿十万精锐部队；音乐更具有震撼力，怆然神伤的盲人阿炳独忧《二泉映月》，迸发出力量与坚毅。暖的音乐，气势磅礴，色彩斑斓，让人热血沸腾；冷的音乐，低回幽婉，凄清飘雪，让人寒彻骨髓；动的音乐，昂扬豪放，欢呼跳跃，让人激情澎湃；静的音乐，安宁沉思，屏声静气，让人寂坐无语。一段抒情曲能够使你轻松愉快，一首进行曲能够使你昂扬振奋。

音乐重在表达情绪。她在表达感情时引领人们对生活情景的联想，以声音创造"声情并茂"的听觉艺术形象。所以，音乐是无形的、抽象的，擅长精神上、心灵上、情感上、思想上的宣泄。她虽然看不见，也摸不着，但可以用心灵感

受得到,是心灵之间最纯真的倾诉。一曲优秀的音乐作品,能够振奋精神,培养情操,提高生活品位和思想境界,给人心灵深处以愉悦和享受。人在音乐中品格会逐渐健全丰满,精神会逐渐高尚透明,性格会逐渐宽容豁达,思想会逐渐睿智深邃。音乐给予人们的是整个世界,音乐是自由的感情独白,音乐是自由的生命沉醉。

音乐不仅仅给人们以精神的自由享受,而且也影响人们的生理健康。许多科学家研究表明,音乐能够调节血压、心律、呼吸频率,能够调节脑电波,影响脑细胞发育,也影响内分泌、肌肉张力和皮肤温度。音乐更能够促进社会关系融洽和谐,不同的民族在自己神圣庄严的时刻,都能够用耳熟能详的民族音乐表达自己的灵魂,从而激发民族自豪感和爱国热情。那一刻的快乐,如一股清泉在心里自由流淌;那一刻的热情,如一股烈火在内心凝聚力量。然而,音乐又是属于全人类的,不受民族、宗教、信仰等精神枷锁的束缚,她把五彩缤纷的世界汇集在流动的音符和跳跃的旋律上,她把激越的情感凝聚在铿锵的节拍中,让全人类共同分享。当贝多芬的《第九交响曲》在世界各国奏响的时候,不同肤色、不同民族、不同宗教、不同国度的人们都会被那恢宏的旋律打动。激动的泪水,疯狂的欢呼,是心灵的共鸣,是生命的震撼。

欢乐女神,圣洁美丽,

灿烂光芒照大地。

我们心中充满热情,

来到你的圣殿里。

你的力量能够使人们消除一切分歧，

在你光辉照耀下一切人们成兄弟。

在音乐的境界中，人类这个自觉的生命，能够获得一种彻悟，物质和精神的压力顿然消失，迷惑和无助中生发了创造的智慧和力量。

音乐，创造之子，自由飞翔的灵魂。

酒桌歌星

我工作所在的城市离家乡比较远，身边几乎没有同学故友。孤家寡人显得冷清寂寞，很愿意结交朋友，于是或官员或修鞋的或卖菜的，朋友众多。

朋友之朋，大意是平等互助，集单以群，相与为友。朋友包含了除亲情关系以外所有有情人，是人际关系中甚为重要的交际对象。真正的朋友之间诚实、忠心、忠义，所以朋友是发展到没有血缘关系，又十分友好能够信任的人。

在我的朋友中，有白发苍苍的老者，也有血气方刚的年轻人，不管年龄大小，朋友之间一律称兄道弟平等相处。真有一些有福同享有难同当的情愿，也有一些是非分明一针见血的原则，真可谓"大河向东流，天上的星星参北斗，说走咱就走，你有我有全都有啊。"

众多朋友中，有两位颇有特色。一位是我的领导，年长我几岁，相貌堂堂，黑脸汉子，一脸正气，论工作论人品都让人敬仰。美中不足的是，如果他和嫂子站在一起，嫂子亭

亭玉立如花似玉，可他的后背却不那么直溜，据说是知识青年上山下乡时扛麻袋压的，个头也没有人家嫂子那么高挑，显得有一点儿"不般配"。不过，这位大哥心地善良，性格随和，办事说话认真细腻，不爱张扬，反应也不灵敏，有一点萌萌的感觉，聪明的嫂子也没有一丝一毫嫌弃他的意思。但不管什么事情都得有度，他要喝多了酒，兴奋地回到家，磨磨唧唧"语无伦次"便不受待见。据说，嫂子为了帮助他醒酒，如果是炎炎夏日，嫂子会让他盖上棉被，然后关闭空调，紧闭窗户；如果是数九寒天，嫂子会让他躺在凉木椅中，敞开窗户。他管这种措施叫"罪（醉）有应得"，其实都是"不般配"惹的祸。真是那样的话，嫂子还真正懂得一些"以毒攻毒"的道理。不过，这些都属于道听途说，凭我的直接观察，嫂子那么贤惠，不可能采取那些手段。倒是在单位里，他真正摊了我这么一个懒懒散散的下属，不仅不能按领导"指示精神"办事，工作拖拖拉拉，不求上进，批评多了还可能遭到顽强"抵制"。所以，他在家里受气不一定真，在单位有时多少受点委屈，那一点儿不假。他要真生气了，那双眼皮的大眼睛，习惯从他高度近视眼镜框上边逼视人，显得有一些凶巴巴、火辣辣的，实际上他根本就看不清对方。再说人家"宰相肚里能撑船"，往往并不怎么计较。工作之余他爱和大家打几把扑克，并且总爱玩赖，抓几张好牌就眉飞色舞，没有好牌就垂头丧气，嘴里嘟嘟囔囔，甚至"明目张胆"告诉对家出什么牌，赢了牌还趾高气扬吹嘘自己打得多么精彩，一个"臭牌篓子"，输了牌小脸一沉还真生气。

　　另一个有特色的朋友是小我几个月的兄弟，红脸汉子，酒量不大还死要面子，两盅酒下肚就面红耳赤大汗淋漓。饭桌上一旦发现有一口他喜欢吃的菜，那眼神儿里流露着婴儿般的纯真，恨不得一筷子都挑他碗里，小嘴一吧嗒，让别人看着就觉得香。他曾经到"阎王爷"那里报到过一回，"阎王爷"虽然很丑陋狰狞，见到他却着实吓了一跳，勃然大怒："你这等丑陋之人居然敢来见我？哪来哪去，快快滚蛋！"飞起一脚把他踢回人间。打那之后，他自尊心受到严重打击，低调做人，颇有一些自知之明。他本来是一位治病救人的大夫，一般情况下应该受到尊敬，可不管谁去他那里看病，他总是热情服务，而且服务后还得请人家吃饭，这就让人有一些不可思议？私下里问他为什么，他也倒坦诚："都是朋友嘛，咱们难免有服务不周到的地方，免得人家挑理。"我猜测，他可能害怕给人家"误诊"，吃一顿"封口饭"，免去一些麻烦"后事"。这小子说精不精，说傻不傻，喝酒上脸快，办事讲义气，喜则开怀大笑，恼则急头白脸，不管他怎么恼，三分钟过后肯定嬉皮笑脸，他就是一个"没心没肺"的"潮人"。不过，有一个事情就不能真的开玩笑。他年轻时是市足球队的队员，自己吹嘘自己有多么"英勇善战"，了解他的朋友都知道，越是有女孩子看球，他踢得越出彩，自诩为"小马拉多纳"。我嘲讽他："看中国足球队比赛一直憋屈受罪，现在终于知道中国足球为什么这么臭，就是因为建立在你们这些臭脚的群众基础之上。还有脸说自己是'小马拉多纳'？我看你就是'马拉多余'。"听我这么一说，那小子气急

败坏，结结巴巴，甚至哆哆嗦嗦，他真生气了。

朋友在一起，偶尔喝一点儿小酒，酒壮"熊人"胆，那位"潮人"在酒精的催发下，再也不会安稳地坐下来，甚至还得跳到椅子上，"自作多情"地亮开嗓门，自由发挥高歌一曲，《我爱五指山》、《绿岛小夜曲》常常是他的拿手曲目。不管"潮人"唱得怎么样，往往很投入很动情，腆着大肚子，忸怩作态，你笑点再高，也会让你笑得喷饭。我最喜欢"潮人"的这种自由、随性、天真、纯洁的天性，任何时候任何情况下，只要我想开心一刻，总是会挑逗他发飙，他飙起来大家就开心快乐。所以，他是朋友们的开心果。我俩在一起从来不会相互恭维，只有相互攻击，而且只要说到我的短处，那小子才思敏捷，言辞辛辣，口若悬河，滔滔不绝。整得我一无是处、哑口无言，他那张脸美得像花一样开放。隔三差五他要见不到我，他心里肯定憋得慌，便邀请我吃饭。凡是他邀请我吃饭我从来不会拒绝，即便已经另有它约，我也会婉言谢绝，好和"潮人"在一起"潮"一会儿。

长期和"潮人"在一起，难免感染一些气息。酒后偶尔到KTV里我也能够唱上几曲。不过，多数时候属于自由发挥，在不在调上、合不合节拍都不重要，重要的是心灵的自由，感情的宣泄。酒激活了生命，歌抚慰了灵魂，感觉自己就像洒脱的李白。逍遥的仙人李白，毅然脱离官场，精神寄托于诗，生命融注于酒，是那么飘逸，那么潇洒，酒歌中风流千古。我们虽没有李白的才华横溢，但酒歌中也体会了坦荡无拘。酒喝多了虽然对身体健康没有好处，但酒也有好作用。

在酒醉中，能够让人有一些忘乎所以，飘飘欲仙、云里雾里的感觉，丢掉一切烦恼，抛开一切不愉快，唯精神和灵魂超脱肉体的束缚与自然天地融为一体，痛痛快快地潇洒走一回，回归生命的本真。在酒精的作用下，拿起麦克，去唱你喜欢的歌，去表达你纯真的感情，陶醉在自由中，陶醉在天真烂漫中。酒和歌能让你的身心健康，能够抚摸你心灵深处的忧伤，也能够开启你自由的智慧灵光，更能够让你激情澎湃豪气万丈，生命顿时神采奕奕。真可谓："四时春富贵，万物酒风流。"

黑脸汉子的哥，红脸汉子的弟，许许多多朋友，在我的生命中十分重要。他们给了我情，他们给了我义，他们丰富了我人生的意义，他们丰富了我生命的活力。朋友们时常笑称"潮人"和我是酒桌歌星，酒和歌确实是我们这些具有天真自由本性的人最好的伙伴，心灵得到了寄托、得到了抚慰。

酒好，侠肝义胆；歌好，激情豪迈；酒桌歌星好，率真爽快。

让我们永远唱酒歌，让天真和自由的灵魂在酒歌中尽情飞扬。

水墨自然

　　中国艺术极其丰富并且成就辉煌。大凡艺术，都是一个创造过程，艺术的语言叫创作。创作什么呢？就是要创作一个活脱脱的艺术形象，创作出艺术形象的灵性，创作出艺术生命的永恒。在众多艺术门类里，中国绘画可谓独树一帜，特别是水墨画更是一枝奇葩。

　　水墨画不需要太多的物质，仅有水和墨、黑与白，就能够水乳交融、酣畅淋漓地渲染意境深远生动活泼的大千世界。就像生命不需要那么多包装就能够鲜活一样，水瘦山寒，心却郁郁葱葱。所以，水墨画是中国画的杰出代表。

　　水墨画始于唐代，兴于宋元，明清更有发展。艺术家自然自觉自由地发挥，在一笔一水一墨一白中，就可以创造出生命的无限风光。郑板桥的竹画，寥寥数笔则见凛凛风神的生命气节。齐白石水墨几点，活脱脱的虾趣便跃然而出。水墨画中，雪山寒林、梅兰竹菊、花鸟鱼虫的一个瞬间，就能反映出宇宙的浩瀚和渊深，反映出枯木瘦水的勃郁生机，反映出生命的绵延不绝，更反映出艺术家自然自觉的生命与万物节奏同样起伏潆洄，更让读画的人"尘思俗虑"顿飞，性灵自由遨游。这一瞬间之美，创造了震撼，创造了永恒的生命记忆。

我最爱读水墨山水画。正如余秋雨先生所说："看敦煌壁画，不是看死了一千多年的标本，而是看活了一千多年的生命。"水墨山水画是最纯美的生命，画中之山，或沉稳仁厚凝然肃穆，或苍松翠柏晶莹飞瀑，都有造化所钟的神韵，都是坚不可摧的铁骨。画中之水，或清澈灵动跌宕起伏，或静谧幽深涵养万物，都有阴阳所集的灵秀，都是滋润聪慧的血流。王维的诗句"明月松间照，清泉石上流"，一幅宁静、深远、恬淡的水墨画便跃然眼前。具有鲜活生命的水墨山水画，沉稳的山是生命的风骨，灵动的水是生命的血流，山是凝固了的水，水是流动着的山，山水交融，烟霞缥缈，如梦如幻，沉浸其间，自由自在，灵性飞扬。

人生如画，如水墨作画。当人的生命开始之时，命运便展开一幅图画。一生的事业或辉煌或暗淡，财富和地位或高贵或贫贱，这些外在的东西就像作画之一水一墨，或浓或淡，无需更多复杂的色彩。生命的意义在于你自觉的大脑迸发出智慧的火花，并用你的清水淡墨凝固这永恒的美丽，要紧的便是画上那神来的点睛之笔——自由创造。生命的"水墨画"，不需要太多的物质和光环，重要的是你自觉的大脑自由地挥洒对于生命的解读。内在的灵魂，飘飞的思绪，借人生的"水墨"，坦坦荡荡、痛痛快快、简简单单落于人生的

"白纸"之上，成为永恒的闪光点。

　　人生就像一幅水墨画，如此自然，如此简单，如此深远，如此灵动，如此永恒。

　　水墨自然，生命无需浓墨重彩，就这么简单快乐。

目光

一个人的目光发自其内心世界。

幼儿的目光透着天真童趣，伟人的目光透着高瞻远瞩的正气，刽子手的目光充满杀气，而科学家的目光则理性深邃。

目光反映人格品位、胸襟气度、内心渴望，也反映文化素养、天分灵气。读目光，知深浅，知虚实，故眼睛是心灵的窗口。

可你读过动物园那些牢笼里动物的目光吗？

它们的目光充满失去自由的哀伤，充满对自然世界的渴望，再没有穿梭山林野草的舒畅，再没有追逐猎物感受自然的欢乐，它们的目光里更充满对人类的无奈和绝望。

有时，它们突然睁大眼睛，怒吼着，挣扎着，血迹斑斑的爪子企图掀翻束缚自由的牢笼。

有时，它们静静地蜷缩在角落里，垂头闭眼，任凭游人嬉皮笑脸百般挑逗，它的心像死一般沉寂。

有时，它们仰望蓝天，流着哀伤绝望的眼泪。

每当我看到这些牢笼里的动物，我总是想到了换位思考。假如我们人类的男人或女人被赤裸裸困在那牢笼里，光天化日下供其他动物品头论足，调笑取乐，我们心里不知道是何感受？假如我们自己被困在牢笼里，等待我们的将是任人宰割，我们心里不知道有多么仇恨，我们的目光不知道有多么绝望。

人类从荒蛮到文明，在自己的发展历史过程中，有过许许多多就像动物牢笼不可逾越的藩篱。从对于神明先知的恐惧和崇拜，到复杂的纲常礼教，旧中国几千年封建社会，有多少被压抑的灵魂在"牢笼"里哭泣，人们的目光里何尝没有对自由的无限渴望？

紫禁城是厚重的高墙围起来的帝王宫城，历代封建社会的帝王都热衷建造类似的城池，甚至把这种高墙建筑推行到中国的边关海防。也许帝王想将中国围成固若金汤的一座城，阻挡胡马入侵，自己做这一城之主。依靠"真龙天子"的神话，依靠纲常礼教的教化，世世代代尽享荣华富贵。墙的作用是包围，是隔离，是封闭。拒人与墙外，同时也把自己困在小天地里。墙能够阻断视线，阻断流通，阻断自由交往，看不到别人的同时也看不清楚自己。这些高墙不仅没有挡住金戈铁马的践踏和跨越，反而禁锢了围城中自觉生命的创造和自由。旧中国漫长的封建社会，无数有形和无形之"墙"，造成了封闭和盲目，愚昧和落后，腐朽和酸臭，让地大物博人口众多的大中国变为"东亚病夫"。当中国的帝王

闭关锁国，关紧大门、闭上眼睛，在高墙内做"天朝上国"美梦的同时，大洋彼岸的人正极目远眺，整装待发。依靠中国人发明的火药，武装了长枪大炮；依靠中国人发明的指南针导航，由海路汹汹而来；撞开厚重的大门，轰倒高高的城墙，用中国人发明的纸张和中国人发明的活字印刷，签下丧权辱国的不平等条约。这样一个不堪一击的"天朝上国"，着实让全世界嘲笑，于是乎各路强盗汇聚而来，屠杀壮男，奸淫妇女，掠夺财富，霸占土地，疯狂摧毁中国的历史文化和建筑，伴着列强的狞笑，所谓的"天朝上国"成了任人宰割的羔羊。

在旧中国，如紫禁城一样，或高或低或厚或窄，各式各样墙的"围城"并不少见，墙内禁锢了多少鲜活的生命无从统计。高墙之内，如帝王将相面带笑容的人少，如牢笼里的动物透着绝望目光的人多。高墙不仅封闭了目光、封闭了流通，而且助长了内部的"腐烂发酵"，让蛆虫横行。阴险者炮制阴谋诡计，心怀叵测者酿造蛇蝎毒水，勇敢者畏首畏尾，懦弱者安于蜷居。多少仁人志士想冲破这一牢笼的束缚，想开阔自己的视野，想冲出重重高墙，想改变与世隔绝的社会形态，却往往成为帝王的刀下冤魂。

《红楼梦》描述的大观园里，每一个凋谢的生命，都是"一朝春尽红颜老，花落人亡两不知"。就像大观园一样，旧中国封建社会任何一个王公贵族、土豪劣绅、村霸地痞都有自己的"土围子"或"小观园"。在那孤寂的高墙之内，有的人在拼命挣扎，筋疲力尽；有的人心如死灰，只有等待毁灭

的到来。他们的目光与牢笼里的动物没有太多区别，灵魂深处无不渴望自由的光芒。

旧中国封建自闭、缺乏创新、积贫积弱，活像一个自闭症患者。一个国家、一个社会得了"自闭症"，与一个人得了"自闭症"的症状是类似的。无视自觉，漠视感情，容貌刻板，拒绝交流，少言寡语，视而不见，充耳不闻，行为孤僻，郁郁寡欢，哭笑无常，与人与事格格不入。"自闭症"是一种精神障碍，是一种精神异常。一个国家得了自闭症，反映在社会生活中，整个社会缺乏创新精神，缺少凝聚力，一盘散沙，两耳不闻窗外事，任尔东西南北风。精神有疾病，总是有爆发的时候，一旦"病情爆发"，便仇视一切，瞅谁都不顺眼，拒绝一切"医疗"方案，对内"镇压起义"、"灭九族"，对外卑躬屈膝"割地赔款"，轰轰烈烈地祸国殃民。让几千年的文明古国沦落得山河破碎，让几万万中国人民深受"三座大山"的压迫。

改革开放的今天，人们是否意识到，一个真正的强大国家，并非仅有辽阔之疆域，更重要的须有博大的胸怀，强大的精神。中国改革开放的总设计师邓小平同志，放眼世界，放眼未来，从理论到实践冲破许多束缚，印证了"实践是检验真理的唯一标准"、"科学技术是第一生产力"思想的光辉伟大。他老人家果敢而富有尊严、大胆而富有自信地带领中国人民去拥抱世界，解放思想，创新实践，走上了富民强国的光明大道，也让更多的思想、更多的精神丰富完善我们的灵魂，让我们的精神在辨别、选择、探索、融合和改进中

变得更富裕、更宽容、更理智、更有生机,让我们的目光更远见卓识。改革开放短短三十多年,中国人民的衣食住行、文化教育、社会保障等涉及老百姓幸福生活之民生发生了翻天覆地的变化。中国的民主、法制、经济、科技、国防等综合国力日益强大,在国际舞台上有举足轻重的话语权,成为维护世界和平的重要力量,让全世界刮目相看。所以,没有改革开放就没有中国的今天,没有改革开放就没有光明的未来。让大众的目光去观察,让大众的头脑去思考,让历史去见证吧,邓小平高瞻远瞩的目光,永远凝聚着中国人民希望的光辉;邓小平改革开放的理论思想永远是照亮中国人民前进航向的灯塔。

现在,党和国家的改革开放步伐更加坚强有力,简政放权取消了大量的行政审批项目,大力发展"一带一路"战略,进一步扩大对外贸易,进一步扩大金融、经济、科技、教育、文化、体育等领域的对外交流,大力解决民生问题提高人民群众的幸福指数,鼓励创新精神,弘扬中国优秀传统文化,吸收世界各国的先进文化和技术,凝聚起一股更加强大的与时俱进的民族精神,中国人民正在实现富民强国"中国梦"的道路上迅跑。

我们相信,全面改革开放,全面依法治国,让每一个中国人的目光充满希望的光辉,中国的前途就会一片光明。我们的国家一定会更加繁荣富强,人民的生活一定会更加幸福安康。

改革开放,功德无量,必然流芳千古。

快乐的"毛莠莠"

"没有花香，没有树高，我是一棵无人知道的小草。从不寂寞，也没烦恼，你看我的伙伴遍及天涯海角。春风啊春风，把我吹绿，阳光啊阳光，把我照耀。河流山川哺育了我，大地母亲把我紧紧拥抱。"每当我听到《小草》这首歌，就想起家乡的"毛莠莠"。

毛莠莠本来是一种小草，叫莠草，俗称狗尾巴草。在家乡的田埂、地头、荒滩，房顶、墙头、墙根儿、路边，到处都有它或高或低自由生长，想长在哪儿就长哪儿。整个春天夏天农民都在田地里锄它，然而它精力旺盛，再好的谷田仍然有良莠不齐的现象存在。尽管人们给了它一个卑贱的称呼——狗尾巴草，可家乡人却亲切地称它毛莠莠。

巧合的是我小时候的玩伴里，真有一个叫"毛莠莠"的小家伙。他身材细高，说话有一点儿结巴。黝黑黝黑的皮肤搭配一头刺毛乒撒的头发，活像一棵风中摇摆的毛莠莠。除了逢年过节他穿着稍微整齐得体一些外，一般情况下都是

衣冠不整，甚至邋邋遢遢。他形象虽然有一些差，可他一天天很乐和，好像从来没有一丁点儿烦恼，真可谓玩得开心，活得潇洒。

"毛莠莠"很小的时候，他母亲就病逝了。他的父亲领着他们弟兄三个一起生活。那个时代粮食短缺，他常常饥一顿饱一顿，冷一顿热一顿，家里一顿邻里一顿，生活没有规律，更谈不上营养丰富。生活虽然困苦一些，可他并不在意，追山兔比我们跑得快，逮小鸟比我们都灵活，不管干什么活儿都比其他小朋友快捷利索。

"毛莠莠"在学校是调皮捣蛋的，挑逗同学打架，"陷害"老师是他的拿手戏。最严重的一次是"陷害"校长。有一段时间学校组织学生上晚自习，我们班的纪律特别差，总是打打闹闹不好好学习，校长常常到班里来检查。一个下雪天的晚上，班里乱成了一锅粥。"毛莠莠"害怕校长检查，偷偷在教室外的台阶中间放了一个小铁桶。班里同学正玩儿得高兴，突然哗啦一声，有人一头碰撞开教室门，栽倒在教室里。同学们定睛一看，原来是校长。"毛莠莠"的学习成绩也很差，每一次考试他的成绩总是排在后列。因此，他经常被老师批评，甚至总是被老师拉到讲台一边罚站。罚站时，他就像折了的狗尾巴草一样耷拉着脑袋，两只小脏手就像小猴子一样不停地抓耳挠腮，总是不安分。不管老师怎么批评，怎么训斥，他总有一些小动作。同学们有时候偷偷发笑，他会抬起眼皮瞅一瞅，发现是他平时不待见的同学，他会狠狠瞪人家一眼。如果发现我们几个要好的伙伴在偷笑，他也憋不

住笑,甚至笑得喷了鼻涕。每当这种情况发生,老师脸色铁青气得暴跳如雷,用手指头戳着他的脑袋问:"你怎么还有脸笑?"

"毛莠莠"虽然有一些结巴,但特别会模仿别人说唱,嘴一会儿也不闲着,哼哼唧唧没完没了。他模仿一位乞讨者说唱更是惟妙惟肖,好多次我们几个小伙伴跟在他屁股后面模仿乞讨。当我们来到一户人家门前,他大声说唱一段,然后我们几个共同喊一声:"发财大嫂,打发一下吧!"当那家主人上当受骗后,端着一些吃的东西出来,我们哄堂大笑迅速逃跑。这样的恶作剧每成功一次,他便得意地晃着毛莠莠一般的脑袋,愉快地唱上几句。

"毛莠莠"不到13岁个头就窜得老高,比我们同年龄的高很多,甚至超过了一些成年人。也许是学习成绩差和不遵守纪律等原因,他辍学了,去给生产队放羊了。每天一大早他赶着羊群上山坡,太阳落山后才能回到村里。他好像不知疲倦,仍然要和我们这些小伙伴玩到深夜。我们几个小伙伴特别愿意听他讲一些放羊中有趣的故事。他说:"放羊是一件快乐的事情,自由自在,想唱就唱,想喊就喊,想骂谁骂谁,想抽哪只羊就抽哪只,没有人约束自己,天高地远,我就是'羊皇帝'。"

"毛莠莠"天地之间、唯我独尊的感觉让我很羡慕。暑假的一天,我跟随"毛莠莠"一起上山坡放羊。200多只羊,长长的队伍在"毛莠莠"不断地训斥喊叫中顺利到达目的地。羊群在山坡散开,我东跑西颠追赶那些已经跑得很

远的羊，生怕它们跑丢了。"毛莠莠"看我上气不接下气的样子，笑着说："别看你学习比我强，可你当不了好羊倌。像你这样放羊，羊倌都得累死。"一边说一边躺在地上。看他漫不经心的样子，我纳闷儿地说："羊跑丢了怎么办？"他乜斜了我一眼说："愣娃娃，坐下休息一会儿吧。"我坐下来，随手摘了一根毛莠莠，抚摸着它毛茸茸的脑袋，望着蓝天白云和漫山坡自由自在的羊，心里确实感到很惬意。过了一阵儿，我用毛莠莠在"毛莠莠"脸上轻轻地划了一下说："山坡上没有一个和你说话的人，你难道不感到寂寞吗？""毛莠莠"说："你看这漫山的野花儿，漫山坡的羊儿，一点儿也不寂寞。在教室里，这里不好那里不对，总是受到老师批评，这里比教室里舒服快活多了。"说着话，他站了起来，冲着远处的羊骂了一通脏话，用羊铲甩出一土块儿，不偏不倚正好打在那只羊身上，那只羊乖乖地回了头。我心里对他好佩服。我也站起来，发现不远处有一片马兰花，紫色的花朵非常美丽。我跑过去仔细观赏并采了几朵，真有一些爱不释手的感觉。"毛莠莠"挠一挠脑袋笑呵呵地说："你知道那些花为什么那样美丽吗？"我摇摇头。他接着神秘地说："我天天都要在那儿尿几泡，你闻一闻，那花一定有尿臊味儿。"听他这么一说，我嗓子眼儿里一阵儿作呕，随手把花丢在地上。他笑着，迅速捡起花，向后退着躲出了几步，得意洋洋地说："我逗你玩儿呢，我也喜欢这些花儿，我都没有舍得摘。"我上当了，追赶着他，企图把花夺回来。他边退边做鬼脸，故意气我。我气急败坏地追，他嬉皮笑脸地退，突然

他"哎呀"一声身体向后一倒，消失得无影无踪。我紧跑几步，发现前面是一条几十米深的大沟，我心里咯噔一下：坏了！出事了！我双腿颤抖瘫倒在地。当我哭天喊地爬到沟边，发现"毛莠莠"不偏不倚落在沟崖边一水溏坑里，再稍微偏一点儿，后果不堪设想。当他挣扎着攀上来，已经弄得满头满身泥土，他微笑着把手里的马兰花递到我面前，我愧疚而激动，紧紧把他抱住，生怕他再出意外。

时光荏苒，岁月如梭。"毛莠莠"现在已经当上了姥爷，儿孙满堂。我回到村里，只要见到我，他还是笑嘻嘻地和我说几句俏皮话："哎呀，大知识分子又回来了。看你这个耍笔杆子的，小脸白菜彩儿（方言：脸白），常年蹲办公室也见不着太阳，文文弱弱的。"逗了我，他陶醉极了，总是摇晃着头夸自己几句："你看我，舞文弄墨比不上你，干的活儿比你累，吃的饭比你差，反倒是满面红光，身强力壮，什么毛病也没有。你快回来吧，我再领你放羊。"他一边调侃一边傻笑，满脸的褶皱依然像花儿一样美丽。

服从规则

　　现在，参加高考的孩子们是幸福的。考试成绩公布以后，根据成绩高低顺序选择志愿，自己有何兴趣爱好，愿意去哪个学校，公开透明。自己有多么大才学，不会白瞎，可谓公开公正公平。学生们从学校毕业，到哪里去工作，也实行自由选择，感兴趣就去，不感兴趣则另行高就，更能够自主创业，而且得到国家政策鼓励保护。

　　上世纪五六十年代出生的人，考学就没有现在这么幸运。由于技术条件等原因，学校录取过程一般不公开，一些人为因素就可能影响录取结果。有关系的可能到理想的学校，没有关系的就可能服从调剂，人家让你到什么学校，听之任之。个人意志没有那么大作用，往往得服从于他人安排。自己没有一点儿兴趣，偏偏让你学习了相关专业，学习起来很费劲，效果自然也不会理想。到毕业分配时，仍然如此，有关系的可以到理想的地区和单位，没有关系的只能服从，让你去哪里你就得去，不去则没有了饭碗。试想一

下，如果你对于从事的职业没有兴趣，甚至所学专业与职业不对口，本身就有排斥情绪，怎么可能爱岗敬业？怎么可能做一颗"永不生锈的螺丝钉"？就是勉强在岗位工作也是为了一日三餐应付而已，不可能有多么大贡献，更不可能有突出成绩。

说到"服从"，在旧中国漫长的封建社会里更是突出强调的，其意识形态理论的历史源远流长。最有影响、渊源比较深的是儒家的"三纲五常"。三纲，即君为臣纲、父为子纲、夫为妻纲。也就是说，妻子要服从丈夫，儿子要服从父亲，臣子要服从君王，全国都要服从皇上。这种名分和教化观念是儒家的核心价值观，通过上定名分来教化天下，维护社会的伦理纲常和政治制度。所以，"三纲五常"在几千年的封建社会里，一直是统治者极力提倡推崇的精神"法宝"，每一个社会成员都得忠与孝，父子之间、君臣之间如果不能够做到绝对服从，就会背上逆臣贼子的千古骂名，甚至砍了狗日的人头。臣与子都得低眉顺目，都不需要用自己的头脑想问题，只要"服从"，一切都好。

为了维护"三纲五常"顺利地"贯彻落实"，还给人类的另一半——女人，戴上了"三从四德"的精神枷锁。据《仪礼·丧服·子夏传》："妇人有三从之义，无专用之道。故未嫁从父，既嫁从夫，夫死从子。""三从"道德与"三纲五常"一脉相承，"父为子纲，夫为妻纲"进一步"落实"为从父、从夫、从子。服，心甘情愿之意；从，听从、跟从、随从之意。遵守"三从"道德的妇女不能自专、自主，必须遵守父命、遵

守夫旨、遵守子意，遵守者，就是贤妻良母，否则就是没有人要的泼妇，一纸休书便扫地出门。

　　"三从"之中，"既嫁从夫"是妇女最重要的道德规范。古代女子一般十四五岁就嫁夫，夫妇之义从此就要落到实处。女子的母亲在女儿离开时一再叮嘱"无违夫子"，到了夫家，妻子视丈夫为天，"天命不可逃，夫命不可违"，必须听从、服从丈夫，而且要"心悦诚服"，做到"夫唱妇随"。不仅如此，妇女生儿育女后，"相夫教子"更是她们的重要职责。同时，做妻子的还要代替丈夫孝敬公公婆婆，处理好七大姑八大姨等关系。另外，"从夫"不仅要对丈夫绝对忠诚，还要恪守贞操，一女不事二夫。丈夫死后，你再如花似玉也要清心寡欲，守身如玉，甚至殉葬丈夫。历代官府特别注重"表彰"绝对服从丈夫的贞节烈女，大大小小的贞节牌坊，就是她们绝对服从的"勋章"，鼓舞着一代又一代妇女继续服从下去。

　　女人不仅在家要服从父母，服从丈夫，而且还要服从国家，甚至把女人的服从进一步发扬光大到权谋、政治和军事之中。"沉鱼"之西施服从越国去做吴国夫差的"红颜祸水"；"落雁"之王昭君服从于国家利益，嫁于塞北的呼韩邪单于，使大汉王朝北方稳定，人民安居乐业；"闭月"之貂蝉服从于政治斗争，致董卓与吕布反目成仇；"羞花"之杨贵妃服从唐玄宗的安危而自溢于马嵬驿的梨树下。四大美女尚且如此，何况平民百姓乎？

　　有了女人的绝对服从，男人也算是"先安内"，然后再去

打拼天下。可是，只要你不是"真龙天子"，你就一定会有各级"家长"，就得按照"君为臣纲、父为子纲"行事，你必须得讲服从。服从得好，就可能"加官晋爵"，多刨闹一些"俸禄"，给"贱内"解决衣食住行。服从得不好，就可能被罢官，甚至招来杀身之祸，株连九族。"一朝天子一朝臣"，衙门官场上的明争暗斗、尔虞我诈十分残酷，就是绝对服从，也要讲究一些服从艺术。同样是服从，如果你能够搞出一些花样，采取一些手段，比别人高明一些，让各级"家长"听着、看着是那么回事，既肯定了你的"忠心耿耿"精神，又肯定了你的聪明才干，"加官晋爵"的机会自然也会多一些。这种服从"家长"的地位和权力只是封建社会"服从"的一般规律。还有一些善于研究"服从艺术"的"能工巧匠"，也会另辟蹊径，把"服从艺术"发扬光大。

看《三国演义》，"滚滚长江东逝水，浪花淘尽英雄……"确实涌现出许多可歌可泣的人物，留下了千古流传的英雄故事。可三国众多人物之中的刘备却不一定是英雄豪杰，倒像一个精于"服从艺术"的软蛋。首先，他自己给自己定位为"刘皇叔"，号称是什么中山靖王的后代。其实，中山靖王本来是汉武帝的弟兄刘胜，这小子是一个酒色之徒，共有一百二十多个儿子，其中有一位叫刘贞的小小王爷，此人便是刘备八辈都够不上的老祖宗。汉朝为了维护中央政权，举行过一次大规模的削藩，将一些"成色不足"或办事有一些"假冒伪劣"嫌疑的草头王削官免职，刘贞便是被削的草头王之一。刘贞被贬为庶民百姓，并且死后几百年才有刘备，所

以，自称"刘皇叔"之刘备根本就是皇帝不待见的，或者八竿子也打不着的一个遥远"亲戚"。可"刘皇叔"心里明白，天下人都讲究服从，自己与"皇亲国戚"就是再遥远可也姓刘，天下江山是老刘家的，大家自然得服从姓刘的，而不能服从姓曹或姓孙的。从服从的角度看，刘备这一招虽然有一些东拉西扯的嫌疑，但也可谓"匠心独运"。此外，刘备虽然文韬武略都不如曹操和孙权，但他有一拿手好戏，以"哭"为"艺术"本领，以"哭"征服他人的同情心，以"哭"征服别人服从，从而征服天下。哭得张飞、关羽与他"桃园结义"，哭得诸葛亮从南阳出山死心塌地服从于他，哭得文武百官为他浴血奋战。赵云为了救刘备的儿子，三番五次冲杀在曹操的大军之中，刘备接过儿子便假惺惺摔在地上（实际是撂快了一点儿），哭着骂：为了救你差一点儿让我一位好"服从"壮烈牺牲。这一招能不让人感动吗？赵云从此死心塌地服从刘备，屡屡建功。刘备用他哭的艺术，还将错就错娶了孙权的妹妹，从而保全了小命；同样用哭，让鲁肃三番五次讨不回荆州；更是用哭让刘璋稀里糊涂让出天府之国；特别是用哭，让诸葛亮忠心耿耿服从"白帝城托孤"，鞠躬尽瘁，死而后已。真可谓哭出了"艺术人生"。我是"刘皇叔"，你必须要服从，你若不服从，我就哭给你看。一个卖草鞋的草民，就这样使"哭招"让那些英雄豪杰服从于他，服务于他。

　　和刘备一样使用"软"招，让人服从的还有《水浒传》中的宋江。宋江不使用眼泪，因为"男儿有泪不轻弹"。宋江使用下跪，他忌讳"有泪不轻弹"，却不忌讳"男儿膝下有

黄金"。不管遇到什么人，总是弯下腰来，最好跪在地上，再开口说话。见到英雄好汉要下跪，霹雳火秦明等好汉，宋江一下跪，便乖乖服从了，归在宋江的"领导"之下。见了朝廷命官要下跪，凡是被梁山好汉捉来的朝廷命官，如高俅之流，绝对不允许属下兵刃相待，必须由他跪拜。对威胁自己"领导"地位的人更要下跪，对待玉麒麟卢俊义就是采取了这一招。当玉麒麟卢俊义一上山，宋江纳头便拜："我等众人，欲请员外上山，同聚大义。今日再得相见，皇天垂赐，大慰平生。"说着就要把卢俊义请上第一把交椅。卢俊义不肯入座，宋江非得再三请拜。让者心知肚明，被让者却真心感动。恰在此刻，黑旋风李逵道："哥哥让别人做山寨之主，我便杀将起来。"武松道："哥哥只管让来让去，让得弟兄们心肠冷了。"此情此景，卢俊义怎么好意思坐第一把交椅，只能服从宋江。

除刘备、宋江之流爱使用"软"招让人服从外，大多数出将入相者爱使用"硬"招。所谓"硬"招，一罚、二打、三杀。军令如山，不得有误。使用"硬"招最有特点的是《西游记》里那位有着菩萨心肠的唐朝和尚。孙悟空虽然是猴精，但有一颗比完全人类化更聪明的头脑，判真断假，明辨是非，十分了得。可这个猴精，习惯了花果山自由自在的生活，屡屡不服从唐和尚的"指示"。齐天大圣哪里知道，唐和尚那是上面"通天"，背后有"靠山"，虽然肩不能扛，手不能提，没有什么"真才实学"，但给你这猴精的头脑上扣一个"紧箍咒"，你不得不服从。可怜那孙悟空，一路上绞尽脑

汁为"家长"服务，起得比鸡早，睡得比狗晚，忠心耿耿，除妖降魔，九死一生，论成绩论功劳数他最大，可偏偏爱说真话，不受"家长"待见。虽然是"一腔热血一身胆，不知退后总向前"，可对唐和尚稍有一点儿不服从，那和尚便沉下脸念起"紧箍咒"，再聪明的脑袋在"紧箍咒"之下也会扭曲变形，头痛欲裂。难怪那孙悟空如此感慨："我多想是棵小草，染绿那荒郊野外。我多想是只飞雁，闹翻那滔滔云海。哪怕是烈火焚烧，哪怕是雷轰电闪，也落个逍遥自在，也落个欢欣爽快。为什么？为什么？偏有这样的安排……"

　　其实，不管是过去还是现在，人类社会总是要讲服从的，否则整个社会就是一盘散沙，缺少凝聚力的社会是不可能发展进步的。只不过封建社会是一个等级社会，一级压一级，上一级就是下一级的"家长"，要求下一级做到的，上一级不一定做，下级必须服从上级。这种"服从"更多强调了个人的地位和权力，不管对与错，权大一级压死人，给地位和权力更多的任性。而现代社会早已经把"三纲五常"、"三从四德"抛弃在历史的垃圾堆里，建立起来一个崭新的法制社会。当今中国，人民当家做主，公平正义，充分发挥人民群众的主动性、积极性、创造性，不论职位高低，建立全社会共同遵守的法律法规。提倡依法治国，每一个人都必须在规则之内进行活动，必须在服从规则的基础上实现各自的自由。由"三纲五常"、"三从四德"到法制社会的依法治国，把权力关进了笼子里，由服从个人的地位和权力到服从公众规则，这就是社会的进步，这就是现代的文明社会。大家都

知道，封建社会的"父母官"坐轿子出行都要鸣锣开道，其他行人必须避让。而现在的十字路口规则是红灯停绿灯行，不管你是什么人什么车，都要遵守这一个规则，否则就会出现混乱现象。在其他社会活动中也是如此，都有大家共同遵守的规则，不能靠权力金钱、不能靠体力，也不能靠投机取巧来获得方便自由。只有循规蹈矩、有章可循，大家才能够公正公平，才能够轻松自在。知道自己有所为，有所不为，我们的社会才能够和谐发展。

让规则看守世界，把规则时时刻刻放在每个人心中，让每个人心甘情愿服从规则，这才是人类社会崇高精神的体现，人类社会才会享受明媚阳光。

改革开放的中国，全面实现依法治国，正在这条规则看守的阳光大道上阔步前进。

孤独的霸王

霸, 依仗权势或武力欺压他人的人或集体。

霸王, 霸中之王。古代诸侯之长为霸, 拥有天下者为王, 如西楚霸王项羽。

项羽, 将门之后, 贵族出生, 清高自负。有力量, 身高八尺, 力能扛鼎, 气压万夫。有胆量, 巨鹿之战, 彭城之战, 创造了中国以少胜多的奇迹战例。他是中国"勇战派"的杰出代表。

大泽乡起义不久, 项羽于会稽郡斩杀郡守, 举义反秦。当秦军汇集主力精锐部队五十万大军围攻新赵国都巨鹿之时, 各路诸侯远远观望, 都不敢与其对战。楚王派宋义为主帅, 项羽为副帅出兵救赵。可宋义是个胆小鬼, 停军逗留不进, 项羽多次劝进无效便击杀宋义, 自己亲率五万部队, 破釜沉舟, 以一敌十, 与五十万精锐秦军大战巨鹿城下, 大败秦军, 震惊各路诸侯遂一致推举项羽为诸侯盟主。项羽率军入关中, 灭暴秦, 火烧秦王宫, 大火三月不灭, 项羽之霸气

威震八方。项羽仗势分天下，"大政皆由羽出，号称西楚霸王"。册封十八路诸侯，刘邦仅仅被封为汉中王。

刘邦，原名刘季，出生平民。他有两个哥哥一个姐姐一个弟弟，伯仲叔季，按理他应该是老刘的三儿子，他却名季。不管怎么说，刘邦也就是个刘小三或刘小四，有一点不三不四。刘邦自幼不喜读书，性格豪爽，交友广泛，喜好酒色，我行我素，其父常训斥其为"无赖"。可见，刘小四就是一个地痞流氓。成年后在沛县任泗水亭长，十里为亭，十亭为乡，亭长也就相当于现在的大队干部。这小子虽然官不大，却常常去王姓和武姓女子的酒店吃喝玩乐、打情骂俏，狐朋狗友众多，颇有一些黑社会老大的意思，而且和县府的官吏混得很熟，萧何、樊哙等汉朝开国功臣就是刘小四那时候的朋友。

一次，刘小四奉命押送徒役去往骊山，途中喝得酩酊大醉，个别徒役逃跑，他借着酒劲儿干脆说："你们都逃命去吧，我也逃往他乡了。"徒役觉得他仗义，愿意跟随他一起逃跑，刘小四路斩白蛇，带着徒役占山为王，隐在砀山。大泽乡起义后，沛县部分官吏欲响应起义，便派樊哙召回刘小四，诛杀县令，拥刘小四为县令，起义反秦。从此，刘小四招纳贤才，一路攻城略地发展壮大起来。

秦灭，项羽封刘小四在汉中，这小子心里很不服气，伺机灭楚。

楚汉之争，项羽性格上的毛病突出地表现出来，居高自傲，霸气十足。在他看来，自己是天下无与伦比的盖世英雄和常胜将军，根本不把刘邦放在眼里，更听不得不同意见，

甚至还有一些"小心眼"和"小家子气"，霸得众叛亲离。可刘邦恰好相反，自己虽然文韬武略都不如项羽，但大度豁达，任人唯贤，不拘一格降人才，有功必赏，仗义疏财，舍得花钱，不骄不躁，君臣之间以礼相待，更没有一丝丝霸气。于是乎一大批谋士良将弃项羽投刘邦。贵族张良、游士陈平、吹鼓手周勃、流氓韩信、强盗彭越、布贩子灌婴、车夫娄敬、酒鬼郦食其等都被刘邦收用，而且充分自由地展示各自的聪明才能，虽有一些"招降纳叛，藏污纳垢"的感觉，但"海纳百川，有容乃大"才能成"大气候"。最终，博采众长之刘邦灭孤家寡人之项羽，得天下。

刘邦当了皇帝总结自己得天下的原因，他说："运筹帷幄之中，决胜千里之外，我依靠张良；镇国家，抚百姓，供应粮草，不绝粮道，我依靠萧何；率百万之众，战必胜，攻必克，我依靠韩信。这三个人都是天下最优秀的人才，他们自由发挥为我所用，因此得天下。而项羽霸道，只有一个范增还不能让其发挥作用，孤家寡人能不失败吗？"

可怜那西楚霸王，至死都不知道究竟为什么失败，自刎乌江仍然在感慨："力拔山兮气盖世，时不利兮骓不逝。骓不逝兮可奈何，虞兮虞兮奈若何！"这根本不是天意要灭项羽，而是他自己作茧自缚，"霸"得太过，泯灭了许多自由的智慧。孤家寡人一己之见怎么可能敌万众的智慧光芒？

虞小妹啊虞小妹，哥要去了，你可怎么办啊？

虞小妹望着她依然伟岸的英雄，完成了历史上最优美最催人泪下的动作，鲜血染红了霸王的利剑，真是令人心痛！

家乡的月亮

记忆中，家乡的秋月是那么皎洁明亮，清晰地在我的心灵底片上曝光。

月光下，蛙的一声声情意缠绵的呼叫，揪着我一颗浪漫的童心，忽近忽远，忽远忽近，忽安稳忽游离，忽游离忽安稳，飘忽不定……

许多年以后，当我重回年少时的家乡，昔日的她已不是满月脸庞，凹陷的眼窝守着一缕缕炊烟，不知道是盼望她的丈夫，或是她的儿孙，或是秋月下那个若隐若现的"他"。

她，一个普通的农村女娃，齐耳的短发，满月脸庞，聪明活泼，一笑一颦总有一颗小虎牙露出几分调皮和真挚。她很聪明，上小学就认识她，开学生干部会议，不管先来后到不知不觉总是挨我坐着；到公社参加各种活动，不远不近总是出现在相互视线里；村里放电影，不管人多人少，总是能站在临近的位置。田野里拔猪草，小河边洗山药蛋，有意无意都会看到那颗小虎牙。

鸟儿归巢，山影婆娑。秋月夜里，几十个村童不想过早回家，在树林里，在小河边，打打闹闹，无忧无虑，朦朦胧胧中更有少年的情趣。她在嬉戏中每打我一下，好像又怕打重了我，总是露着小虎牙关切地问："没打重吧？"

我不以为然，打重没打重有什么了不起？我甚至厌烦她那些絮说多余。

直到有一天，她突然送我一个精制的小笔盒，我好生纳闷儿：这是为什么？她完全可以自己买一个发卡或红头绳一类的东西，我本来也没有一支像样的笔，要这么精贵的东西干什么用？

我没有珍惜，最后也不知道丢在哪里。

男孩子的心不知道有多么大，走在离开村庄的小路上，我要去寻找自由飞翔的翅膀，她好像就在山坡躲藏。也许目送我离去的背影，她流下凄凉的泪水，模糊了她的目光和思绪，可我并没有在意到那颗滚烫的心是在为我温馨地送行。而对于她，我走出村庄，可能毁了她少年的春梦，可能是伤心的永远别离。

多少个秋月夜过去，她早已经远离了我的记忆。今年的中秋之夜，月上柳梢依然皎洁美丽。母亲仍然在农村老家，妻儿也在异地他乡，向亲人们发出中秋的祝愿后，我独自一人在"暝色入高楼"时看华灯初上，喧闹的街市与自己孤独的心境俨然两样。这时，一个陌生的电话号码打进我的手机，片刻没有声音，我不耐烦地问："怎么不说话？你是哪一位？"

听着我这半普不普的普通话，对方迟疑一会儿说："你这洋腔洋调里，好像有一些你小时候说话声音的记忆。"

小时候的记忆？我的声音？打小时候我的声音就没有抑扬顿挫，更多是生硬晦涩。

一听对方用纯正的方言说小时候的事情，我改变了腔调，也说起了方言。对方说："难得你还会说家乡话，还能记得我吗？"

我好像听着有一点儿熟悉又不敢肯定："你是……"

她笑了，声音好熟悉。噢，小虎牙……

她关心了一些我生活、工作的事情，再没有说什么。我纳闷儿地问："你找我有什么事情？"

她笑着说："看把你吓的，什么事情也没有，今天是中秋节，月亮那么圆，就想听一听你的声音。"

撂了电话，我久久不能平静，难道就想听一听我的声音？我的声音有那么动听……

一个青春少女已经熬成了老太婆，漫漫岁月，不知道她经历了多少人生坎坷，却依然不忘记给我一个真诚的问候。

走过了五十多年的生命时光，突然记起在我心灵之潭的深处确实印着一个纯洁的影子，裸露在生命的源头。有时像翠绿的浮萍游在心头，有时像天使般的精灵潜入心海；你要有意触碰，她就消失得无影无踪；你若心静如潭，她就活灵活现；你要咀嚼爱情的甜蜜，她似有非有；你若品味生活的甘苦，她就涌上心头。那才是真正在我懵懂少年纯洁平静的心海里激起浪花的"天使"。一个精灵古怪的小美女，一

群玩伴中数她最调皮，两条小辫子甩来甩去，两只小拳头打得我"痛并快乐着"，她纯真的笑靥始终不能让我忘怀。只可惜这个小"天使"是另外一个她，而不是小虎牙。

我仿佛又回到遥远的少年时光，小虎牙的她用柔和的眼眸端详过我，用温和的语调埋怨过我，她可能委屈过，可能抱怨过。但"月有阴晴圆缺，人有悲欢离合，此事古难全"，也许残缺渴望圆满，别离渴望重逢，追求完美也是心灵的升华。我们曾经渡过快乐的童年少年，那或许就是我们的缘分。生活就是这样，欢乐总是携带着痛苦，温润总是伴随着孤单，让我们彼此珍惜，悄悄在心底，默默地祝福。

噢，中秋月，朦朦胧胧的月光下，我感受到一种柔和的亲切，她依然冲我微笑，那颗小虎牙还是那么亮丽，还是那么纯真。

噢，中秋月，依然丰满纯洁，她在家乡，我却在异地他乡，她续她的故事，我有我的梦想，月圆月缺，梦圆梦灭，各自都有自由吧……

自己

自己。自，自身，本身。己，甲乙丙丁戊己庚辛壬癸，十天干，戊己为中央。己，中央之地。

自己，就是把自身立在天地中央。

自己的一生也许要做许多事情，但堂堂正正做自己却很不容易，而生命的可贵之处恰恰是做一个有独特个性的自己。

这个世界有许许多多男人和女人，一个男人和一个女人结合在一起，是一件非常偶然的事情。俗话说：百年修得同船渡，千年修得共枕眠。缘分很难得。一个女人的卵巢一生排出卵子大约500个左右，一个男人一次射精大约有2亿至3亿个精子，男人一生，产生精子的数量无法统计，保守估计应该近万亿。500个卵子中的某一个，与万亿精子中的某一个，形成受精卵，实在是太偶然了，其概率实在太小了。这个受精卵能否正常孕育出一个生命，还要受到许多因素的影响，如是否符合计划生育政策，男女双方是否愿意要孩子，

孕育过程是否顺利，如果某位孕妇一不高兴就可能做了人工流产。

你，来到这个世界太神奇了，你是这个世界独一无二的，空前绝后的，这个世界不可能第二次再产生你自己。这个世界凡是高贵的都是罕见的、独特的，保持了自己的独特性就保持了自己生命的高贵。

你，在这个世界仅仅生存几十年，而这个世界已经存在了几十亿年，还要继续存在下去，你来到这个世界仅仅是一闪而过。你在懵懂中成长发育，耗去二十多年；从丧失生育能力到耄耋之年又是几十年，你的美好年华仅仅三十多年。你如果没有遇到天灾人祸，正正常常、健健康康、平平安安的生活，你能够做自己生命的主人，对自己生命负责，风华正茂的岁月是十分短暂的。

你好不容易来到这个世界，又如白驹过隙非常短暂地存在那么一瞬间，你要认真打量一下自己，你要精心打理一下自己，你更要自豪地欣赏一下自己。

一个欣赏自己的人，一个懂得自己的人，才会发现自己的长处、优点，才能激发起自信心。你绝无仅有的独特存在，独特音容笑貌，是这个世界一道独特的风景。

你怀着希望徜徉在生命的欢乐之园，既抚清风明月，也欣赏自觉的智慧火花，生命的每一分每一秒都是那么美丽，都有自由在飞扬，都有希望在颤悸。

自己属于自觉的人类，最值得骄傲的是拥有一颗智慧的头脑，你能够有自己的思想，你能够有自己的创造。你要问

自己，"问"中之"口"，就是你提问的嘴或是你探寻的眼，有问有寻就可能开启一扇自己的自由之"门"，就可能创造属于自己的路。世界本无路，"各"自迈开自己的"足"，便是"路"。自己立于天地间，在短暂的生命旅程中，用自己的头脑想一想，创造一些属于自己的品质、自己的思想，走自己的路，你就做了一回自己。

也许你曾经梦想成为一轮明月，可现实你却是一颗暗淡的小星星；也许你曾经梦想成为一棵参天大树，可现实你却是一株小小草；也许你曾经梦想成为明星大腕，可现实你却是一个默默无闻的"屌丝"；也许你曾经梦想成为创造发明的科学家，可现实你却是一个平庸之辈。你因此自卑，因此放弃，因此碌碌无为，因此自己瞧不起自己。其实，你大可不必放弃自己，小视自己，你就是你自己，别人比不得你，你也比不得别人。蓝天不必羡慕白云的飘逸，白云也不必羡慕高山的巍峨，高山也不必羡慕蓝天的广袤。月亮有它自己的美丽，流星也有它自己的光辉；明星大腕有他自己的天赋和成绩，无名小卒也有自己辛勤耕耘的意义；参天大树有它自己的绿荫，小小草也有自己的方寸之地，"骄傲些吧，小草！只有你普遍装点了世界！"冰心如是说。鹦鹉学舌不一定比蝉鸣动听，游翔潜底的鱼不渴望如鸟儿一样飞翔，是骆驼就不一定唱苍鹰的歌，螳臂挡车也表达了自己坚强的意志。

拿破仑曾经说："不想当元帅的士兵不是好士兵。"这话固然有理，但庞大的军队只能有一位元帅，他可以决策于千里之外，千千万万的士兵却必须冲锋陷阵。人人都做元帅

梦，有几个还能舍生忘死呢？所以，如果自己不具有将帅之才，就全心全意做一个好士兵，尽职尽责做一回自己。

一个健全的人能够做自己，一个有残疾的人也不可自暴自弃。一个双目失明的人，内心往往比常人更宁静，他体察到的世界可能有常人听不到看不到的美丽；一个双耳失聪的人，内心也是宁静的，他看到的世界也有常人看不到听不到的特殊之处。自己就是自己，"一花一世界，一叶一菩提"，尊重自己每一个心灵的感悟，即便是最微不足道的星星火花，阳光下也许黯然失色，而黑暗里却闪烁着独特的绚丽。所以，忠诚自己的心灵就会有独特的魅力。

欣赏自己，充满自信心，可以化渺小为博大，可以化平庸为神奇。虽然不应该狂妄自大、孤芳自赏，百事随心、一帆风顺就自大自负，甚至目中无人、一意孤行。但也不可自卑，经不起失败和挫折，稍有一些磨难就消极悲观、自暴自弃。人常常是"不识庐山真面目，只缘身在此山中"。所以，一定要发现自己，让自己觉醒觉悟，扬长避短走出一条属于自己的道路。

如果你丧失了自己的独特性，丧失了自己对于生命的理解，自己的灵魂被别人左右，人云亦云，不能自己，那就意味着你会随波逐流，也意味着你会走向平庸、混同一般，意味着别人可以替代自己，就不可能堂堂正正做自己。所以，与己为善，不枉一世。

拔苗助长

大家都知道拔苗助长的故事。

说古代宋国有一个农夫，种了秧苗后，就希望能够早早收成。每天到地头观看，发现秧苗长得非常慢。他等得不耐烦，心想：怎么样才能使秧苗长得高，长得快一些呢？想了又想，他终于想出一个"最佳方法"——将秧苗拔高几分，这不就长高了嘛。经过了一番辛苦劳动，他满意地回到家里，向家里人表白：今天可把我累坏了，我帮助秧苗长高了一大截。儿子赶紧跑到地头一看，秧苗全部枯死了。

拔苗助长比喻做事不符合自然规律，急于求成，漠视生命的自然与自由成长，结果反而糟蹋了生命。

现在有许多家长，望子成龙心切，什么"打造神童"、什么"抢先教育"、什么"不能输在起跑线上"，以种种理由对孩子"拔苗助长"。特别是"不能输在起跑线上"，是近年来孩子教育方面十分时髦的说法，比较直观形象，家长和孩子都容易理解，极其具有煽动性。实际上"不能输在起跑线上"，只是强调要重视基础教育，培养德智体全面发展的人才。可是，现实生活中，起跑线究竟在哪里？不仅谁也说不清楚，而且总的趋势是越来越往前提，小学、幼儿园，甚至娘胎里就是起跑线。一些急功近利的家长，估计自己这辈子已经没有大的作为，或者根本就无所作为了，一门心思企盼自己的下一代能够出人头地。在培养子女过程中不考虑孩子的兴趣爱好，而是按照自己的意志行事，显得有一些霸道。

"不能输在起跑线上"对那些家长有相当大的诱惑力，甚至就是金科玉律，强迫孩子也强迫自己，再苦再累也在所不惜。为了孩子苦一点儿自己倒也没有什么错误，问题是苦自己的同时也不给孩子自由，把孩子约束在自己的偏见里，扼杀孩子的好奇心，束缚自发灵动和自由发挥的天性。一些家长，只允许孩子一门心思用于学习文化知识，不许考虑其他兴趣爱好，按照自己内心的需求束缚孩子的学习自由。还有一些家长，家里一星半点儿的家务活儿都不愿意让孩子去做，饭来张口衣来伸手，时间一长孩子就果真不会、不能、更不愿意干一丁点儿活儿，少爷姑奶奶作风日甚一日，犹如紫禁城里的"皇帝"。尤其是独生子女家庭，注重孩子学习也好，孩子不愿意干活儿也罢，个别家长更不愿意让孩子在家里家外受一丁点儿委屈，甚至越俎代庖，替孩子完成许多"任务"。同学之间偶尔有一些小摩擦，不问青红皂白，一股脑归罪对方，替孩子打抱不平，甚至怂恿孩子"他骂你，你也骂他，他打你，你也狠狠揍他。"这样一些封闭式或"豺狼"式教育，让孩子变得贪婪自私，毫无礼让宽容之心，更

缺乏适应能力和主观能动性。大家都明白一个最简单的道理，任何一个人的成功，任何一件事情的成功，有"善始"才能有"善终"，做人也如此。人生刚刚起步，把孩子封闭在狭隘的偏激的观念中，束缚在小天地之内，孩子失去了天真自由，失去了正常成长需要的营养丰富的"土壤和阳光"，不可能造就栋梁之才。

　　我们每一个人，都是一个爱的结晶。从孕育到襁褓、学习知识、生长发育，整个成长过程中有父母亲的挚爱，老师的关爱，同学伙伴的友爱，我们每时每刻都被爱深深滋润，每时每刻都被爱温暖。每一个纯洁的心灵，首先应该感知爱、感知自然、感知世界，听到的、看到的、感受到的应该是纯洁的爱、纯洁的自然、纯洁的世界，而不是争与抢、赢与输、成与败、功与过、名与利等功利色彩浓重、酸腐气息恶劣的心灵污染。对于天真好奇的儿童，应该首先培养孩子的爱心，爱亲人爱伙伴，爱自然爱生活爱社会，善意地自然地培养他们的兴趣爱好和学习习惯，让他们在启蒙中逐渐热爱生活和丰富知识技能，不断完善他们的生理和心理素质，这样才能够培养健康人格，日积月累自然成才。如果封闭起来，灌输功利思想，闭门造车，容易形成自私自利的心态，容易扭曲孩子的灵魂。不顾一切，硬生生把"不能输在起跑线上"的"重石"塞入天真无邪的心灵深处，使儿童"纯而不洁"、"天而不真"、"童而无趣"，违背了儿童成长的自然规律，泯灭了儿童自由活泼的天性。退一步说，就是"不能输在起跑线上"，也万万不可不遵守规则而提前起跑。拔苗助长

就会犯规，犯规就会"吃红牌被罚出赛场"，会造成孩子身体和心灵的双重伤害。

我过去一邻居家的小女孩儿，特别乖巧听话，长得也十分可爱。打小就背着沉甸甸的书包，参加各种培训班，包括作文班、数学班、英语班等，家长忙忙碌碌，好像孩子也守规矩肯努力。父母亲高兴，邻居们看着也羡慕。后来听说，孩子产生了厌学情绪，进入中学后学习并不理想，常常和父母发生冲突，郁郁寡欢，有明显的心理自闭症倾向，落下了遗憾，着实让人心痛。不知道这孩子的教育是不是拔苗助长式教育，但"不能输在起跑线上"的魔咒，确实在她身上发挥了作用。我们屡屡听到看到，孩子厌学、离家出走、跳楼自杀等恶性事件见于媒体报端，这些难道不是"不能输在起跑线上"的拔苗助长教育造成的恶果吗？

目前中国的教育，不管是学校教育或者是家庭教育，都有一些缺陷。注重灌输知识，忽略自然成长过程。注重读万卷书，忽略行万里路。把孩子束缚在板凳上，学也得学，不学也得硬"灌"。自然自由的启蒙教育变成了封闭的"灌"蒙教育。孩子的自由活泼、天真童趣、道德品质、对生命和自然的认识、对周围世界的好奇心、自由发挥的能动性统统被忽略了。大科学家牛顿、爱因斯坦，大发明家爱迪生，小的时候都是"愚笨"的孩子，要说也输在了起跑线上，但他们的成就有几人能比？一个人的一生不是百米赛，而是马拉松跑，"不能输在起跑线上"对于百米赛也许重要，而马拉松比赛的起跑线就没有那么重要。而且，人生前进的道路崎岖不平、荆

棘丛生、暗礁密布，需要超强的体能、坚强的意志、良好的道德品质和多方面的适应能力。所以，起跑线只是人生的一个小环节，而不是决定人生成败的关键。再说，起跑需要全方位"启蒙"，而不是单方面"灌蒙"。

我们这一代人，小时候不懂得什么"不能输在起跑线上"，是从少年的懵懂中一步步走出来的。农村的孩子，课堂上学习，课后就在大自然中摸爬滚打，没有那么多功利色彩，快快乐乐，无忧无虑。现在的孩子们，学校大门出，学习班小门入，忙忙乎乎，负担很重。家长、老师灌输各种功利思想，关心、爱护编织了一个无形的牢笼，孩子失去了自由和童真童趣，变得自私自利，郁郁寡欢，甚至许多孩子产生了心理障碍。

大家都懂得，孩子是祖国的花朵，是祖国的未来。如果花朵发生了变异，未来能够有好的结果吗？所以，全面教育或者素质教育刻不容缓，不要"灌"，更要"启"，给孩子足够的自由发挥空间。不仅要学习知识，还要强健身体，还要提高道德品质，还要提高自然和社会实践技能，还要注意兴趣爱好的自由表达。让我们的"花朵"在大自然阳光雨露的哺育下启发式自由成长，不要在灌输急功近利思想的阴霾里和牢笼中凋谢。

善待生命 平和心态

　　"人之初,性本善;性相近,习相远。"《三字经》开篇的这句话富有朴实的哲理。

　　人之初,自然有一种催生生命的青春气息,就像春天生机盎然,风和日丽,蒸蒸日上。古时候,被判了死刑的人都是秋后问斩,而春天之天地有好生之德,春天里应该是行善积德,不可有杀气。"人之初,性本善"。这个"善"犹如春天之春意,给人以温暖,给万物以自由生发,也给大千世界以和谐。

　　一个人的生命,如果按照"人之初,性本善"发展,本来是一个自然自由的过程,是平平常常淡泊宁静的。十月怀胎一朝分娩,慢慢发育长大,自食其力,生儿育女,和平幸福,就像春暖花开一样自然自由,就像湖水一样平静。对待周围其他生命也是善良的、和谐的。

　　但是,湖水的平静也要依靠风停雨歇或不受其他自然因素的搅扰才能实现。在人的生命历程中,搅扰你内心平静

的因素实在是太多太多了, 如出生家庭富裕还是贫穷、父母的受教育程度的高低、父母对你的期望、学习环境的优劣、能否考入重点大学、婚恋是否自由、怀才遇或不遇、事业成败、家庭状况, 等等, 都会在我们的心海里搅起大大小小的波澜。生活中不管是怎么样的搅扰, 多数都是围绕"得"与"失"进行。得到了我们就感觉顺利、成功、光荣、有名有利, 失去了我们就感觉逆境、失败、耻辱、名落孙山, 甚至有遗臭万年的感觉。面对"得"或"失", 本来的"性相近", 却由于"习相远", 每个人的态度会有不同, 甚至截然相反。

实际上, 在现实生活中没有绝对的"得", 也没有绝对的"失", "得"中必然有"失", "失"中必然有"得"。人类从使用火开始, 得到了煤炭、石油、核燃料, 有了电, 有了汽车, 有了火车, 有了飞机, 同时也有了雾霾, 有了核武器爆炸, 有了不明原因的疾病。中国人发明了火药和指南针, 有了娱乐的鞭炮和礼花, 这些发明创造传入西方, 外国强盗用火药武装了长枪大炮, 靠指南针导航由海路而来, 轰开中国的大门, 杀死了无数同胞, 掠夺了财富, 占领了土地。一个投机钻营者, 有了金钱, 有了地位, 也可能败坏了德性, 同时就可能有了镣铐, 有了牢狱之灾。速成鸡、速成猪、速成的各种蔬菜, 提高了经济效益, 但降低了品质, 甚至危害了健康。世界上一切得失, 只要你辩证地去分析, 得到不一定就完全好, 失去也不一定完全不好。还是老子说得好: "塞翁失马焉知非福? 福兮祸所伏, 祸兮福所倚。"只看到得而看不到失是"盲目", 能够看到得也能够看到失是"明白", 能够权衡得失利弊是"聪明"，权衡之后还能够正确选择那就得有"智慧"。

　　人生几十年的生命时光，也许你得到了很多，积累了很多东西，但真正对于自己生命有价值的并不一定多。你穿了再昂贵的衣服主要作用还是遮羞防寒；你天天吃山珍海味或土豆苦菜，要说营养价值也各有所长，就是为了健康生存；你住了再豪华的房子，真正有意义的还是那张床一般大小的地方，就是为了安静地休息；你开了再豪华的车也不一定比简单的交通工具或步行更安全健康；你做了再大的官也不一定比普通老百姓的生活更自主自在自由；还有什么了不起的呢？生命的真正需要不是很多，物质的欲望与生命的需要不是一回事。当物质的欲望超过生命的需要，人就会痛苦，物质欲望越强烈，痛苦就会越深重。物质欲望是社会中相互攀比刺激起来的，总是希望自己得到的物质财富超过别人，不能够如此就觉得不幸福，很痛苦，没有面子。除了物质财富外，荣誉和地位的得失更不是生命真正需要的，这些虚荣的、生命不需要的东西，往往更是社会刺激起来的，更是痛苦的根源。其实，就像我们现在不为过去的古人操心一样，再过几百年，有谁还说道你自己的那一点儿"脸面"和荣誉呢？所以，不能把自己不当回事，生命的健康快乐需要一定的环境条件；也不能把自己太当回事，过多的物质财富和荣誉往往是负担；要真正懂得自己就是人类的一个普通生命，仅此而已，其他都不那么重要。"滚滚长江东逝水，浪花淘尽英雄。是非成败转头空，古今多少事都付笑谈中。"在

这个世界上，我们真正要善待的就是自己的生命，不要善待生命不需要的东西。每个人都是两手空空来到世界，也是两手空空离开这个世界。伟人也好，庶民也罢，人的生命就是几十年的时光，平平静静、安安全全、健健康康、快快乐乐过好每一天，比什么都好。

当然，我并不鼓励人们清心寡欲、不思进取。在得失之间，名利面前，要以一个正确的态度对待，善待生命，善待名利，善待得失，能够得就要争取得，但绝对不可利欲熏心不择手段。在现实生活中，自己想得到，要通过自身努力自自然然得到，心态要平淡一些，不要勉强，更不要因为得不到而失望、忧伤甚至愤怒。这里我强调的是一个自然自由的过程，是怎么样善待得失的问题。有得到的打算，同时就要有得不到的准备，让自己在得与失之间自由发挥。事实上，许多事情得到的概率往往比失去的概率小得多，对于"得"应该有宽容、忍让、坦然的心态，对于"失"应该小心谨慎、三思而行。预防"失"为主，争取"得"为辅，胜不骄败不馁，淡定，拥有一颗"善待生命、善待得失"的平常心。"平和是一种享受。平和作为一种哲学，洞悉怒火中烧的可怕、暴跳如雷的可怜、趋炎附势的可悲、小人得志的可笑。"鲍尔吉·原野如是说。所以，社会生活中不要急功近利，要淡泊，要宁静，要想得开。既能够接受鲜花和喝彩，而不迷醉；也能够接受牛粪和嘲讽，而不沉沦。要少一点尊卑贵贱的烦恼，要少一点功利色彩，更要少一点见利忘义的鲁莽。无论别人成与败，无论自己得与失，在自己的灵魂深处都要保持一种如水心境,保持一种大智若愚的平常心,追求一种自然宁静、自由豁达的境界。

我们发现,长寿的老人,一般都是或多或少看破"红尘"的智慧者,都是乐于付出不计较个人得失的乐观主义者,都是用微笑面对世界的通达宽厚者,都是爱艺术爱生活爱心永恒的善者,都是能够保持生命自由本真的人,也是热爱自然亲近自然的人。他们自由于自然中,自由于得失间,没有那么多对于功名利禄的强取豪夺,没有那么多大喜大悲的壮烈。低调与淡定是他们一贯作风,普普通通的生活,平平淡淡的人生,他们就感觉满足和快乐。其实,满足是人心灵深处的一块绿洲,是灵魂自由休憩的驿站。"宫殿里有悲哭,茅屋里有歌声",知足者常乐。对于生命健康没有多少作用的事情,就没有必要过多计较,计较多了,就会作茧自缚,失去自由。容易满足的人,善待生命的人,他们绝对没有杀人的冲动,更没有自杀的邪念,干平常活儿,吃平常饭,过平常人的生活,那么坦然,那么泰然,那么平和,拥有一颗看似普通却很明智的自由自在的平常心。

善待得失,平和心态,自由自在。

灵灵出走

灵灵，打小就长得漂亮。父母亲都是级别很高的干部。她有三个哥哥，作为父母唯一的女儿，她是全家的宠儿。

大学期间，她是大家公认的班花。她不仅长得漂亮，学习也优秀，吹拉弹唱更有深厚的功底，学校组织的各类活动都能看到她活跃的身影，班上获得的许多荣誉都有她的功劳，同学们非常羡慕她。

在校期间，她结识了一位相貌堂堂的李铁同学。李铁与她相比，不仅学习很一般，和同学们的关系也不怎么融洽。他说话办事没有分寸，爱吹牛说大话，碍于面子，大家也哼哼哈哈，敷衍了事。最让大家反感的是他私心杂念重，他有一口好吃的别人不可能分享，同宿舍其他同学一旦有一点儿好处没有照顾到他，便耿耿于怀。时间一长，他便成了孤家寡人，没有人愿意搭理他。可这样一个人，却偏偏在女同学中颇受欢迎。一米八几的大高个，一头乌黑的大波浪卷，春秋爱穿一件风衣，看起来确实风度翩翩。学校里大多数女同

学或近或远都愿意瞟他几眼，回头率颇高。

两年以后，灵灵居然和他如胶似漆地处上了男女朋友。他来自一个县城，听说有两个姐姐，他也是家里的宝贝儿。在学校的后期阶段，灵灵和他出双入对，形影不离。要说长相大家也认为般配，要论人品大家都觉得白瞎了灵灵。听说她的家里也十分反对他俩的爱情。更让大家不可思议的是，毕业分配不知道出于怎么样的原因，灵灵跟他回到了县城。她本来可以留在大学工作，就是不想留校工作，凭她家的条件留在大城市毫无问题。爱情有时很难说清楚，尽管同学们为她惋惜，她却义无反顾。

他俩回到县城不久就结婚了，大多数同学其实都知道这个事情，可没有谁愿意参加他们的婚礼。灵灵有时来电话报怨大家无情无义，可大家心知肚明，一朵鲜花插在了牛粪上，没什么好祝贺的，多以工作忙为由含含糊糊推辞了事。

后来听说灵灵生了一个女孩儿，他父母不高兴。老两口未到产房向灵灵母女俩问候，便气呼呼回了家。县城里那时没有几栋楼房，多数人家住平房，大小便都得去公共厕所。夜里，一家人共同使用一个尿盆。起初，早晨都是婆婆去倒尿盆，自打生了女孩子后，婆婆甩脸子，尿盆便由她去倒。家里的大事小情，公公婆婆再不愿意"积极肯干"了，隔三差五就有一些小误会，家里的矛盾也逐渐增多。

李铁上班一两年后，单位效益差，他辞职下海，先搞服装生意，经营惨淡，又开了一段时间饭馆。听说没有挣到钱反倒欠了不少债。灵灵的父母亲实在疼女儿，为他们买了新

楼房，还了债务，扶持李铁搞了一个建筑装潢公司。可怜天下父母心，疼了女儿，也就疼了女婿。李铁在这一行倒也争气，没过几年就发展壮大起来，腰粗肚大，口气硬实，一改往日小气抠门儿的作风，花钱如流水。

可灵灵的日子过得并不如意。她在单位里虽然是业务主管，但和领导的关系不够融洽，许多业务，领导直接安排其他人处理，不让她插手。她秉性耿直，不懂得趋炎附势，业务再强也是"英雄无用武之地"。在家里，婆婆嫌弃她不会过日子，不懂得料理家务，更不懂得照顾丈夫；公公嫌弃她没有生出男孩儿，断了人家的香火，言来语去希望她再生。可一孩化是基本国策，违背就得开除公职。她在家里家外都十分尴尬。

再说那李铁，自从有了几个钱，开始"富贵思淫欲"，还玩起了"情人"。酒足饭饱，便舞厅歌厅"潇洒走一回"，常常"乐不思蜀"，甚至夜不归宿。可怜那灵灵，夜夜思夫不见夫，孤枕难眠泪长流。她哭过，她闹过，一切都无济于事。更可气的是，李铁竟然吃酒带醉把情妇带回家里。灵灵为了捍卫自己那一点儿可怜的自尊，与那"贱人"厮打起来，却被李铁一脚踹翻，五岁的女儿情急之下咬住父亲的大腿，狠心的李铁竟然一记耳光打掉孩子两颗乳牙。灵灵的父母亲苦口婆心地劝过，同学们毫不留情地骂过，可那李铁就像鬼迷心窍一般，死不改悔。万般无奈，他俩办理了离婚手续，灵灵带着一肚子苦水和女儿另过。最让同学们可气的是，李铁竟然厚颜无耻地和大家说：他终于拿到了绿卡（离婚证）。

没有了家庭，没有了事业，更没有了爱情。她没有脸面再见同学，没有脸面再见父母，把自己"封闭"起来，独自承担着痛苦。她说："我跌入了无底深渊，活该自作自受。"

经过几年的痛苦挣扎，她没有被痛苦击倒，成功地考取了出国研究生，飞越太平洋去了美国。在异国他乡，她忘我地学习和工作，把自己全部的热情和智慧释放在她喜爱的研究领域。她说，她要用自己的智慧洗涤过去的不幸和耻辱。她还说，她学成回国后一定要用自己自由的智慧开创美好的未来。

李铁的下场颇有戏剧性。当灵灵的事业蒸蒸日上之时，他却酒后从建筑工地高高坠落，经过抢救保了一条命，可也摔成了残废。他的公司负债累累，倾家荡产。他现在只能在轮椅上反思自己的灵魂。曾经狂妄自大的他，苟延残喘，在街边摆一地摊，卖一些鞋垫之类的东西。

灵灵和他们的女儿现在已经从大洋彼岸回到了祖国，效力于国家的经济建设。当她们去探望他时，他眼泪吧嗒地问："你们还能回来吗？"

灵灵说："虚伪的爱情不能再一次绑架一个傻瓜，天高任鸟飞，我已经自由了。"

自知之明

自知之明出自老子：“知人者智也，自知者明也。”

大千世界，几十亿人，民族不同，肤色各异，社会形态、文化背景、生活习俗千差万别。但人类并不是一个迷离的世界，不论民族或地域，人类社会都具有类似的发展历史。

首先，人是自然的产物。你跳动的心脏，制造工具的手，跋山涉水的脚，感知日月星辰和酸甜苦辣的感官，思考自然和社会规律的大脑，一切都在大自然中诞生并且成长。你摄取自然界的动植物为食物，你呼吸自然界的空气，你饮用自然界的水，你沐浴自然界的阳光，你感受自然界风云雨雪春夏秋冬，同时你把自己所有新陈代谢的产物排泄给自然界，直到把你自己全部交还给自然界。离开了大自然，人类社会就是无源之水，就是无根之木，人类的生命就会枯竭枯萎。所以说，自然是人的生命之本，人是自然的人。就人的自然属性而言，人与其他生命没有本质区别。

其次，人不仅是自然的人，人也是社会的人。动物世界

也有社会，如蚂蚁有它们自己独特的社会，蜜蜂也有它们社会的分工合作。人类社会有自己的组织、文化、传统、道德、权利和义务。人只有在人类社会中才能由自然的人变成社会的人，才能有人的心理，才能有人的文化，才能启发人的自觉，人的创造能力才能体现。人一旦脱离了人类社会，脱离自己成长本来应该具有的社会群体，你的行为将变异，你的智慧将压抑，你的语言、生活、生存状态将不存在人类影响的痕迹。从自然的角度看，你应该是人；从人类社会的角度看，你已经不具有人格。世界各地出现的狼孩儿、熊孩儿等，是动物哺育大的，很难再回归正常的人类社会生活，生命也十分短暂。一个具体的人如此，一个相对封闭的社会集体，如果不能够与整个人类社会发生密切联系，这个集体也会逐渐脱离人类发展进步的大趋势，故步自封，其生命力也不会持久。所以，一个自然的人必须同时也是一个社会的人。人类的社会性与其他生命的社会性相比虽然有自己的特点，但本质区别仍然不够完全彻底。

　　更重要的是，一个自然的人，一个社会的人，并不是人的本质特征。蚂蚁是自然的生命，蚂蚁也有自己的社会。单单从自然属性和社会属性两方面来观察人类自己，几乎远远不能够说明人类存在的本质。大家都知道，从自然形成的各种生理器官及其功能来说，人的许多方面不及动物，人类唯一相对强大的器官就是大脑。大脑为人类创造物质世界、社会世界的同时，也创造了精神世界，知、情、意编织了人类丰富的精神生活。知识、情感、意志不仅有其特殊的产生、

发展、变化规律，而且贯穿和指导着人的自然活动和社会活动，使人类的自然活动和社会活动具有了精神活动的意义。这样，才使人类的自然活动和社会活动不再是动物的自然和社会活动。所以人类的精神存在，是人区别于其他生命存在的最显著特征。这一特征最关键的是人的创造能力，创造性是人的最本质的特征。创造才使自然变成了人的自然，创造才使社会变成了人的社会，创造才使精神变成了人的精神。没有创造就无所谓人，依然与动物没有根本区别；没有创造，世界依然是自然世界，社会依然是自然社会。

　　人类大脑的自觉，人类大脑的创造，自然规律、社会规律、精神规律不断丰富发展，才使人类越来越追问生命存在的意义，越来越有自知之明。

也说中国人

关于中国人的道德、性格、民族性,古今中外有过不少评论。

19世纪欧美的主要观点是:中国和中国人是专制、愚昧、落后的代表,是民主、科学、进步的反面。如曾经在中国传教四十多年的美国传教士明恩溥的《中国人的性格》一书,列举了中国人二十多个性格特点,虽然也有勤劳、节俭、忍耐等好的一面,但多数是死要面子、不讲实际、顺而不从、阳奉阴违、缺乏公德、不讲诚信、因循守旧、弄虚作假等令人惭愧的一面。

20世纪初,中国的许多学者,如严复、梁启超、辜鸿铭、胡适、鲁迅等,也对于中国人的国民性进行过深刻的剖析。梁启超《论中国国民之品格》中说:"个人有人格,国家也有'人格',即国民之品格。国家按照国民品格可以分为三个等级,一是受人尊敬之国,二是受人畏慑之国,三是受人轻侮之国。中国当属三等。"遂列举中国国民四大缺点:一是

爱国之心薄弱，二是独立性之柔脆，三是公共心之缺乏，四是自治力之欠阙。梁启超痛切地说："四者不备，时曰非人；国而无人，时曰非国；非人非国，外人之轻侮又何足怪也？"鲁迅先生在《再论雷峰塔的倒掉》、《灯下漫笔》、《论"他妈的！"》、《略论中国人的脸》等文章中辛辣地批判了中国人缺乏公共道德、狂妄自大、昏庸、奴性及其"国骂"的劣根性。近代的沈从文、梁漱溟、张爱玲、柏杨等都从不同角度对中国人的国民性、中国的传统文化进行了分析或批判，如柏杨《中国人与酱缸》、《丑陋的中国人》，列举了许多脏、乱、吵、窝里斗、讲大话、无是非、和稀泥等现象，批评了中国人低劣的一面。

　　不管国内外有多少学者或文化名人对于中国人的国民性和传统文化提出批评，可任何事情总是一分为二的。悠悠历史，大浪淘沙，不见了古罗马、古埃及、古印度、古巴比伦，不见了许多曾经辉煌的古代文明与文化，唯有中国文化的血脉源远流长绵延不绝。中国人的国民性和传统文化如果一无是处，何来那么多光辉灿烂的建筑、绘画、文学、戏曲等艺术成就？何来炎黄子孙没有像犹太人那样散落世界各地而依然屹立在世界东方？中国的春秋战国时期就出现过许多思想家和政治家，如孔子的儒家学说，不仅对中国的传统文化有深刻影响，而且对世界许多国家的文化也有影响。大唐盛世时期，中国与世界各国的文化交流十分活跃，外来文化与本土文化相互交融，中国文化在吸收或扬弃中变得博大精深，中国文化对世界许多国家的文化有着深刻影响。中

国人聪慧好学，古代的许多发明创造都领先于世界各国。中国人勤劳节俭，旅居世界各地的华人一般都能够过上相对富裕的日子。中国人有情有义有礼，在与世界各国的交往交流中，怀着"人敬我一尺我敬人一丈"、"滴水之恩当涌泉相报"的感恩之心，与世界上爱好和平的人民友好相处，彰显了中国人良好的文化素质。所以，中国人的国民性或传统文化有非常优秀的一面。世界上任何事情都不可能完美无缺，都有可能存在一些不足之处，中国人的国民性和传统文化也如此。承认不足之处，指出问题，是为了改进，为了提高，为了焕然一新。

作为一个普普通通的中国人，不是学者，更不是文化名人，就旧中国的国民性之不足，说一点儿普通看法，说给普通人听。

一说中国人缺乏自由思想。旧中国几千年漫长的封建专制，最大的祸害恐怕是束缚了人的思想自由。"三纲五常"，即"君为臣纲、父为子纲、夫为妻纲"在社会伦理中得到不断强化；国家和社会家长制之固化，都在束缚人们的思想自由。国家是一家私有化之国家，只有"真龙天子"有思想自由，其他人必须服从。每一个家庭也都由家长操控，耕田读书，娶妻生子，一切都要家长安排，自己用不着劳心费神。家庭是家长制，国家是家长制，家长外的每一个自觉的大脑都好像是摆设，没有充分用来思考，更谈不上自由思想。在家听家长的，出门听皇上的，不能胡思乱想，你要异想天开就会有不忠不孝的嫌疑。忠与孝是旧中国封建社会做人的基

本道德，强调的是对于皇帝的绝对忠诚，对于家长的绝对孝顺，听从、服从皇帝或家长就可能修得"忠孝双全"，美名扬天下。不听从、不服从皇帝或家长就是大逆不道，就是逆臣贼子，就可能遗臭万年。所以，封建社会从来就不缺乏忠臣、孝子、顺民，即使家长蛮横无知，即使君主昏聩无能，即使朝政腐败混乱。要问中国人的奴性从哪里来？不是天生的，是旧中国的社会制度和社会氛围造成的，与整个社会强调"三纲五常"、"三从四德"，缺乏自由思想有关。在旧中国漫长的历史进程中，除春秋战国时期外，很少出现伟大的思想家、哲学家、数学家和其他自然科学领域的大家，也就不足为怪了。特别是到了清朝晚期，由于长期的闭关锁国，安于现状，不思进取，压抑自由思想，压制变革创新，顺我者昌逆我者亡，致使国力日衰，积贫积弱，让泱泱大国沦落为任人宰割的羔羊，所谓的"天朝上国"让世界嘲笑。旧中国的广大劳苦大众深受"三座大山"压迫，逆来顺受，精神萎靡不振，被称为"东亚病夫"，也受到世界的嘲讽。

　　二说中国人缺乏创造精神。旧中国封建社会制度造成中国人没有思想自由，怎么可能有创造精神呢？整个社会强调"三纲五常"，臣子、儿子、妻子既没有自由思想的权利，而且都得低眉顺目、点头哈腰，何来创造精神呢？普天下的所谓读书人都是在宣扬"三纲五常"等精神枷锁的书海里埋头苦读，而且都处在"书中自有黄金屋，书中自有颜如玉"的熏陶下，都处在科举制度的束缚中。在这样的社会氛围中，读书就是为了谋取"一官半职"，为了功名利禄。"十年寒窗苦，金榜题名时"，一篇好文章便是一块"敲门砖"，读书就是为了做官。读了书，写了好文章，得到官位，这是读书人发达的一贯模式。可是，不管是什么官，对上你是孙子，得绝对服从；"君为臣纲"不可以忘记，不能任性，何来创造精神？姜太公垂钓渭水，诸葛亮卧居隆中，陶渊明采菊东篱下，都在等待"明主"出现，寻求合适官位报主"龙恩"。诸葛亮虽然通天文、识地理，知奇门、晓阴阳，发明了孔明灯、木牛流马，可以借东风，巧设空城计，妙摆八卦图，草船借箭等，可谓自觉创造，但这些创造都是为帝王的政权服务，都是为官场服务，而没有促进生产力巨大发展。在旧中国，读书人即便是有一些促进生产力发展的发明创造，也往往没有进一步发扬光大。因为读书人凡是在某些方面有一点儿成绩，就有可能被加官晋爵，进入了官场便"在其位谋其政"，其发明创造可能更多用于皇帝娱乐，离学术越来越远，离生产越来越远，泯灭了创造精神。

三说中国人缺乏公共道德。这个问题主要包括以下几方面原因。一是旧中国在国家私有化的封建专制之下，社会道德伦理是"三纲五常"、"三从四德"。"君要臣死臣不得不死"，君要臣做到的，君不一定做，臣依附于君；父要子做到的，父不一定做，子依附于父；夫要妻做到的，夫不一定做，妻依附于夫；整个社会不在同一个平等的道德层面上，其道德标准也不可能一样，这就缺乏公共道德的基础。二是，这样的社会也缺乏"法律面前人人平等"的基础。封建社会虽然也有法，但法是"王法"，"王"规定给"民"的法，

民要遵守"王法","刑"却不上大夫,"礼"也不下庶人。既然只有"王法"而没有"约法",没有社会一切阶级通行的法律法规,"法"也无"公共"可言。三是,在封建专制的社会中,从小家到国家往往是家长一言堂,"父为子纲",官是父母官,民是子民,官怎么说民就得怎么听,民众缺乏言论自由,社会也就缺乏舆论监督,缺乏民众监督,也缺乏批评精神。同时"惟上智下愚而不移",老百姓好糊弄。再说国家是皇上一家之国家,大大小小的官员都由皇上赐封,这些官员一般只对上负责,老百姓的事情就不一定那么认真,这与当代社会主义倡导的"全心全意为人民服务"有着天壤之别。这样一些没有群众基础的"父母官",有一点儿良心的可能"当官为民做主",缺少良心甚至根本没有良心的不仅"当官不为民做主",而且可能祸国殃民。这样的贪官污吏惯用伎俩就是不讲诚信、弄虚作假、欺上瞒下,而公众又缺乏批评精神,敢怒不敢言,使得公共道德秩序受到严重破坏。四是,在缺乏自由思想、缺乏"公德基础"、缺乏"公共之法"、缺乏公众监督和批评的社会氛围中,老百姓总是感到压抑,总是寻找机会发泄。杀人越货的事情有违"王法",不能做;不忠不孝的事情有违"三纲五常",不能干。可公共场所随地大小便、随地吐痰、随地丢弃垃圾、大声喧哗等行为好像并没有违背"王法"和"三纲五常"之伦理道德。凡是能够有发泄的机会就发泄,能够自由痛快就自由痛快,一言以蔽之曰"不拘小节"。再说,国家是一家之国家,天高皇帝远,公共场所自然没有谁认真管理,侵占也好,破坏也罢,一个

狗屎成堆的花坛不在于多一泡人尿。大街上吹吹牛皮、说说大话，折枝摘花、丢弃垃圾没什么好羞愧的。公共场所都是"皇上"管理的事情，是"大臣们"管的事情，他们就是吃这碗饭的，普通老百姓没有必要瞎操心。这种缺乏主人公精神、缺乏公众意识的言行也使得公共道德难以树立。

关于旧中国封建社会时期中国人的国民性，深一句浅一句说了一些不重要的话，可能有一些偏颇之处，甚至也可能有一些谬论。但旧中国长期的封建专制，压抑了思想自由，压抑了创造精神，压抑了批评精神，压抑了主人公精神，压抑了社会公平正义，这些都是出现问题的关键因素。本人绝对没有丑化国人的意思，自己也没有那个资格。

重要的是，新中国成立以后，推翻了压在中国人民头上的"三座大山"，中国人民当家做主，精神面貌焕然一新。特别是在改革开放的大趋势下，国家鼓励解放思想，鼓励创新精神，鼓励开拓进取，社会生产力得到空前解放和发展。解放思想就不能墨守成规，理论与社会实践相结合才能与时俱进，改革开放永远在进行时而没有终端，这是党和国家最强有力的号召，这是创新发展最鲜明的旗帜。国家采取了一系列简政放权、参政议政的措施，进一步提高了公民的主人翁地位和民主意识；国家全面实行改革开放的伟大战略，扩大经济、科技、教育、文化、体育等各个领域的对外交流，繁荣了哲学、经济、文化和自然科学；国家努力建设精神文明，倡导社会主义核心价值观，提高了公民的道德水平；国家全面实现依法治国，完善社会的法律法规，实现了公平正义；

国家采取的一系列创新发展措施引领中国人民走上了富民强国的康庄大道。

今天的中国人民独立自主，创新实践，一系列创新发展措施的落实，使许多领域的发明创造走在世界前列，极大地促进了生产力的发展，促进了经济和社会的发展。我们可以自豪地说，当代中国人"可上九天揽月，可下五洋捉鳖"，在世界上有重要的话语权，受到世界的尊重。中国已经不再是封建落后的旧中国，今天的中国人民也不是昔日的"东亚病夫"，我们完全能够在解放思想、改革开放、创新发展中做一个堂堂正正的中国人。

也说自由

　　自由与束缚是相对存在的。

　　束缚了手,手的自由受到了阻碍;束缚了脚,脚的自由受到了阻碍;束缚了大脑的创造,大脑创造的自由受到了阻碍。

　　在古拉丁语中,"自由"(Liberta)一词,其含意是从束缚中解放出来。

　　在古希腊和古罗马时期,"自由"与"解放"同义。

　　在英语中,"自由"(Free或Freedom)一词早在12世纪之前就已经出现,同样具有解放的意义。

　　在西方国家,最初的"自由"主要指自主、自立、摆脱强制。在中国古代最早的自由思想见于庄子的《逍遥游》,"自由"一词最早见于汉朝郑玄《周礼》中"去止不敢自由"之说。

　　心理学上的自由,就是人能够按照自己的意愿决定自己的行为。社会学上的自由,是不侵害别人的前提下可按照

自己的意愿而行为。政治学上的自由，是人们有权选择执政者。而哈佛商学院在《管理与企业未来》一书中指出：自由是人类智慧的根源。

人的自由究竟是什么？

人类区别于其他生命的本质，是人类大脑的创造性。人类的自由就应该从此说起。

人类想自由遨游大海，可没有鱼类的鳍，束缚了人类的自由。人类的大脑创造了独木舟，创造了竹排筏，创造了小船，创造了大船，创造了航母，创造了潜艇，实现了自由遨游。

人类想自由飞翔，可没有鸟类的翅膀，束缚了人类的自由。人类的大脑创造了"孔明灯"，创造了热气球，创造了滑翔机，创造了飞机，创造了宇宙飞船，实现了自由飞翔。

人类想自由地相互联系，可没有"千里眼"，没有"顺风耳"，束缚了人类的自由。人类的大脑创造了固定电话，创造了移动电话，创造了可视电话，创造了电视直播，实现了自由联系。

寒冷变温暖，黑暗变光明，天堑变通途，遥远变咫尺，漫长变短暂，奴役变自觉，专制变民主，落后变先进，方方面面，许许多多，人类希望实现的自由，都离不开大脑的创造。

人有自然属性，自然规律永远束缚着人类的自由。当人类大脑不断认识、利用自然规律的同时，人类的物质生产越来越丰富，人类的自然属性的自由也不断得到解放。人类认

识和利用自然规律永远不会停顿，因为人类目前生存在地球，这个星球仅仅是浩瀚宇宙的沧海一粟。地球在太阳系，绕着太阳运动；太阳系在银河系，绕着银心运动。宇宙无限广阔，其运动变化规律无限。所以自然规律的认识和利用永无止境，人类只能在不断认识和利用中获得相对的自由。就人的自然属性而言，人类永远不要期望获得完全的、绝对的自由。

人有社会属性，人与人之间的关系永远受到自然属性的影响和制约。母系社会也好，父系社会也罢，民族也好，国家也罢，生产力永远决定生产关系。自然规律永无止境地认识和利用，生产力也永无止境地提高和发展，生产关系就得不断地改变，人在社会中的自由度也会不断提高。但在社会中期望实现完全的、绝对的自由永远是不可能的。

人有精神属性，随着人的自然自由和社会自由的不断解放和提高，人的精神自由也会得到充分解放。人永远不可能是社会精神的容纳器，人要不断地创造自己的精神世界，丰富和完善科学知识，丰富人类的精神世界，在物质和精神不断丰富过程中，人类创造的自由度也会不断提高。

创造的自由，是人类获得自然自由、社会自由、精神自由的根本力量，是一切自由的本源。创造提高了人类的生产力，丰富了物质，提高了人类在自然界的自由度；创造改变着人类的社会关系，丰富了社会文化，提高了人类在社会中的自由度；创造同时也改变着人类的精神世界，使人类更加智慧，更有自信心，更加爱憎分明，更加正确地认识客观世界

和主观世界。物质文明、精神文明不断的丰富发展，促进人类创造自由度不断的提高。而人类创造自由度不断的提高也促进物质文明和精神文明进一步丰富发展。纵观人类的发展历史，随着创造自由度的逐渐提高，人类社会的物质文明和精神文明发展的速度也不断加快。

创造是大自然赋予人类的本质属性，比尔盖茨研发了电脑，广泛应用于各个领域，成为全世界最大的电脑提供商，31岁就成为世界首富；中国的马云一手缔造了电子商务帝国，成为了中国的首富。所以，不管是大是小，不管是轻是重，只要你能够在认识或利用自然规律、社会规律、精神规律中，有所发现，有所发明，你就是伟大的人；或许你正在创造的过程中，虽然没有结果，创造的过程就是实现生命价值的过程，就"不白活一回"。

你想自由吗?

你去创造吧。

跋

爱在自然、自觉、自由

　　要说组合汉字,也有三十几载。为书而序跋,却为一二。而淳威不同,丰凉(乌兰察布市丰镇和凉城合称)人,我的同乡,呼市包头上学读书,赤峰工作生活。共同的故土、相似的经历、一样的情愫,这本书稿让我倍感亲切,时而深思、时而落泪、时而感动、时而警醒。在"悲伤着你的悲伤、快乐着你的快乐"之后,永远不能忘怀的是淳威心中流淌的那份挚爱。正因为心中有爱,淳威才如此自然、如此自觉、如此自由。

　　爱是自然之源。那日出日落、弯弯的小河、巍巍的青山、飘香的山药蛋、流淌着乳汁的苦菜,那美丽的山姐、美丽的大姐、美丽的"氟斑牙"、美丽的妻子,无不涌流着自然质朴的情感,表达着对家乡、对亲人、对童年伙伴的深情厚爱,令人感动,让人共鸣。从孩提走向花甲,社会在变化,每一个人都经历了许许多多,淳威心中那份自然质朴的情感,之所以如出水芙蓉,一尘不染,正是因为心中有爱。爱使自然质朴

的本性变得更加理性，更为本真。一篇篇对家乡、对亲人、对朋友的深情表达，正是爱的完美升华。

爱是自觉之力。《自觉》篇中的许多篇章，从生物进化、医学、大脑发育、语言、社会学等多个角度，采用对比等多种方法，深刻阐述了人类的特质是自觉，自觉使人创造，人类如果没有自觉甚至不如动物。每一篇每一节都给人以生命不息创造不止的信心和力量，让我也有一种"老骥伏枥，志在千里"的冲动。但更让人思索的是文章的另一层含义——自觉是人类的特质，自觉要求自强不息，自强不息的动力就是对于生命的无限热爱。只有热爱生活、热爱生命，才是一个自觉的、富有创造性的人。自觉使人充满爱心，心中有爱才能使人更加自觉，更富有创造性。

爱是自由之翼。爱是一个成长的过程，爱使人更加成长。当人们摒弃了固执、偏见，心中才会真诚、宽容。《自由篇》中那自由飞翔的乐章、快乐的酒桌歌星、深远的水墨自然、快乐的"毛莽莽"，以及孤独的霸王、服从规则，都从不同角度释解了人性因为博爱而放下，因为放下而自由的真谛，表达了人类因热爱生命而顺应自然，因顺应自然而追求自由的道理。每个人心中都有一颗爱的种子，就让她伴随每个人的成长而成长，伴随着人性的自由而自由地飞翔。

"横看成岭侧成峰，远近高低各不同"，我所体会的仅仅是一侧面，冰山一角。

（邢和平 赤峰市政法委副书记）

后记

　　我本来学医,医者需要精益求精,人命关天来不得半点马虎。可我是一个懒散之人,散而不精,从医便力不从心。搞一点儿管理或服务性的工作,没有那么严格的技术要求,还较自知之明,轻松一些。生于农村,喜欢亲近自然,爱看日出日落,爱在林间散步,欣赏大自然的美丽,感悟鸟语花香的生命意义,更觉自然创造之神奇,更觉生命珍贵,便静下心来写一点儿感受。

　　我不会写书,摆弄文字很不容易。所写下的也说不上属于哪一种文体,没有多少"真知",多数属于"感受",更不敢"沽名钓誉",只是对亲人对朋友对普通人不揣浅薄的表达,如同唠一唠家长里短一般。

　　读别人的文章,总是羡慕人家妙语连珠,充满"珠光宝气"。看自己写下的文字总觉得土气,土得掉渣。想要写一点儿东西的时候,好像千头万绪堵在胸中,而诉诸笔端却感一片茫然。一个平淡平庸的人,一点儿浅显的感受,就如同一

杯白开水，清澈见底。如果有一点儿口渴，喝下去也无毒无害，如果嫌弃寡淡，倒在地上也许湿润空气。

　　不管自己写下的东西有多大意义，总是得到亲人和朋友们的鼓励和关怀。感谢军凤大哥抬举，写了鼓舞我的序；感谢发小永贞在他父亲病重期间还能够写下小序；感谢和平兄弟读后写跋；感谢立峰大哥和李林小弟在百忙中提出意见；更感谢已是古稀之年的表哥范效林通读全部文字，并指出不足。

　　　　　　　　　　　　　　　　梁淳威
　　　　　　　　　　　　　　　2014 年11月28日